倡导诗意健康人生　为诗的纯粹而努力

中国诗歌
CHINESE POETRY

2019年度诗歌理论选

主 编 ○ 阎 志

人民文学出版社
PEOPLE'S LITERATURE PUBLISHING HOUSE

图书在版编目（CIP）数据

2019年度诗歌理论选/李少君等著. —北京：人民文学出版社，2019（中国诗歌/阎志主编）
ISBN 978-7-02-015715-0

Ⅰ.①2… Ⅱ.①李… Ⅲ.①诗歌评论-中国-当代 Ⅳ.①I 227.22-53

中国版本图书馆CIP数据核字（2019）第192601号

主　　编：阎　志
责任编辑：王清平
责任校对：王清平
装帧设计：叶芹云

出版　人民文学出版社有限公司　http://www.rw-cn.com
地址　北京市朝内大街166号　邮编100705
印刷　湖北新华印务有限公司
经销　全国新华书店
开本　880毫米×1230毫米　1/32
印张　10
字数　180千字
版次　2019年6月北京第1版　2019年6月第1次印刷
ISBN　978-7-02-015715-0
定价　39.00元

《中国诗歌》编辑部
武汉市江岸区惠济路3号卓尔书店　邮编：430000
发稿编辑：刘蔚　熊曼　朱妍　李亚飞
电话：027-61882316
投稿信箱：zallsg@163.com

如有印装质量问题，请与本社图书销售中心调换。电话：010-65233595

《中国诗歌》编辑委员会

编　委
（以姓名笔画为序）

车延高	北　岛	叶延滨	田　原
吉狄马加	李少君	杨　克	吴思敬
邹建军	张清华	荣　荣	娜　夜
阎　志	梁　平	舒　婷	谢　冕
谢克强	雷平阳	霍俊明	

主　　编：阎　志
常务副主编：谢克强
副 主 编：邹建军

目 录

新诗创作论

情境的现代性转化……………………………… 李少君　1
超越题材…………………………………………… 谢克强　11
论新世纪散文诗的创作困境及其突围…… 张光芒　董卉川　34
写诗的五个理由………………………………… 陈翔　49
"城市诗"既是一个或多个流派、思潮、风格、
　地方性，还是一种审美机制………… 徐芳　许道军　魏宏　60

诗潮研究

朦胧诗的文学史归位及其意义………………… 吴投文　77
"先锋诗歌"的历史探源………………………… 张立群　92
哲学意识与自由游戏…………………………… 方文竹　114

诗人研究

朝向历史的努力………………………………… 程继龙　139
高原雄鹿，或一株化归于北土的金橘………… 谈雅丽　153
论桑恒昌的怀亲诗……………………………… 翟兴娥　166

诗歌理论与批评

从边缘出发：范式转换与视野重构……………张桃洲　181
生命觉知论：当代诗歌形式批评理论研究…………李志艳　201
价值追问与新世纪诗歌的尊严美学………………刘波　215
引领诗歌潮流，借助诗作再发力……………涂慧琴　231
新媒体时代当代诗歌的生存与问题………………覃莉　248
民间歌谣资源对当代诗歌的建构作用……………李皓　260
新诗选本、诗歌传播与当代"选学"…………邹建军　274
关于中国新诗诗体建设的几个问题……………乔延凤　298

情境的现代性转化

李少君

中国传统诗歌的一个重要概念是"情境",何谓"情境"?按《新华字典》解释:情境是指情景,境地。但我觉得,情与境应该作分别的理解,这一点,王国维先生早就说过:"文学中有二元质焉:曰景,曰情。"景和境意思接近,但"境"除了场景、现场的含义,还有境界的意味。

因此,情境主要包含两个部分:情和境。情即情感。境,可分为客观之境和主观之境;客观之境是具体场景,主观之境,则类似境界。

以情造境在中国古代是最常见的诗歌手法,所谓"寓情于景"。学者朱良志说王维的诗歌短短几句,看似内容单调,但他实则是以情造出了一个"境",比如"人闲桂花落,夜静春山空。月出惊山鸟,时鸣春涧中",还有"飒飒秋雨中,浅浅石溜泻。跳波自相溅,白鹭惊复下"……都独自构成了一个个清静自足但内里蕴涵生意的世界,是一个个完整又鲜活的"境"。在此境中,心与天地合一,生命与宇宙融为一体,故能心安。

触景生情,借景抒情,更是非常普遍的诗歌技巧。境,可以理解为古代常说的"景",也可理解为现代诗学中的"现场感",具体场景,镜像。陶渊明"采菊东篱下,悠然见南山",沉湎于安闲适意之境中，心中惬意溢于外表，而其"平畴交远风，良苗亦怀新"，目睹万物之欣欣向荣，内心亦欣喜复欣然；杜甫的《春望》："国破山河在，城春草木深。感时花溅泪，恨别鸟惊心。"情耶景耶，难以细分，情景皆哀，浓郁而深沉蕴蓄。

　　王夫之说："情景虽有在心在物之分，然情生景，景生情，哀乐之触，荣悴之迎，互藏其宅"，又曰："情景名为二，而是不可离，神于诗者，妙合无垠，巧者则情中景，景中情。"故王国维曰"一切景语皆情语"。所以，中国古典诗歌最重要的一个特点就是情景交融。

　　正因为中国古典诗歌重视"景"或者说"境"，即场景和现场感，因此，人们在阅读中国古典诗歌时，很容易就进入和融于诗歌所描述的具体情境之中。一些西方汉学家也经常为中国古典诗歌的魅力着迷，虽然在翻译界常有"诗是翻译中丢失的部分"之说，但中国古典诗歌即使是被翻译成其他文字，其场景感仍会保留，诗的精髓和核心也不会丢失，因为场景是其基础部分，由此呈现的画面感及与之伴随的情感反应，是无论何种民族人种都可以感受并体验的。

　　既然中国古典诗歌的修辞方式及激发的阅读经验，在外语世界和西方现代社会都如此有效，中国当代诗歌就更应该加以研究，进行创造性转化。中国古典诗歌的此种魅力，我认为这是因为其后面，有着深刻的写作观念和美学价值。近年来，我对此有一些心得，在此和大家分享思考。我就尝试从自己的一首诗说起，这首诗涉及了众多主题：历史、现实、语言与虚构，并产生了超乎自己的预料之外的力量。这首诗的题目是《抒怀》，我先引用如下：

抒怀

树下，我们谈起各自的理想
你说你要为山立传，为水写史

我呢，只想拍一套云的写真集
画一幅窗口的风景画
（间以一两声鸟鸣）
以及一帧家中小女的素描

当然，她一定要站在院子里的木瓜树下

  这首诗，比较写实地描绘了一幅日常生活图景，描写了天空云彩的变幻多姿，描绘了窗外的风景之美，还写到鸟鸣，以及种着木瓜树的家中小院，然后，是一个可爱的女儿。在这首诗里，我表现出对这样的一种日常生活，内心充满一种满足感。对比地，我写到一个朋友对外在世界的执着的追求。比较而言，我是一个非常容易满足，且非常适应一种自然随意的闲散生活方式的人。我对眼前和当下的状况感到满意，并愿意尽一切能力维护和珍惜之。

  这首诗，被一些评论家认为是我的代表作。评论家周展安通过对《抒怀》的分析称："作者所着意的是对于当下情境的即刻反应，是对事物的直观。诗人自己并不在诗中现身说法，他和对象世界保持着一个冷静的似在非在的距离，让对象世界自我呈现。在这一点上，可以说颇得中国古典诗歌的神韵。直观强调的是一瞬间的发现和感悟，它并不容过多的解说掺杂其中，在篇幅上也自然要求以短章与之相配合。也的确，有的诗简直就是一张相片，而作者自己也正有以写作来将这世界定格的高度自觉……""因为强调的是对于事物的直观,因此在少君的诗中少见较长时间的跨度。在很多诗中,少有对过去的回忆,也少有对未来的展望,作者所更注重的是对于当下的及时的再现,因此很多诗有一种现场感。有的诗干脆就是静态的。但是越是趋向静态,诗作所呈现出来的空间就越是阔大,有时甚至表现出对于整个世界进行把握的意图。而且虽然是近于静态地呈现,但是少君的诗几乎无一不充盈着丰沛的生命的感觉。"

另一位评论家敬文东则强调了《抒怀》与古典诗歌的关系:"短小强悍的《抒怀》不仅是李少君一首具体可感的诗作,也是他关于诗歌写作的宣言。对于李少君来说,《抒怀》是一首元诗歌、关于诗歌的诗歌。它代替李少君表达了决心:一定要通过另一种方式,在一个了无诗意的时代找到诗意,而且是在和古典传统接头的维度上寻找诗意。他迄今为止的大多数诗作明确无误地表明:他写的是当下的事物,但这些事物又散发着古旧的光芒;或者,他写的是古旧的事物,但奇怪的是,这些事物却散发着当下才有的那种光辉。"

评论家向卫国对《抒怀》有过较全面详细的阐释,他说:"在现代化和全球化的背景下,进行'本土化'追求,实则就是要探寻一条融合现代精神与古典趣味、西方技巧与中国美学的汉语诗歌的自新之路。当然,这类诗歌同样要以独特细腻的个人感受为前提,因为这正是中国古典诗歌的长处。我们仔细阅读这首诗,却可以发现其中隐藏着丰富的寓意:(1)对人类现代'理想'的解构与重构(由伪崇高向世俗人生的回归)。(2)最有价值的理想人生恰恰是表面上看来最无意义的古典式的艺术和审美人生。(3)艺术和人生之美,在于人与自然的和谐与相互尊重。(4)艺术的虚幻之'美'须以实在的对象(审美意象)来定格,这是一条艺术的铁律。山也好、水也好、云也好、风景也好、鸟鸣也好,无非都是一种情感的'兴寄',并非实指,尽可以变幻不定。但最后诗人的镜头聚焦于'小女'身上，一切得到最终落实。诗人在审美意象的不确定中找到的这一确定之物有双重意义：一是美学意义上意象的定格，体现了变与不变、动与不动的辩证关系；二是意象与情感关系上，突出了情感的中心地位，只有它是万古不变的艺术主题。（5）'小女'暗示出中国艺术之美的实质是一种'亲'情，由此反观，中国人与自然风景之间的关系与其说是审美关系，不如说是亲情关系，这是最高境界的天人关系。（6）诗的最后一句'当然，她一定要站在院子里的木瓜树下'，在暗示什么？现代诗歌呼唤生活的审美化，必须以生活本身的完整性为前提。"

　　从这些评论家的评论文字里，不难找到一些关键词：现场感、画面感、情感、古典、日常生活气息、诗意等等。确实，《抒怀》这首诗里，云、窗口、院子、木瓜树、小女……构成了一幅非常美好的图画，场景感特别真切清晰，是我以前在海南岛居住的地方的真实景象。而诗中所写到的家中小女形象成为了焦点，成为了整首诗的一个中心，她可爱的形象，使整首诗活了起来。

　　有意思的是，这首诗产生了一个特别意外的效果，以至经常见到一些朋友，他们第一句话就会问："你女儿还好吧？"然后我回答："我没有女儿啊。"一些朋友先是愣了，然后小心翼翼地问："怎么我记得你有个女儿，好像我还见过。"其实，这一切，都是这首诗产生的效果。

　　这首诗的标题是《抒怀》，是中国古人常用的抒发自己情怀理想的一个标题，诗中我们谈论的是各自的理想，我的理想是希望自己有一个可爱的小女儿，因为我的这首诗采用的是白描的写实手法，并制造出了一个情境，不知不觉之中，我的理想在诗中变成了事实，虚构因此变成了现实，并且比现实更像是真的，因为我的愿望如此强烈，我把虚构的女儿置于一个美好的情境之中，这个情境比真实的生活更人性化，因而更逼真。就这样，我有了一个人人皆知的女儿，其实，那只是一个诗歌的女儿。这，或许就是所谓艺术的力量，诗歌的力量。

这首诗之所以能把虚构的不知不觉间变成真实的图景，是因为用情感创造了一个愿望中的美好世界和场景，这符合人们对美的盼望与渴求，也就符合人性的深层的精神需要，恰如哲学家所言：人们其实更愿意看到他们内心想看到的东西。因为这首诗符合了人们内心对美的愿望，所以让人喜爱、印象深刻，并最终超越现实。可以设想一下，如果这幅图景中没有一个小女儿，该是多么令人遗憾的欠缺，所以，不管生活中有没有，这首诗歌中必须有这个小女儿。这是比现实更真切的人性的对于美的需求。

中国古代有一个说法"巧夺天工"，诗人可以与造化夺工，弥补现实所没有的一切，而之所以能如此，是因为情感、想象力是可以超越现实限制的。

汤显祖、冯梦龙等认为世界是有情世界，情可以统摄天地。正是在这样的一种理念引领下，中国古典诗歌推崇"情境"论，强调"以情造境"，将历史、当下与未来，将现实世界、虚拟世界与想象世界均统一于"场景"之中，用诗歌的形式创造出一个"情境"。

所以，陈世襄等人认为中国文学的特质在"抒情"，中国诗歌的传统就是"抒情性"。确实，南宋严羽在《沧浪诗话》里很早就说过："诗者，吟咏性情也。""五四"时期，这一看法几乎是共识和公论，郭沫若就称："诗的本质专在抒情"，周作人认为："抒情是诗的本分"，康白情指出："诗是主情的文学"，郁达夫更断言："诗的实质，全在情感"。因此，陈世襄认为中国文学传统是一个抒情传统，强调情感上的自抒胸臆，"抒情精神"为中国乃至远东文学传统的精髓。

捷克汉学家普实克也认为：中国抒情诗擅长"从自然万象中提炼若干元素，让它们包孕于深情之中，由此以创制足以传达至高之境或者卓尔之见，以融入自然窈冥的一幅图像"。

中国古典诗歌的基本写作方法就是情景交融，翻翻中国古典诗歌，这样的例子可以随手拈来。比如李白的《玉阶怨》："玉阶生白露，夜久侵罗袜。却下水晶帘，玲珑望秋月。"好一幅美人望月图。水晶帘在这里很重要，有画面感，也是中间物，帘子拉起又放下，犹豫之间，愁肠几断，无奈之间，柔肠多转。夜久侵罗袜，可见夜色之深，伫立之久，衬托哀怨之深，而月之玲珑，人之幽怨，又相互映衬。全诗不着一个"怨"字，但怨之深厚溢于字里行间，论者萧士赟注："太白此篇，无一字言怨，而隐然幽怨之意见于言外，晦庵所谓'圣于诗者'，此欤！"吴敬夫云："是'玉阶怨'，而诗中绝不露怨意，故自佳。"还比如马致远的《天净沙·秋思》："枯藤老树昏鸦，小桥流水人家，古道西风瘦马。夕阳西下，断肠人在天涯。"前四句都是写景，只有最后一句写情，但构成了一个情感强烈的浓郁情境。画面感也特别明显，多幅景物构成的画面并列，组合成凄凉秋景图，一个天涯游子，骑着一匹瘦马，黄昏落日之下，迷茫而哀愁，伤心欲绝，语句简练，容量巨大，以至这首诗被誉为"秋思之祖"。

从诗学的角度来认识，情境，其本质就是以情统摄一切，注入境中，自成一个世界；或者说，用境来保存情，使之永存，使之永远。

情境诗歌，如果简单概括，从创作者角度，对内，诗歌是一次个人情感沉淀存储；对外，诗歌是一次迅速即时的情境曝光。情境诗歌的核心，是所谓倾情、专注、聚焦、定格，注重所谓场景感、现场感和镜头感；对于读者，诗歌是一次类似经验的情境再现；相比历史，诗歌是一小块情境断片；若深入研究，每一首诗歌，都是一个个人情境事件。

情与境有分别。先说"情"。情，指因外界事物所引起的喜、怒、爱、憎、哀、惧等心理状态。概言之，情是人这个主体的一种特殊观照，所谓七情六欲，是因外物激发的心理及生理反应。李泽厚认为：动物也有情有欲，但人有理性，可以将情分解、控制、组织和推动，也可以将之保存、转化、升华和超越。若以某种形式将之记录、表现、储存或归纳，就上升为了文学和艺术。因此，李泽厚对艺术如此定义："艺术就是赋情感以形式。"艺术就是用某种形式将情感物化，使之可以传递，保存，流传。这，就是艺术的本源。

在我看来，艺术，其实就是"情感的形式"，或者说，"有形式的情感"，而诗，是最佳也最精粹的一种情感方式。

情欲保存，则需截取，固定为境。情凝聚、投注于境，沉淀下来，再表达出来，成为艺术。所以，艺术来自情深，深情才能产生艺术。这点类似爱情。心专注，才有情，才会产生情。爱情的本质，就是专一，否则何以证明是爱情。艺术之本质也是如此，艺术就是深入聚焦凝注于某种情感经验之中，加以品味沉思，并截取固定为某种形式，有如定格与切片，单独构成一个孤立自足的世界，比如一首诗或一幅画。而阅读到这一首诗这一幅画的他者，又因其中积淀的元素唤起自身的记忆和内心体验，引起共鸣，感受到一种满足感（康德称之为"无关心的满足感"），并带来一种超越性，这就是美。

这种感受，就像瑞典诗人特朗斯特罗姆所说的"诗歌是禅坐，不是为了催眠，而是为了唤醒"，以己心唤醒他心。

古人云：触景生情。情只有在景中也就是具体境中才能激发并保存下来，而境是呈现情的具体场所和方式。

那么,何谓"境"?境,最初指空间的界域,不带感情色彩。后转而兼指人的心理状况,涵义大为丰富。这一转变一般认为来自佛教影响。唐僧园晖所撰《俱舍论颂稀疏》:心之所游履攀援者,故称为境。六朝及唐宋后,境不再是纯粹客观的展现,而带有主观感受性在内。《世说新语》:顾长康(顾恺之)啖甘蔗,先食尾,问所以,云:"渐至佳境"。这里的"境",指的是主体感受的合意度。唐时,境的内涵意思基本稳定,既指外,又指内;既指客观景象,又指渗透于客观景象中的精神,涵有人的心理投射观照因素。

境,为心物相击的产物,凝神观照所得,其实质就是人与物一体化。主客融合,物我合一,造就一个情感的小世界,精神的小宇宙,在情的关照整合统摄下,形成对世界和宇宙的认识理解。

所以,诗呈现的不是客观的景或者说境,诗呈现的其实是已蕴含个人情感和认识的境,一个主观过滤筛选过的镜像,经过个人认识选择过的镜像。

因此,所谓经验、事实、现象、事件,只要是被诗歌存储下来,都是因为诗人倾注了情感,当然,这情感有热爱,也有憎恨,还有冷漠、厌烦乃至鄙弃。没有过情感交集的经历,包括人与物,是不会被记住的。这些情感交集也会随不同时代而变化,分化为情意、情调、情绪、情况、情形等等。所谓现代性,其实就是更关注后面的内容。

情境,有情才有境。情景交融,情和景总是联系在一起的。情境,就是情感的镜像或者说框架,个人化的,瞬间偶然的,情感在此停留,沉淀,进而上升为美。情境是一个情感的小天地,细节、偶然、场景因情感,才有意义,并建立意义。

情因有境得以保存长久,境因有情而被记忆,具有了生命,有了回味。

再回到我这首诗里,我对日常生活充满欢欣,但也有一些不满足,这就是希望有一个小女儿,在我写这首诗时,无意识地把幻想的女儿写到了一个现实的场景里,使这首诗呈现出一个整体,而不知真相的读者就误认为我现实中有一个真实的女儿,而这个女儿如此可爱,是这首诗的一个"诗眼",是焦点和中心。

这一由情感愿望想象产生的女儿,是点睛之笔,使整首诗升华鲜活起来,形象动感起来,因而镌刻在读者的脑海里,就这样,我拥有了一个实际不存在的女儿,因为诗歌,这个女儿会成为永恒的女儿,若干年后,人们还会认为我有一个女儿,她在诗歌里如此真实。所以说,诗歌如此美好,弥补了我生活中所没有的。这就是诗歌的伟大力量:无中生有。艺术弥补了欠缺,真情完美了现实。

这首诗歌也是一首典型的"情境"诗歌,画面感很强,一切融于一种情感之中。有静有动,有近有远,有色彩有声音,有现实有想象,有虚拟有写实,非常立体完整,本身构成一个自足自满的世界,一个诗歌的艺术的世界。

我曾经多次说过:我写诗,就是想创造一个审美世界和意义世界,而这两者,在《抒怀》一诗里得到了统一。如果说诗中呈现整个场景是一个审美世界的话,那么,希望拥有一个小女儿并满足于日常生活,则是一个意义世界。

而这一切,正是通过情境的现代性转化来实现的。

超越题材

谢克强

诗，就是诗。或者说，诗只能是诗。

这不是废话吗，难道逻辑允许如此同义反复地诠释概念？不。这只是简单到复杂的陈述句，意在重申并返回诗的艺术本体中去。正基于此，诗说它绝不反对题材，但必须超越题材。就像不朽的艺术，它必须超越年龄、资历、时间、地域等等。所以，诗不属于写什么，而属于无所不写，怎样去写。

题材，亦如生活给我们提供的面粉和大米，你可以将面粉做成馒头、花卷、包子，也可以做成精美的糕点；你可以将大米作成米饭、米粉，也可以作成稀饭、干饭，甚至可以用米酿成米酒或白酒。所有这些全在于诗人的艺术选择、艺术素养、艺术构思，即你对题材的把握和超越。

这其间，凭我几十年的创作实践，我以为有这么几种关系要处理好。

展示与审视

随着社会的发展，人类的进步，人们对自然物质的驾驭能力日渐长足进步，同时人对现代物质文明的依赖性也在增长，从而使客观物质世界以其极为倔强的姿态和人的主观精神相抗衡。是的，人没有物质财富的支撑难以生存下去，但只有物质财富还不够，人还需要精神的东西滋养灵魂。如果说物质世界的主宰是能量，那么精神世界的主宰就是美。人类正是在追求物质能量扩张的过程中创造了科学，而在追求美的实现过程中创造了艺术，创造了文学，创造了与物质世界相辉映的精神世界。

正是从这个意义上说，文学即人学，文学是服务于人生的，它的功用就是不断地表现人生、批评人生、指导人生。因此，文学的对象既然着眼于人生，那么它最主要最基本的材料，毫无疑问也就是人及其生活。

生命是一个过程，生命的意义在于每一个人赋予生命的意义，你赋予它什么意义它就是什么样的生活。换句话说，生命的过程，其实也就是你选择的一种生存方式，或者说一种生活方式。所以文学其实就是反映生活，反映生活中的人。当我们这样说时，我们常常忘记生活应该是被人创造的，而不是人被生活所支配。

文学对生活的反映和表现，是为了彰显人创造生活的尊严、勇气和力量，无论面对苦难还是困难、快乐还是痛苦、清醒还是困惑，人总是执着、顽强地奋斗着，以求证生活的意义和生命的价值。

诗是文学的一类，是最精粹的一类，因此有诗是文学的皇冠之说。人们在追求自己的生活意义和生命价值时，常常回忆起他所眷恋的事物，常常憧憬他所向往的境界，这时，他会觉得只有幻想才给他"现实感"，只有幻想才使得手臂可以自由地伸展，只有幻想才能使他在浑身汗水、疲惫不堪时候还能在清风拂面时轻松地笑一笑，只有热情才能在他生活失意时看到未来与希望，只有经过激情的浸染，他的肌肉才会充满血液与活力。一句话，只有在充满热情与幻想的精神天国，人才能在备受挫折和失意中仍对未来充满美好的希冀与向往。而诗正是收容人类流失灵魂的殿堂,用激情和幻想编织着人类生存发展的理想花环,引导人类不懈地努力奋斗。

正是由于诗有自己的艺术特质,所以诗与其他文学种类的分野在于一个是再现生活、世界和人,一个却要捕捉人心灵的幻觉、记载人的大脑中的意象,所以诗应该近于图画和音乐而远于小说、散文、戏剧等,应该将它当作画来绘、当作音乐来谱。

基于这种理解,我以为诗就是对生活与世界的审视,而非展示。企图用诗去展示或表现什么,是对诗的误解。展示抑或表现,亦非诗的本性,亦非诗存在的目的。展示或表现,只是诗浅表的幻象,而非诗的本质。事实上,诗人抒情言志的愿望,也不是要展示或表现什么,诗人的愿望在于超越。诗人正是在这个意义上试图运用诗歌来超越自我,超越他无法接受的现实世界。

我有一首题为《菊颂》的诗,全文如下:

1

冷雨之后秋风又萧萧瑟瑟
河岸那排葱郁的树
早被风雨剥蚀得只剩下呆滞
一些识时务的匆匆躲进土里
等待来年伺时长出

而这时,太阳也衰老了
悲壮的雁阵也衔着叹息远遁
唯独你选择这个时节怒放
管他风也罢雨也罢

这个时节是截荒凉的空白

空白正好露你不甘寂寞的笑容么
当你舒放比夕阳还金黄的清香
霜雪又赶来雕饰你的美丽
我想　你定然不是陶潜篱下的那朵

独守深秋枯瘦的枝头
你这秋之魂哟

2

紫色向晚
陶公　早随蝉声远遁
东篱下　菊花开了
点缀一片深深的空白

这时　月自篱下浮起
浴着月色
菊　有一种古典的美
且朴素淡雅

自岁月深处　那千古绝唱
颤动着　唱一种思念
云　淡淡曳过
曳不走菊的淡淡清香

这些菊　虽与蜂蝶无缘
但喜霜寒露重
就如同陶公
爱与诗与酒亲切

而今　陶公早已随蝉声远遁
菊花依然很有风度地开
在东篱下　开成一种精神
或者一种信念

　　这首诗，虽有对菊花形态的描摹，但更主要的是对菊花内在精神的审视。这种审视其实在某种意义上说就是超越题材，而超越的前提，则是诗人对诗歌精神、对自我和理想境界的发现与寻找。

　　由此看来，诗是高度心灵化和个性化的产物。它是一个诗人人格气质、思想呼吸、精神血肉的唯一结晶，也是人生历程中喜怒哀乐、吟咏歌哭、音容笑貌的形象化展示。这就决定了真正的诗，必须葆有真实、丰满、鲜活的生命特征，是一个可触可感、可亲可近、如闻其声、如见其人的心灵世界。

　　诗亦如人，就是这个理。

观察与想象

　　法国诗人雨果说："诗人有两只眼睛，其一是注视人类，其一是注视大自然。他的前一只眼睛叫观察，后一只眼睛称为想象。"

　　一首诗的审美价值判断，是由作者与读者共同完成的。诗的这种审美特质，应该说有一定的神秘性，但并非无法感知。这种感知，我以为就是发现，也就是在人们司空见惯的事物中发现人人心中有但口里又不能自言的东西，即从平凡中发现不平凡的东西。

"发现",一是要观察,二是需要感觉,新鲜的感觉。寻常的生活与题材,只有注入了诗人独特的感受和发现,以及独特的表现手法,才能收到异常奇妙的艺术效果,使诗获得自己独特的审美价值。

这个独特的表现手法我以为就是想象。诗人没有想象,就像鸟儿没有翅膀一样,他的诗思就不会在艺术的天空自由地翱翔。也可以这么说,没有想象就没有诗。想象的突出地位就在于它能使生活本身进入艺术,或者说最高意义上的诗其实就是想象中创造一个新的世界。

一切文学艺术都需要形象思维,而对于诗来说,更是需要形象思维。而形象思维,只有凭借想象才可以实现。

什么是想象呢?莎士比亚的回答是:"想象使从来没有人知道的东西有了确切的寄寓与名目。"因此,想象,奇特的想象,是赖以创造奇特形象的酵母。也正如赫斯列特所说:"想象是这样一种机能,它不按事物的本相表现事物,而是按照其他的思想情绪把事物揉成无穷的不同形态和力量综合起来表现它们。"这也就是说,想象就是使你选择的形象升华、意境开阔、感情随之飞腾;即把生活中的素材变为诗歌中的形象和意象,这中间的媒介或者说构思就是想象,就是借助一些具象的东西来形容你的所见、所闻、所想的东西,以加深印象,增强艺术魅力。

诗人在构思时即进行想象,这时思维异常活跃,头脑里浮想联翩,就像刘勰在《文心雕龙》里所说的那样:思接千载,视通万里;这时形象也愈来愈具体、愈确定、愈生动、愈鲜明、愈个性化。诗人往往把诸多的事物、对象,通过各种艺术手段去粗取精、由此及彼,最后凝聚汇合、融为一体,创造出艺术形象和诗的境界。这境界就是意与境的统一体,这正如别林斯基所说:"思想是通过形象显现出来的,起主要作用的是想象。"

当然,这种想象不是凭空而来,而是在对生活的观察体验后从形象的感受入手,对生活提供的丰富的形象进行典型化的再创造。形象是刹那间所表现出来的理性与感性的情结,正是这种情结的瞬间出现才给人以突然解放的感觉,才给人以摆脱时间局限与空间局限的感觉,才给人突然成长壮大的感觉。所以,形象是诗人的发现,也是诗人的创造。

可见,想象总是从生活中真实感觉到的形象中吸取它的生命,从暗示中吸取它的力量。但这种形象的力量,不在于它的出人意料的荒诞离奇,而在于其深邃而符合实际的联想。

碗

无须相约
天天　总在日出日落之间
你热情满怀
将粮食的情意堆得满满
让我们充满感激

许是来自泥土
你也如泥土一样质朴厚实
散发泥土与火的光芒
将最简单也最深刻的话题
装在一日三餐里　由此
你也成了黑白日子的图腾

是呵　民以食为天
于是在饥渴与满足之间
你以诚实　期待　安详的神态
端坐在餐桌上

郑重接受阅读生活的桌面
庄严而热忱的检验

无须相约
每每凝视你隆起的身影
我常常想起母亲
只因你是大地赠给人类的子宫
将一代一代繁衍

碗，在生活中，是我们再熟悉不过的一个器皿，我们一日三餐都要用到它，恐怕大多数人对它都是熟视无睹，在这些大多数人中我也算一个吧。可是有一天，我洗碗时不小心将一个朋友送我的产自景德镇的瓷碗掉在地上摔碎了。望着散落地上的碎片除了感到有些可惜外，我突然感到碗在我们生活中不可或缺的作用。有了这个想法后，几行诗就随着思绪而出："无须相约/天天　总在日出日落之间/你热情满怀/将粮食的情意堆得满满/让我们充满感激"。

如果仅仅写到我们对碗充满感激，那还不是诗。碗仅仅是生活中的一个具象，还需要我凭自己生活的体验，把碗从具象升华为形象，同时在感受碗这个形象的过程中，对生活提供的碗这个形象进行典型化再创造，也就是借助形象展开想象的翅膀在艺术的天空飞翔。正是借助想象，才有了这样的诗句："每每凝视你隆起的身影/我常常想起母亲/只因你是大地赠给人类的子宫/将一代一代繁衍"。

可以这么说，离开想象就没有形象，也就没有这首诗。诗人之所以要千方百计地发挥他的想象力，就在于要从客观事物中发掘出隐藏的、不易发现的也不易道破的艺术效果。可见，想象是诗的构思的动力，想象愈是新颖奇特，诗就愈有艺术魅力。一个缺乏想象和感知能力的诗人，就会在"具象"和过于注重逻辑条理的泥沼中不能自拔。我们从他们的诗作里，看到的只有对现实的描摹和生发，就像诗人里尔克所说的只是提供事物的"图像"，而不是揭示事物的本质。

构思需要想象，创造意象需要想象，艺术描写需要想象，揣摩心境需要想象，体悟语言需要想象，因此，诗人最杰出的本领就是想象。

体验与感悟

诗是什么？诗其实是我们生活经验在语言的转换过程中赋予生命的一种折光，是"美在于人的生命"的美学智慧。因此，诗人在创作过程中，绝不是对事物被动地介入，而是生动地体验。

体验有两点：一是体验与生活的共生性，一是体验内在性。

所谓体验与生活的共生性，是讲体验与生活彼此是不可分割的，体验着就是生活着，生活着就是体验着，不可能有那种专门拈出来体验的动作去选择生活，也不可能有一个生活摆在那里，让人去体验。生活就意味着每一个人都在循环往复地体验着它。生活本身由命运、遭遇、诞生、死亡等要素组成，而这些要素也就构成着体验的要素。也就是说，体验就是感性个体把自己的知识与自我生活世界及其命运的遭遇中所发生的许多具体事件结为一体。正是从这一点出发，体验必须是从生活着的感性个体的内在感受开始，因此，真正的体验是命运的，也就是从自己的命运和遭遇中感受生活，并力图去把握生活的意义及其价值。

诗的体验，实际上就是一种生命的体验、灵魂的体验。这种体验，是需要灵魂将生活中的种种关系和基于这种关系的经验结合起来的内在要求,是生活的反思或者说是反思着的生活。即在命运与遭遇中感受生活时,不是事物感觉了我们,而是我们感觉了事物,从而显示诗人在反映事物的主观色彩而付出生命的一种变动能量。一个诗人如果能够把握他生命的"此时此刻",他也就能够把握现代生活和人们意识流动的每一个"此时此刻"。

  这对诗歌创作实践是非常重要的。这种生命意识,其实就是诗人个体情感冲决文化压迫而展现的心灵境界,而从内心宣泻所突现的灵光的东西,则是诗人主观能动的感觉震撼世界的产物。

  我写过一首题为《路》的诗,全文如下:

1

既然命该如此
那么　就躺下为路吧
是路总想宽阔平坦一些
无奈征程有崖有谷
我不得不弯曲

我是以勇敢的姿势躺下的
并选择最佳方式生存
无论站在峭壁卧在深谷
或者穿过迷人的荆丛
我都将生命与爱昭示天空

时间也许踌躇不前
我却不能不向前延伸
远方的诱惑是个因素
而我是从岁月深处走来的
总想背负一点什么

不会重复过去
也不会追踪别人
我是先驱者滴血的脚印
若问我的终点
历史有多长我就有多长

2

远望你以为断了
其实没断
越过迷惘走出坎坷我伸向远方
远方很美

无论　蛇一样蛰伏荆丛
雾一样飘绕断崖
歌一样蜿蜒都市
总有无数脚步纷然而至
肆意践踏

是的　每双脚都走着一个目的
或走向憧憬
或寻找归宿
唯有我任人踩在脚下
痛苦地战栗

叹息之后
我抖落风尘抖落痛苦伸向远方
远方　呼唤我以献身的悲壮

注释命运

　　这首诗，看似是路的自白，何尝又不是诗人自己内心的独白呢？从这里，我以为所谓体验生活，对于诗人来说就是透视自己的内心世界、内心情感。诗人自身内在生活的结构本身，决定了他的体验程度的深浅，也决定了他的内在价值的深浅。缺乏内在感受，缺乏内在精神的人，不可能成为真正的诗人，哪怕他会写出华美的诗句、会精巧地描摹现实生活。诗人之所以能把一件具体的事物提高到真正富有意味的高度，就在于他能从自己的内在精神出发，去透视具体的生活事件的意义。我写过一首题为《岸礁》的诗，诗云——

　　垂下躁动的头颅
　　将期待
　　缄默成一块怒耸的礁石
　　站在黑色的海边
　　我沉思

　　任海水
　　一次一次疯狂而愤怒
　　宰割踩躏
　　迷惘与困惑纷纷远遁
　　留下坚毅

　　无意举旗
　　白帆也早在远方飘逝
　　孤独不是我的过错
　　纵然瘦骨嶙峋

也要向命运
露出锋利的牙齿

抬起刚毅的头颅
黑色的风涛更铸我坚贞
来吧 痛苦、忧郁、孤独
以及粲然的挽歌
我渴望

正是浸透了作者自己的内在精神,才使一块岸边普普通通的礁石成了孤独者坚韧不屈的形象,使之有了深刻的社会意义。所以,诗人体验生活,就诗人来说,就是透视自己内心的情感。诗人并不需要观察现实生活中的某种理论体系,也不需要从中归纳出什么结论,而是浸透其中,体验着、掂量着、探寻着其中的真正的味道,即深刻的思想哲理内蕴。如此说来,所谓体验其实就是寻求意义、指向意义的活动,即体验就是注入生命、创作意义,使自己的生活变得透明起来。因而,这种体验实际上是一种有意义的生活方式。

如果说诗意是诗人对经验和认识的一种概括,那么,诗的构思活动中,立意则是为诗的全部构思活动奠基。构思的目的,在于把众所周知的东西表现得陌生;把人们习以为常的现象表现得新奇;把不易为人发现的隐秘意念表现得神采焕发。

生活中获得感性的东西也许并不难,只要你有稍微犀利的目光和敏锐的神经就能获得感性的东西,但要获得感知的东西却不那么容易,这就需要一点悟性,从感性的东西中悟出一点什么,给人们一点新的东西,给人以启迪或者给人以思索。

由此看来,诗的酵母其实是诗人对人生真谛的领悟。诗人品尝了、咀嚼了、消化了,将生活材料在艺术思维中改造制作,注进自己的独特的感受、注进自己过滤的心血,然后用精粹的语言把自己对人生的体验吟咏出来。不懂得什么是真正的人生,就写不出真正的诗;不品尝生活的酸甜苦辣,就不理解什么是真正的人生。而这种懂得,就是感悟。

感悟必须靠多思,靠对生活的深入体验,有时必须把自己置于动态的循环中,反复探求,反复揭示,使哲学的光辉烛照你的精神世界,那时,你的诗作不仅可以获得深邃的意蕴,也将获得巨大的艺术魅力。

熟悉与陌生

陌生化是俄国形式主义理论家什克洛夫斯基提出来的。他曾说:"艺术之所以存在就是为使人恢复对生活的感觉,就是为了使人感受事物,为了使石头显现出石头的质感。艺术的目的是要让人感觉到事物,而非只是知道事物。艺术技艺就是使对象陌生,使形式变得困难,增加感觉的难度和时间长度,因为感觉过程就是审美目的,必须设法延长。"我以为,这应该是陌生化审美效应的实质。即作家或诗人通过特殊的艺术手段创造一种与现实表面的距离,使人们对自己熟知的事物获得一种意外的效果,也就是重新认识自己以为熟知但实际上并不熟知的事物。

椅子是众人都熟悉的物体,它对于人类的功能也是众人熟知的,但这只是对椅子浅显的认知,而椅子独有的思想内蕴或社会意义即它延长的功能,众人并不一定清楚。我将椅子陌生化,就是从日常生活中熟悉的表面去揭示深刻的生活本质。

当然,这有个过程。

有一年的某日,我们省作家协会党组讨论干部提拔问题,由于站在各自的立场上,看人的角度也不一样,因此对所提名的干部看法也不尽相同，讨论来讨论去也没有统一意见，只好不欢而散。对人看法不尽相同，在一个组织内，这也很正常，但对人应该怎么看，应该有一个大致的标准，即看主流、看大节，而不能拘泥小节，纠缠不休。中午回家吃饭也没有胃口，下午上班书也看不进，报纸也不想翻，本来要打两个电话也没有心思打，只好在办公室里来回走动，很是郁闷。快下班了，我往椅子上一躺，这一躺突然来了灵感，争来争去不就是要给人安排一个位置吗，不就是给一把椅子坐坐。位置与椅子，这里面有诗。吃过晚饭后，中央电视台的晚间新闻我也懒得看，就坐在桌子前，写了一首题为《椅子》的诗。诗曰——

徘徊斗室
影子将我挂在墙上摇晃
摇晃久了
遂想找一把椅子
坐坐

坐在椅子上
想些铁门猜不透的心事
静寂缓缓武装着我
劝我再深刻些

说实在的　　站了一天
谁都想有把椅子
靠在椅背上
绝非只是为了坐着舒服
有了依靠
心　　不再飘泊

命运
纵使我无法选择位置
我却可以选择椅子
并且心安理得与之厮守
与之相依为命

没有椅子坐的人
总想占有一把椅子

  诗是语言的艺术，对事物的陌生化，应该说是由语言完成的。陌生化实际上是什克洛夫斯基就诗歌语言的创新而提出的一种主张。从语言学的角度来看，诗歌的语言应该是一种自主的、不断变化的语言形式，因此诗歌的语言应当而且必须有别于日常语言。这是因为日常语言的因袭与守旧，对我们来说已失去了新鲜感和活力，它不仅不能激活我们对生活的感受，而且常常麻痹我们对生活的感受。

  如何造成诗歌语言的陌生化效果呢？我以为无非是改变或异化旧有的词语，再就是创造新词语。如我的这首《椅子》："坐在椅子上/想些铁门猜不透的心事/静寂缓缓武装着我/劝我再深刻些"，谁听说过铁门还有猜不透的心事，这是从来没有的事；寂静怎么样武装我，还要劝我再深刻些，这更是闻所未闻。这些诗句中的词，像"武装"等等应该说都是旧有的词，但我想方设法改变或者异化了它们，使之更能鲜活生动地表现我深夜坐在椅子上冥思的此情此景。客观地说，所有这些显然有悖日常的语义逻辑，可是从通感的角度来说，却又是可以让人理解和接受的。这是因为当你把这些扭曲、变形和变异的语言当作诗的语言来看时，就会从一个新的角度去感受事物和世界，从而惊叹诗人对世界的独特发现。

除了语言之外,造成诗歌的陌生化,还可以从诗歌结构内部的主要因素与次要因素的组合关系上予以实现。这就是说在诗中必须将占支配地位的因素置于前景,哪怕损伤一些其他的因素。从某种意义上说,作品的意义就在于被置前景的和起辅助作用的因素之间的相互关系。例如我的一首小诗《远眺青海湖》:

眼神怎么那么忧郁呢
噙着一滴忧怨的泪

是不是远来的游人
打扰了你的宁静

远眺你一湖幽深的蓝
我不敢走近

诗题是远眺,但诗却将"眼神怎么那么忧郁呢/噙着一滴忧怨的泪"置于前景,使之处于诗的支配地位,而远眺在诗中只起到辅助作用,这样一来,深化这首诗的内蕴的效果是异乎寻常的,于是乎,一首六行的小诗有了社会大意义。如果将远眺置于前景,那这首诗的意义就会大打折扣了。

当然,生活是源,诗歌创作只能是流。所以诗要陌生化,但不能妖魔化,即既要陌生化,又要还原生活。这是因为陌生化是为了革除人们囿于"常识"的藩篱对自以为熟识的事物视而不见的积习,而还原生活却从另一方面纠正人们过度重视陌生化将生活妖魔化和极端抽象化的偏僻。也就是说如果诗的陌生化离开了生活本相,那就是妖魔化了,使诗失去了本有的意义。我在读《中国诗歌》邮箱的来稿时,看到不少人滥用"陌生化",不仅使诗看起来矫揉造作，也令人有不识庐山真面目之感。

角度与距离

"横看成岭侧成峰，远近高低各不同。不识庐山真面目，只缘身在此山中。"苏轼这首极富哲理的诗，读后给人很多启示，启示之一就是观察事物的角度。

在客观现实生活中，无论哪一种事物，它总是呈现出多侧面的美。这种多侧面的美既是客观存在，也是诗人能动的创造。因此，诗人的艺术本领就看他是否能选择独特的视角去发现事物独特的美。正如莱辛所说："诗所选择的那一种特征应该能使人从诗所用的那个角度，看到那一物体的最生动的感性形象。"

祖国

1

你是
半坡博物馆里出土的那只陶罐
质朴、丰盈还有几分亮丽

你是
秦始皇统一天下的那把长剑
倚天拄地而立

你是
随州擂鼓墩出土的青铜编钟
轰响一个民族的心律

你是
绵延千里伸向远天的丝绸之路
翻过岁月的坎坷走向平坦

你是
飘扬在天安门广场上的五星红旗
猎猎飞舞迎接新世纪的风雨

2

含在口里
你是我儿时放牧的一片叶笛
和吟诵的唐诗宋词

贴在胸口
你是我远离故土相思的红豆
和饿了充饥的红薯

捧在手上
你是我家一只祖传的青瓷大碗
和我描画未来的彩笔

扛在肩头
你是父亲走向荒漠拓荒的犁铧
和我屹立边哨的枪刺

倚在怀里
你是我母亲饱满多汁的乳房

和妻子温情的手臂

3

迎着熹光
你是一只衔着橄榄枝的白鸽
飞在人类祈祷的瞩望里

穿破黑暗
你是一座熠熠闪烁光华的灯塔
屹立时代风云际会的港口

伴着鼓角
你是女足运动员脚下的足球
角逐在世界的绿茵场上

风雨征途
你是一页历经沧桑才兜满春风的征帆
逆着激流险滩进击

浴着秋阳
你是一棵伤痕累累又勃发生机的大树
挂满甘甜也有点酸涩的果实

这首诗发表在 1999 年 9 月 30 日《光明日报》上。当我刚接到《光明日报》约我为国庆五十周年写一首诗的约稿时，心里有些忐忑不安，因为我刚刚为《湖北日报》写了一首长诗《黎明，我登上脚手架》，以一个农民工登上脚手架浆砌一座楼房为视点，隐喻为祖国浆砌社会主义大厦。这首诗的切入角度不算特别,但切入角度比较小,加之我在铁道兵工作时曾带领战士们修筑过火车站,有过浆砌楼房的实践,所以写起来很顺手,四百多行诗一气呵成,《湖北日报》也很快发表了。可不可以将这首《黎明,我登上脚手架》压缩精简一下交差呢,这个念头一冒出,我立即打消了。《光明日报》可是国家级的大报呵,得认真对待。想了两天还没有头绪进入构思,不想写得平庸一般化,又没有找到独特进入的视角,构思起来自然比较困难。焦急中我突然想起舒婷的《祖国》开头的第一句诗:"我是你河边上破旧的老水车"。你可以是河边上破旧的老水车,那我为什么不能说你是我儿时放牧的一片叶笛和吟诵的唐诗宋词?有了这一句,一时间各种形象意象纷至沓来,不到半个小时我就写下这首诗的第二段。接着我就依照第二段的模式构思了一下,写祖国的历史和现状,这就有了第一段和第三段。第二天我稍一润色,就寄给《光明日报》,不几天就发表了。这首诗发表后,先后收入好几本诗选,还在关于祖国的征文大赛中获奖。

《祖国》,这题目够大的了,但以我对祖国的理解,从大处着眼,从小处落笔,以自己对历史与现实生活的观察与体验,然后加以审视,在这个审视的过程中我获得了独到的发现,或者说有了自己独特的视角,以纷繁的意象打破或者颠覆了人们对祖国常规的印象。所以我向来认为,诗的题材是否重要不要紧,要紧的是把握好选材的角度与距离。

距离是什么呢,在我看来,距离就是选材时的聚焦点。

列夫·托尔斯泰曾这样称赞契诃夫短篇小说的精湛技巧:"艺术品中最重要的东西,是应当有一个焦点才成,就是说,应当有这样一个点:所有的光集中在这一点上,或者从这一点放射出去。"因为这一点最能集中地表达作家或诗人的写作意图,最能有效地把纷繁的材料加以取舍,然后紧密地组合起来。

我曾三上庐山,每次去都要去看一看庐山会议旧址,由于时间和心境不同,每次走进庐山会议旧址的感觉或情感都不一样,三次我写了三首诗,其中一首《庐山会议旧址》是这样写的——

  偌大偌大的礼堂　空旷寂静
  当我悄悄踏破寂静
  漫步走在中间的过道上
  穿行的脚步响着历史的回声

  放眼望去
  一排一排列队的长桌上
  摆着一张一张台卡
  台卡上那一个个声名显赫的名字
  际会庐山风云

  抬头仰望主席台上
  那是曾执掌乾坤的五条汉子
  如今他们都已远去
  只是他们各自最后的结局
  不仅让历史瞠目
  也令人回味

  我又想起这里开过的另一次会
  那次与一位大将军有关
  如今　庐山不再开会了
  这偌大空旷有点庄严的礼堂
  仅供后人游览么

在这首诗里,桌上的"台卡"是这首诗的一个焦点。正是由这一张台卡,我就将庐山风云际会纷繁复杂的材料加以取舍,由此展开想象并加以审视,以表达此时此刻我一个诗人的心境和思索,以及由此生发出来的历史拷问。

有人将现实生活比作阳光,把诗人比作取火镜,经过取火镜凝聚出来的热力的焦点就是诗。这与托尔斯泰所说的可以说是异曲同工。因为诗歌这种艺术样式,不重对事实现象的记录和斗争过程的叙述,重在集中地表达典型环境中的典型感受。如果只留下事实的一般轮廓,却匆忙地替它披上诗的华丽的外衣,只有表面的形象化,那还远远没有完成开掘底蕴的任务。而选准了最有表现力的精彩画面,就是找到了这个焦点,就能举重若轻地进行艺术概括和集中,显示生活本质的东西,由此引起读者深远得多也广阔得多的感情激荡。

论新世纪散文诗的创作困境及其突围

张光芒　董卉川

新世纪诗坛可谓异彩纷呈，并且出现了很多新的现象，比如民刊的高速增长、网络诗歌的迅猛发展、自媒体的空前升温、出版门槛的有效降低、诗歌活动的频频开展等。多种因素的"合力"推动诗歌创作进入了一个井喷期。受此影响，散文诗创作阵营也不断发展壮大，写作也算活跃。不过从另一方面看，新世纪的散文诗创作固然迎来了复兴的迹象，优秀作品也不在少数，但与其他体裁如小说、话剧、散文相比，却处于不受重视的尴尬境地。甚至可以说，本就位于诗歌内部边缘地带的散文诗，正在经受着来自诗歌界、散文界与研究界的三重冷落，处境可谓边缘之边缘，弱势之弱势。

造成散文诗窘态的根源到底来自哪里？文体意识的模糊与文体身份的尴尬首当其冲。"在一切文体之中，最可厌的莫过于所谓'散文诗'了。这是一种高不成低不就，非驴非马的东西。它是一匹不名誉的骡子，一个阴阳人，一只半人半羊的 faun。往往它缺乏两者的美德，但兼具两者的弱点。往往，它没有诗的紧凑和散文的从容，却留下前者的空洞和后者的松散"①。这一论断虽有些偏激，却较为准确地抓住了散文诗创作困境的方向。散文诗文体的杂糅性，使其在创作时与其他文学体裁相比难度更大，若在写作过程中不能准确地把握自身的文体范式，就易流于散文或归向纯诗，变得不伦不类、不三不四。

早在新文学时期，面对这个亟待解决的棘手问题，诸多学者、作家或撰写理论文章，或进行文体实践，为散文诗创立了基本的文体范式，用创作实绩为此种全新的杂糅性文体注入了活力与生命力，使之成为"五四"新文学传统的重要一翼。但草创期诸多具有创新潜力的文体实验与审美元素，在后来不但没有得到充分的发展，反而遭到忽视而中断。新世纪散文诗至今仍陷入自身的困厄——文体的身份混乱——之中。散文诗虽困于文体，解亦在文体。要突破创作困境，使自身获得良性的可持续发展，赢得读者与学界的青睐，就需要当代散文诗作家在面对当下的同时，重新找回丢失的现代传统，汲取有益的审美资源，重构散文诗的文体精神与文化内涵。以下拟从散文诗的散文性文体形式、诗性文体内核与剧性文体特质三个层面清理这一问题，庶几为散文诗实现困境中的突围提供一些有益的思路。

1. 散文诗的创作现状与散文性文体形式问题

散文与诗歌杂糅后形成的散文诗选取何种文体形式是作家创作时面临的首要问题，即到底是选取分段排列的散文形式还是选择分行排列的纯诗形式。对于散文诗这种文体来说，有时形式似乎比内核更为重要，特别是为了辨认、区分、归类的需要，形式成为散文诗不可忽视的关键要素。对于散文诗文体形式的探索，

---

① 余光中：《剪掉散文的辫子》，见《逍遥游》，国际文化出版公司2014年版，第28页。

贯穿于整个新文学时期。如对第一首散文诗的争论，是沈尹默的《月夜》还是刘半农的《晓》，焦点即在于是否分段排列。由于《月夜》为分行排列，因此学界更倾向于将刘半农分段排列的《晓》作为第一首散文诗。还有些研究者认为郭沫若的《辛夷集·序》是第一首散文诗，"《辛夷集》的序也是民五的圣诞节我用英文写来献给她的一首散文诗，后来把它改成了那样的序的形式"①。除了作品创作时间上的考虑，采用分段排列的文体形式也是考量的核心所在。又如具有里程碑意义的散文诗集《野草》，其中除《我的失恋》是分行排列外，其他作品鲁迅均采用了分段排列的形式。在新文学创作伊始，散文诗分段排列的文体形式已然确立，当下散文诗承继了此种传统。

分段排列的写作方式为以亚楠为代表的"大诗歌"创作提供了极大便利。亚楠的散文诗以长篇见长，不仅字数众多，且多是组章成篇，作品的主题是以描写西部（新疆）的历史文化、地域特色为主。如《暮色苍茫》中的阔尔克草原、狼群、雪豹，《特克斯》中的特克斯河、阔克苏河，《薰衣草童话》中的伊犁河谷、鹰、骏马，《伊犁河谷》中的天山腹地、野鸽子、苍鹰，《昭苏》中的苏木拜河、草原、雪峰、森林、古道、大莽原。思想情感也是以西部（新疆）的风土民情为依托，"所有内容均与新疆这片辽阔大地相关。所以，这既是我对生于斯长于斯的这片厚土的感恩和崇敬，也是我由此而展开的追忆、思索与探寻。很显然，它所凝聚的情感，真挚、饱满、深沉，不仅拥有草原的辽远、宽阔，山河的雄奇、壮美，也拥有戈壁大漠的苍凉、恢宏……我主张精耕细作，深入挖掘，并以宽广的胸怀和生命激情反

---

① 郭沫若：《我的作诗的经过》，见《郭沫若全集·第十六卷·集外》，人民文学出版社1989年版，第213页。

观这片土地……并用一生完成对它的探寻、记录和表达"①。分段排列的文体形式在字数和篇幅方面的优势，使亚楠在文本中最大限度地展现西部风情的豪放、壮阔，让自我的生命在旷野、草原上奔驰，在雪山、河谷中翱翔，用阔大的胸怀书写生命的力量和自由的灵魂。鸿颖的散文诗与亚楠类似，篇幅较为宏大，以分段排列的文体形式描写西部（青海），如青海湖、三江源、高原、雪山、草原等，使读者感受作者豁达的胸怀与奔放的情感。

当下绝大多数的散文诗均采用此种文体形式，严格按照散文分段排列的方式呈现诗人的情思。其中一些作品由于宏大叙事和抒情主题的需要，此种文体形式与之配合，能够更全面、更深入地传递情感、表现主题。另一方面，散文诗的诗性内核决定了散文诗的文体形式并不应该仅局限于分段排列的方式，而应是一种在此基础上更加自由、开放的诗与散文混杂的复合型文体形式。因为无论是纯诗的分行排列，还是散文的分段排列，均易造成外在节奏（形式）的一成不变。一个诗人对复杂的思想情感与丰富的人生体验的揭示，需要与之相配合的抑扬顿挫、跌宕起伏的外在节奏形式。新文学时期已有研究者指出，"诗的本质专在抒情。抒情的文字便不采诗形，也不失其诗……散文诗的建设也正是近代诗人不愿受一切的束缚，破除一切已成的形式，而专挹诗的神髓以便于其自然流露的一种表示"②。换言之，诗人在写作诗歌时，需要把自我的内在情绪转化为具体可感的外在节奏，用外在节奏表现内在情绪，从而展现诗性。"诗之精神在其内在的

---

① 亚楠：《辽阔》后记，新疆人民出版社2016年版，第274-275页。
② 郭沫若：《郭沫若致宗白华》，见《郭沫若全集·文学编·第十五卷·三叶集》，人民文学出版社1990年版，第47-48页。

韵律（Intrinsic Rhythm）……内在的韵律便是'情绪的自然消涨'"①。情绪是内在韵律，节奏是外在形式，它们需要相互配合、相互作用，从而形成一种互动的诗意张力。

转角的散文诗与亚楠、鸿颖相比更加注重以外在变化的节奏表现内在波动的情绪，以《荆棘鸟》一窥全豹。

太阳，我要终生与你为敌。
低头的夜色为奔跑的豹子形成殉葬的队伍。规整，方圆，接近荒漠和绝望。

黑土用混沌推算我的行程。我迟开七昼夜的莲花，在料峭的春分时刻酝酿冰雪和漂泊的孤苦。
春天，第一棵泛着青丝的小草钻过禁地的潮湿，小心张望，饮风拔节，暗暗涌动……终于，持续到了十月。每一个十月的太阳，血流如注。苍茫的原野。

我的前生被赋予忠诚的罪名。我隔世的王朝否定了我公主身份。众生用相似的声音遮蔽我流泪豹子的追赶。我默默承受太阳的眷顾。

热爱，每一朵寂寞。
热爱，每一丛荆棘。
热爱，四柱支撑的一只来自天堂的夜鸟。

作品的文体形式基本采用了分段排列的方式。但外在节奏

---

① 郭沫若：《论诗三札》，见《郭沫若全集·文学编·第十五卷·文艺论集》，人民文学出版社1990年版，第337页。

（文体形式）不像标准的散文那样一成不变，而是表现出了内在情绪的自然消涨。上述文字的第一段是短句，二至五段是长句，最后三段又是短句。在第二段与第三段之间、第四段与第五段之间、第五段和第六段之间特意空一行。空行的出现、每一段字数的参差不齐使之类似于自由诗的长短章形式，这就是典型的内在情绪自然消涨带动外在节奏的波动起伏，与散文调理性、规律性的分段排列完全不同。

对于纯诗来说，外在的节奏应为声律/韵律，声律/韵律是诗歌艺术最重要的组成部分之一，也是起组织作用的主要因素之一。而对于文体形式分段排列的散文诗来说，此种节奏就不是声律/韵律，而是一种不拘格律、自由洒脱的布局方式。散文诗的创作是恣意挥洒成篇的，是作家内在情绪的自然流露，需要以外在起伏、波动的节奏来配合内在情绪的传递，从而呈现作者的思想情感，展现诗性内核。语伞的散文诗与转角的短篇化写作不同，除作品《摆渡的人》外，基本以长篇见长，文本多分为若干部分。假若不以变化的外在诗之节奏配合内在情绪的自然消涨，大量的文字和分段排列的形式就会使作品近似散文。语伞在创作时把作品的每一部分视为独立的诗篇，以外在起伏波动的节奏形式展现其内在韵律，通过长短句、停顿、空行、声调、语速以及复沓、排比、对称、反复、并列等手法，使外在节奏形式参差错落、跌宕起伏。每一部分均是如此布局，组合而成的长篇散文诗同样富有诗情。

散文诗是"自由的艺术"，与诗歌、戏剧、小说相比，形式更自由、羁绊更少，创作称得上顺势而行、顺情而作、行云流水、自然天成，恰恰能够承载更为深远与复杂的情感与内容。现代人自由开放的情绪以及复杂敏感多变的精神世界需要与之相契合的表现方式，散文诗那种既不囿于散文分段排列又不流于纯诗分行排列的文体形式是一大优势，不仅符合"诗体大解放"的需要，更与当下的时代精神相吻合。当确立了文体形式之后，进而需要探寻与之相符合的文体内核来实现形式与内容的统一，从而更好地表现作者的情感与作品的主题。

2. 散文诗的创作困境与诗性文体内核问题

作为一种复合性文体，散文诗兼具诗与散文的共同文体特性，但在表现作者的主观精神世界时，"散文则多为解释的"①；诗歌与之相对，是"偏于暗示的"②，即幽婉与曲折。由此来看，诗歌与散文的文体内核是完全相异的。散文诗的本质是诗，"是诗中的一体"②，那么暗示性（诗性）就是散文诗的文体内核。散文诗面临的最大创作困境正是对文体内核的模糊与不确定导致作品诗性的缺乏。散文诗本就带有文体归属的身份问题，创作之时若再忽略诗性的文体内核，就更易被诗歌界所排斥与不容，诗性是散文诗区别于散文的关键之所在。意象是诗歌的特有因子，它的出现和应用使散文诗具有了"暗示"，即朦胧与含蓄的特性，是诗歌尤其是散文诗文体内核的具体表现方式。

意象的理论建设贯穿于二十世纪上半叶，也为当下的散文诗创作指明了方向。周庆荣的散文诗善于借助各种物象，如"东风""太阳""砖头""义天""孝地""翠竹""钢炉""墙""蚂蚁""芦苇""尧""长城""破冰船""风雨雷电"等，展现文本的诗性内核，描写祖国、历史、传统、民族、山河，使作品充满了力量与激情。上述物象无不具有强烈的象征之意，是民族坚韧力量、深厚文化底蕴的代表，它们的存在也使作品富有诗意。任剑锋的散文诗则擅长选取乡土物象——"土地""母亲的锄头""父亲的扁担""水井""地瓜""炊烟"等入诗，用农村

---

①．② 西谛：《论散文诗》，《文学旬刊》第 24 期，1922 年 1 月 1 日。
② 滕固：《论散文诗》，《文学旬刊》第 27 期，1922 年 2 月 1 日。

最常见、最平凡的物象描写乡土，感情深沉，韵味悠远。贝里珍珠的作品诗性浓厚，同样得益于作品中对自然物象（动物）的应用，如"豹子""乌鸦""大象""马""萤火虫""蝴蝶""麋鹿""白鹭""鸽子"等。黄恩鹏散文诗的思想主题主要分为两类，或赞美大自然、赞美丰收的秋天；或追求旷达超脱、自由清正、放情肆志的人生理想。他同样以自然物象（植物）建构文本，"自然物象是大地最好的言说者，是润养身心的果实……也是从花草树木鱼虫鸟兽身上发现对人有启迪指引意义的神性……这些自然物象，潜香暗度，以形神之妙，有思无思，返照内心之灵焰"①。

上述作家善于借助物象抒情，其作品的建构方式初步具有了诗性特征，但是作者选取物象的象征意义却十分明显，属于公共象征，是在民族圈或文化圈内约定俗成的、读者能够理解其所指的象征，它们的意义是由该民族圈或文化圈中的众多文学作品积累形成，作家在创作时可以直接拿来使用并且不需要进行重新的论述。这样反而在一定程度上削弱了作品的暗示性特征，减弱了诗意。反观新文学时期的散文诗创作，意象的隐喻、暗示意义十分的复杂与深邃，需要联系作品的背景、深入文章的叙述才能真正体味与理解其内在意义。以鲁迅的创作为例，《野草》比较艰深难懂，这其中的原因固然是多方面的，但晦涩意象的应用无疑是一个重要原因，这也使作品极富诗意。"鲁迅先生自己却明白地告诉过我，他的哲学都包括在他的'野草'里面"②。只有在充分理解了《野草》的创作背景、蕴含的人生哲学及对鲁迅的

---

① 黄恩鹏：《过故人庄》前言，中国青年出版社2011年版，第1-2页。

② 衣萍：《古庙杂谈（五）》，《京报副刊·第一零五号》，1925年3月31日。

人生意义之后，才能挖掘作品中意象的隐喻与暗示之意。爱斐儿的散文诗集《非处方用药》的创作初衷是作者本人面对疾病、面对病友所书写的生命感悟，"我这个久病成医的人，认真写下了这本《非处方用药》……现在，我只想把这服具有温和疗效的方药呈现给你，它已经经过了我灵魂的炮制，以生命为'君'，以灵魂为'臣'，以思考为'佐'，以热爱为'使'……感谢多年来把自己的疾病和痛苦坦陈给我的每一位患者，在我的眼里，你们才是真正的天使"①。与富含鲁迅人生哲学的《野草》类似，爱斐儿的人生哲学也包含于《非处方用药》之中。

她在表达与展现自我的情感之时，同样是借助丰富多样而又富于暗示性的中药意象，使作品极富隐喻意义，展现作者暗示性的诗性思维。诗集共分为四辑："君""臣""佐""使"，"君臣佐使"是方剂学术语，是中医的组方原则。每一辑又含有多部作品，每一部作品的题目均是以中药命名。众所周知，中药不仅具有药用价值，其命名更富有文学意义，每一味中药都有属于自己的象征之意。在传统诗歌中，某些中药即为作品中的意象，诗意浓厚，富含隐喻、暗示的功用。在《非处方用药》中，爱斐儿别出心裁地以中药题名，并以中药物象入诗，作者本人的意念、情感通过物象（中药）来暗示，每一味中药象征、隐喻作者不同人生阶段的感受与经历，是"意"的客观对应物。当合适的"意"与"象"结合后——作者生病的特殊人生经历与久病成医对中药的熟悉，迸发出意想不到的艺术张力，作品实现了内涵与外延、感性与理性对立统一，中药的物象升华为意象，而作者的情感、心境、思考、人生哲学这些主观的情感与意念均是借助中药意象幽婉地暗示与隐喻。然而这些意象又非浅显易懂，

---

① 爱斐儿:《非处方用药》自序，中国青年出版社2011年版，第2-3页。

需要读者对创作背景特别是对中药有一定的了解后,细细品味作者的用意才能领悟其蕴含的深意。这就比周庆荣、任剑锋的意象应用更加幽婉和曲折,重拾了新文学时期意象应用的优良传统,使散文诗集《非处方用药》具有饱满的诗性。

当下部分散文诗人重视意象的诗学建设,努力建构文本中的意象群,初步形成了具有代表性的意象系列。如爱斐儿的"中药意象";亚楠、鸿颖、周庆荣的"力度意象";任剑锋的"乡土意象";贝里珍珠、黄恩鹏的"自然意象"等。但是与新文学时期的意象建构相比,仍然有不小的差距,这也说明当下乃至未来的散文诗创作的上升潜力是巨大的。重视意象的建构,才能使诗作富有艺术张力与艺术感染力,也才能使散文诗真正回归诗歌的大家庭,被认可与接纳,亦获得研究界之重视。

3. 散文诗的创作突围与剧性文体特质问题

当下散文诗的创作与新文学时期相比,戏剧性因子的淡化甚至消解是另一个突出问题。对散文诗剧性文体特质的忽视与忘却,既是同历史的断裂,也是新世纪散文诗创作面临的困境,重拾与重视文本的戏剧性因子亦成为新世纪散文诗创作突围的主要方向。在散文诗的写作历程中,"散文诗的戏剧化"是一个值得瞩目的文学现象。"散文诗的戏剧化"并不是平白出现的,而是有其深厚的历史根源——诗剧创作传统。诗剧在西方被誉为"艺术的冠冕"[1],中国现代诗剧的体系是在西方诗剧影响下发展壮大的,"现在所谓诗剧实在是从西洋学来的剧体的诗或则诗体

---

[1] [苏]维萨里昂·格里戈里耶维奇·别林斯基:《戏剧诗》,李邦媛译,见杨周翰选编《莎士比亚评论汇编》(上),中国社会科学出版社1979年版,第447页。

的剧，要既是诗又是剧"①，分为"戏剧化的诗"与"诗的戏剧化"两种艺术形式。"戏剧化论"是肯尼思·勃克创用的术语，新批评派对这一理论反应强烈，突出代表为布鲁克斯，提出了"戏剧性原则"，认为"诗歌的结构类似戏剧的结构"②。诗歌戏剧化理论在1940年代正式由欧美传入国内，以袁可嘉为代表的"九叶"派学者响应最为积极，"诗底必须戏剧化因此便成为现代诗人的课题"③。"诗的戏剧化"又可分为两种形式，一是"纯诗的戏剧化"，二是"散文诗的戏剧化"。"纯诗的戏剧化"是在格律诗和自由诗中融入戏剧因子，使之升华为诗剧。而"散文诗的戏剧化"则是在散文诗中融入戏剧因子，使之升华为散文诗剧。

在新文学时期，知名的学者、作家大都创作过散文诗剧，具体作品不胜枚举，"我突然想起鲁迅的散文诗剧《过客》……也是只顾走向日薄崦嵫之途"④。由此可见，剧性是散文诗典型的文体特质。但是从1980年代至今，散文诗剧性的文体特质几乎消亡殆尽了，到目前为止尚缺少代表性的作家作品来打破这个困局。新世纪以来，也有少部分作家以戏剧性因子布局自我的散文诗写作。刘玉贤的散文诗集《童心·野趣》中的大部分作品表现出了典型的剧性文体特质——戏剧角色与戏剧对话。戏剧角色的注入方式有两种，一是以舞台提示的方式进行布局；二是以自

---

① 柯可：《论中国新诗的新途径》，《新诗》第一卷第四期，1937年1月。

② [美]克林斯·布鲁克斯：《精致的瓮·诗歌结构研究》，郭乙瑶等译，陈永国校，上海人民出版社2008年版，第190页。

③ 袁可嘉：《论新诗现代化》，三联书店1988年版，第47页。

④ [美]李欧梵：《世纪末的反思》，浙江人民出版社2000年版，第28页。

然融入的方式进行布局。第二种是最常见的融入方式，即在叙述过程中自然注入、穿插戏剧角色，戏剧角色之间由于剧情的设置自然发生交流，不同戏剧角色之间的戏剧台词构成戏剧独白与对白，从而形成戏剧对话，再来展现戏剧剧情。刘玉贤即承继了此种布局方式，在她的散文诗中，通过情节的安排，比如"妈妈织毛衣""孩子考试粗心""妈妈戴耳环""陪着孩子看星星""孩子的发现""孩子的赞美""孩子看雨"等，作者自然将"父亲""母亲""孩子"这三个角色融入到作品中，然后使"母亲""孩子"或"父亲""母亲""孩子"之间发生戏剧对话。

　　戏剧对话的形成是决定性一环，"全面适用的戏剧形式是对话，只有通过对话，剧中人物才能互相传达自己的性格和目的"①。戏剧角色通过对白和独白实现了戏剧对话，戏剧对话又呈现出作品中的戏剧剧情。在刘玉贤的散文诗中，借助家人之间的对话编织剧情，通过剧情表现亲情、家庭与童趣。作者抓住了孩童天真的性格特质，"孩子"的对白充满童趣，而"妈妈""爸爸"的对白则表现出母爱与父爱。假若作品只是以第三人称的方式进行客观描述，其童趣的艺术效果与想要表达的爱子之情反而会大打折扣。张梅霞的散文诗与刘玉贤的作品相似，也是以日常的个人化写作为主。她的多部作品也是以自然融入的方式设置戏剧角色，通过一段段"我"与"儿子""我"与"家人"的对话，展现亲情，文字质朴，情感真实细腻。唐朝晖在散文诗《与F说话》中，同样自然融入了角色"我"与"F"，二者实现了对话，具有明显的剧性文体特质。在《等我回家的孩子》中也注入了角色"我"与"小女孩"，但二者未能实现对话，是以"我"的独白为主。唐朝晖的散文诗像亚楠、鸿颖那样描写

---

① ［德］黑格尔：《美学》第三卷下册，朱光潜译，商务印书馆1981年版，第259页。

广阔宏大的西部,如《呼伦贝尔》;像任剑锋那样描写家乡和母亲,如《我的母亲》。但与他们的艺术表现方式不同,唐朝晖是以戏剧化的剧情叙述代替了抒情写意,他的散文诗有着较强的情节性。

刘玉贤、张梅霞的散文诗通过戏剧角色的注入、戏剧对话的形成、戏剧情节的叙述,作品初步具备了剧性特质。但是与新文学时期的散文诗相比,在戏剧冲突的布局方面仍有待加强。戏剧冲突是社会生活中的各种矛盾在戏剧文本中高度集中的反映与概括,与一般的叙事性文学体裁相比,戏剧文学更加强调把人与自我、人与他人、人与社会、人与自然、人与命运之间的矛盾集中、尖锐地去展现。唐朝晖在写作时比较注重设置戏剧冲突,借助多层次、多元化的矛盾使情节更加复杂化。富含剧性因子的散文诗比单纯的散文诗更加强调对立性,文本呈现出一种辩证性的特质,"戏剧化的诗既包含众多冲突矛盾的因素……诗的过程是螺旋形的、辩证的"①。以《你的神迹》为例,作者刻意在作品中制造各种二元对立的冲突展现辩证思维,应用含混式复义使作品与现实保持明显的距离,与直白"划清"界限。这在当下的散文诗写作中十分罕见与难能可贵,也是唐朝晖散文诗饱含浓郁诗意的根源所在。虽然未能彻底实现"散文诗的戏剧化",但在新世纪散文诗创作"去剧性"的潮流中是非常难能可贵的。

诗歌意象与戏剧角色的交融是新文学时期散文诗创作引人注目的文本建构方式与艺术表现形式。以鲁迅为代表的散文诗创作,其作品中的意象不再是以往诗歌里那种单纯的意象,而是被赋予了全新的功用。这些作品以匠心独具的精妙手法处理诗情与剧情的碰撞,把诗歌意象与戏剧角色融为一体,去暗示和象征作

---

① 袁可嘉:《谈戏剧主义——四论新诗现代化》,见《论新诗现代化》,三联书店1988年版,第39页。

家的思想与情感。以《死火》为例，"死火"既是作品中的戏剧角色，又是贯穿全文的意象，结合《野草》的创作背景，"死火"本身就是一个意象符号，具有象征功能，就如同《过客》中的"过客"，暗示、隐喻了现实世界中鲁迅所面临的艰难、苦痛的人生抉择。聂绀弩、莫洛还在此基础上进行了新的实验。在聂绀弩的"哥儿"系列以及莫洛的"叶丽雅系列""黎纳蒙系列"中，"哥儿""叶丽雅""黎纳蒙"既是散文诗主角，又是象征性意象，作者的个人的思想情感、理想信念以及对社会现实的揭露与批判是通过多个"哥儿""叶丽雅""黎纳蒙"来共同隐喻。理性沉思后的情感积淀是借助诗歌意象与戏剧角色的对立统一而实现的，这是一种典型的"非个人化"的艺术创作思路，把自我的情感、意念、理想寄托于新颖的意象（角色）中，实现了感性与理性的融合，使作品极富艺术张力，呈现出丰富的诗意内涵。令人遗憾的是，当下的散文诗创作却忽略了此种文本建构方式与艺术表现形式。

新世纪的散文诗写作对剧性文体特质的忽略，反映出作家主体对散文诗文体范式的焦虑、模糊与不自信。虽然部分诗人从戏剧角色与戏剧剧情两个方面为散文诗注入了戏剧性因子，但仍需回归散文诗的现代传统，应以戏剧冲突的布局、诗歌意象与戏剧角色的交融为突破，建构文本，凸显散文诗的剧性文体特质。剧性的文体特质能够使散文诗避免浅薄直露的撰写方式，实现含蓄曲折的诗意表述，与其诗性的文体内核不谋而合，也能够更好地揭示现代人复杂的内心和思维。这既是对新文学时期"散文诗的戏剧化"的呼应与承继，也为散文诗今后良性、长远的发展奠定基础。

结　语

　　自 1980 年代以来，我国的文体研究得到了长足发展，展现出蓬勃壮大之势，但与西方相比仍具有较大差距，尤其对散文诗的文体研究尤为匮乏。散文诗是一种典型的杂糅性文体，文体内部充溢着散文性、诗性、剧性的对立、碰撞与交融，三者缺一不可，正是特殊的体裁特性使散文诗极富艺术魅力与艺术张力。从"五四"至今，散文诗的创作已走过百年，其艺术生命力仍然旺盛，但也面临着诸多困境。对于散文诗的创作，以往学界的关注点主要集中于作品的艺术手法、作家的思想精神世界等层面，而往往忽略了对散文诗文体的探究和论述，而诸多作家在写作散文诗时由于对文体问题的茫然不解更导致了文体意识的模糊与文体身份的尴尬。当下的散文诗创作何去何从，文体恰恰成为其创作的困厄之面与突围之口。只有明确与坚定自身的文体范式，从文体形式、文体内核以及文体特质三个方面入手，以敏锐的文体意识来布局与建构作品，才能写出传世的作品。散文诗的创作一方面要抵制作品低俗化、快餐化、非诗化的不良倾向，另一方面也需要与当下的生活及时代精神相契合，以辩证式的哲理思维对所阐释的问题、对象进行深层次的拷问。作家要承担起中国知识分子的社会责任感，在现实和艺术的对立统一中自觉与敏锐地把握时代脉搏，在此基础上，创作出优秀的散文诗作品，推动散文诗的良性成长与发展，进而建构新世纪的散文诗诗学大厦。

写诗的五个理由

陈 翔

零:自然

照理,写诗是不需要任何理由的。

安伯托·艾柯说过,年轻人写诗,就像青春期手淫,再正常不过。唯一的区别是,优秀的诗人会把手淫的结果烧掉,而拙劣的诗人将它们发表。

确实如此。就其抽象意义而言,写诗是十分自然的事。

写诗,如同种花、养宠物、打游戏,都是个人爱好,没有什么区别。

一样地需要耐心,一样地收获愉悦,而写诗的愉悦或许更为持久,因而需要的耐心也就更多。比起种花、养宠物、打游戏,写诗的优势可能在于,不依赖于任何外物,花会谢,宠物会死,游戏会通关,但只要一张纸、一支笔,只要写,诗就一直在,一直生长。

从2015年11月算起,我正式写诗已有三年多了。

自我感觉,这三年是我作为诗歌学徒的第一阶段。这个阶段业已结束,所以,有必要写下点什么,作为一个经验的回顾,或许对未来也不无裨益。

1:逃避

一千个人眼里有一千个哈姆雷特,一千个人中也有一千种提笔的理由。

我不知道别的年轻人,是因何缘故开始写诗的。

我首先是因为逃避。

在写诗之前,我写小说。现在回过头来看,写的都是很低级的小说,不妨称之为校园读物。

这样的短篇小说,我写过十篇左右,其中有一篇在"ONE 一个"上发表过,得过一千五百元稿酬。这在当时给了我做一个青年小说家的鼓励。

我还写过一个中篇小说,故事发生在小镇中学里,主人公是长不大的少年,身边是长不大的少女,他们无所事事,终日幻想,在浮浅的事物中游来荡去。

我用浅陋无知的笔调,将这一切描摹下来,磨了近两年,两万字,自以为呕心沥血,做成了青春的标本。一位好心的朋友读完,告诉我,不应该发表它:

"如果你对写作怀有坚毅的感情,我强烈建议你不要考虑出版这些文字。甚至应当向巴尔扎克、昆德拉和果戈里这样的作家看齐,在一个合适的瞬间对自己的青涩之作说不……这篇习作并无作为小说而言的突出长处。"

信稍长,八百字,限于篇幅,我不一一摘录于此。

在信中,他给了我详尽的意见,并建议我多读读博尔赫斯、卡夫卡、纳博科夫、黑塞、三岛由纪夫、塞林格、穆齐尔、乔伊斯。

我始终感激这一番话，尽管当时听了，羞愧难当，饱受打击，如遭五雷轰顶。事后回想，确实是"良药苦口利于病"。

它的诚恳，比得上1938年菲茨杰拉德给弗朗西丝·特恩布尔（一名普通大学生）的复信：

"亲爱的弗朗西丝，我仔细拜读了小说，恐怕你目前还远远没有准备好付出从事这一职业的代价。你必须出售你的心，你最炽烈的情感，而不是你稍有感触的小事，不是你餐桌上的小谈资……"

这位弗朗西丝，后来似乎没有提笔再写了——文学史不曾留下她的名字。

但我决心击败这个失败的中篇小说，继续写下去。

然而事到如今，我已没有信心再继续小说的写作了。我发现，要写出一篇真正意义上的好的小说，实在太难了，前人已设下无数的高峰，光是攀爬读完，已经够吃力了，何谈再创作。

那之后不久，我读到福克纳的一个访谈片段，才终于释然。

福克纳说，成为作家需要三个条件，经验、观察和想象。至少需要具备一二。

偏偏我年少，见识浅，经验、观察都不够，亦不擅长于想象。我有的，只是充沛的感受，但不知该以何种方式，才能正确地表达。

我决定摈弃过去的所有，重新开始自己的"文字生涯"。

我选择了一种全新的体裁——现代诗——在我看来，也是比较容易起步的体裁。我觉得现代诗比现代小说好写，下同样的功夫，可能更容易出彩——这是一面蓝海，竞争没那么激烈。

当然，那时我并不晓得，福克纳在同一篇访谈中，说过另一段话：他写短篇小说和长篇小说，完全是因为写不来诗，做不成诗人。——否则，我未必有信心开始写。

那时我自以为判断是对的，现在想想，也未必全错。

中国新诗斩断了和古诗的脉络，独自开疆辟土，发展不过百年，天地广阔，大有作为。中国小说却已发展近两千年，讲故事的内核几乎没有变化过，从比较成熟的唐人小说算起，也有一千三百年了，这是历史的重负。到明清，更有四大名著和《金瓶梅》等杰作，绝峰入云；民国以来，则有鲁迅、沈从文、张爱玲等小说高手，层出不穷。至于新诗领域，还不曾出现过如此多、如此难以逾越的大师和作品。

我一再说过，中学时，我是瞧不起现代诗的。我以为现代诗不曾有过什么人物，至多是北岛和海子。

我甚至认为，相比之下，流行歌词显得更有成就，如林夕、黄伟文、张楚和罗大佑。所以中学时，我提笔写的是歌词。

但那时起，中学语文老师已经注意到我的诗人气质。她把我那类似诗非诗的押韵文字当成了诗。

她一直说，少写点诗，写点正常的东西。的确，在消息闭塞的小镇，"诗"不是正常的东西。现在明白了，那是无知造就的偏见。

无论如何，此后，我专注于现代诗创作。

我决心像一个孩子学汉字笔画那样，从零积攒有关这门艺术的点滴知识。我读它发展演变革新的历史，世界范围内最优秀的诗人和作品，和志趣相投的朋友交流，不论中西，不论左右，都取其精华化为己用，实践，反思，再实践，再反思。

我不再那么在意发表和稿酬之事了，而是闷头苦干许久，忽然抬眼一望，走得已经比预期中远——我发现，基于逃避作出的选择，不一定不对。

事实上，我感激这次逃避。因为我差一点儿，就变成一个不入流的青年小说家，而没有机会成长为一个优秀的青年诗人。

2：荒谬

诗可能是这个消费时代里最荒谬的事物。

这种"荒谬",来自于诗歌在这个时代的处境和遭遇。

几乎一切都成为商品,渴望被消费,几乎一切都可以被贴上价格标签,互相兑换:政治、文化、性,甚至金钱本身(诞生了汇率这样的东西)。诗也同样如此。

一旦被制作成书,诗就获得了一个稳定的外在形式和定价,任人评说。

然而,新鲜的、热气腾腾的诗作,始终拒绝被消费。尽管许多时候,它可能被装在一个"壳"里(电子邮件/word 文档/独立印刷物)。

它寻求着读者(知音),而非消费者(买家)。它竭力保存着那个完整的内核,那是诗之为诗的东西:一种天然和纯真。这是无法购买和消费的。

万事、万物都在追求效率和用途,而诗歌格格不入。它是缓慢的、柔弱的、慢半拍的(至少表面看上去如此)。

也许诗歌在这个世界遭遇到的最大诘问,就是:诗歌到底有什么用?

坦白说,诗歌毫无用处。谢默斯·希尼说过:

"在某种意义上,诗歌的功能等于零——从来没有一首诗能阻止什么……Poetry makes nothing happen."

对于读者而言,一首好诗带来的只是一次绵长的打动,此外别无他物;对于作者而言,如果诗作不能被出版,那么它剩下的只是自我的愉悦。

但我想,尽管无用,这种打动和愉悦,却是十分重要的。不妨说，它是我们人之为人的重要品质。

猫狗虎豹，也会流泪、微笑，但即便动物有情感，它们的反应也止于"情随事牵"，它们无力去创造那些令其流泪、微笑的事物，而面对这些事物时，它们也毫无抵抗力。是人类的感性和理性，使人成为了高级动物。

诗也是这样的产物。

在这个一切都追逐"有用"的世界，诗是无用的，这直接促成了诗的荒谬。

反倒是因为这荒谬，我写诗。

在我看来，荒谬是有趣的。它从哲学层面上，揭示了人类现代生活深层次的困境——生命的"不能自已"——我们不能本其自然，回归内心欲求的生活。

既然如此，那么就用一种荒谬的语言或形式，去潜入荒谬的本质——这是双重的荒谬，也是抵御荒谬的源头：以荒谬对抗荒谬。

荒谬的问题在于，你没法彻底摆脱它，你只能接受它，然后与之抗争。你无法战胜它——事实上，也许没人能够战胜它——你活着，它就活着，它的伤痕累累终究要以你为代价；它是一个如影随形的对手：你的影子。

你所应该做的，是维持抗衡的状态，保持清醒，绝非和荒谬一起沉沦。

辛波斯卡说：

"我偏爱写诗的荒谬，胜过不写诗的荒谬。"

我想她的意思是：写诗或不写诗，在这个时代都是荒谬的，但写诗也许更好一点。

3：幻想

我喜爱的美国诗人罗伯特·勃莱，讲过一个有关诗歌的比喻，令我动容：

"……在诗歌再次沉下去之前，它将仅仅打破水面片刻，但仅仅看见它从船下升起来就足以愉快一天，知道有一个大物体生活在那下面，就把我们置于一种平静的情绪中，让我们更加优美地忍耐我们被剥夺的生活。"

是的，"更加优美地忍耐我们被剥夺的生活"，这就是在当下做一个青年诗人的重要意义。

如果我们不得不忍耐，就不妨更加优美一点；通过诗的幻想特质，去体验被剥夺的生活；在这幻想中，获得安慰——我想这就是勃莱的意思。

另一位美国诗人华莱士·史蒂文斯，也强调过"想象力的慰藉"。他在《徐缓篇》中写道：

"诗歌是对心智的一种治疗。"

在史蒂文斯看来，诗歌的想象力，是人在面对诸神消逝的星球时，从现实中获得的一种补偿方式。人类凭借想象力征服自然，并由心智的自由转化为现实的自由。

这一补偿，后来被张枣总结为"因地制宜"，"对深陷于现实中的个人内心的安慰"，也与此前尼采所说的遥相呼应——艺术有"女巫疗伤"的本领：

"只有她才能把（我们）厌恶的情绪转化为想象力，因为有了想象力生活才能继续。一边是崇高的精神，借艺术之手驱赶恐惧；另一边是喜剧的精神，仗艺术之力拯救我们于荒诞的沉闷中。"

说"想象力"也好,说"幻想"也好,其实都指向诗和艺术的本质——对现实的超拔和跃升。我强调"幻想",是因为艺术倾向于完美,而完美的艺术是不可能的。写诗,就是做自己的"梦"。诗,也许是这世上最清醒的幻想。它是人类幻想的原点,是一切幻想形式中,最妙的一类:不拒绝任何人,无任何条件限制,也没有任何副作用。

生活和现实,正因为有了诗歌(想象力),变得有所慰藉,宜于忍受,更加崇高和自由。

4:回报

我把这一点放在靠后的位置。这是因为诗歌带来的回报通常发生得较晚;诗歌的回报,也不在于一般的功名利禄,而在于写作者的自我精进。

波德莱尔说过,诗歌是最能带来回报的艺术之一;不过这是一种收益很晚的投资——但收益也相应很高。

这话我是信的,毕竟他写出了《恶之花》和《巴黎的忧郁》。

我想这种"回报",可以从诗艺角度解释。

诗,回归到了文学的基本面:如何有效地运用词语?

如何把最精确的那个词,放在最精确的位置上,不逃避每一个词,不滥用每一种形式,严密地推敲、探求,诗歌结构和意义的契合,视觉和悦耳的谐美,然后将这些词连缀成句,继而成节,终于成篇?

这是很精微的艺术,如象牙雕刻,但五脏俱全,并不妨碍规模,短诗有如莎士比亚十四行,史诗有如《伊利亚特》《奥德赛》《神曲》。

单从材料的角度出发，诗是最小形式的长篇小说。每一首好的短诗，都可以被认为是一个最小规模的、有自足世界的《红楼梦》。

作家苏童打过一个比方：

"长篇小说是用文字建宫殿，短篇小说是盖凉亭。它们的工程量不一样，但材料是基本一致的，不外乎砖、水泥、木料、石头这些。"

诗也是这个体系的成果。

如果你能盖好凉亭，就有更大几率建好园林；如果你能建好园林，就有更多机会筑好宫殿。从小到大，由浅入深，这道理再简单不过。

事实上，我有意把"诗"作为"曲线救国"的艺术。我写诗，几乎是为了十年二十年后写出几部非常好的长篇小说。

如果说长篇小说，是一场事关生死的长途跋涉，那么在远行前，我必须做足准备，在实践和意念中，想象每一件可能发生的事，掌握每一个可能的细节，直至熟稔于心——尽管这是不可能的。

我需要做最小成本、最不拘于条件限制的反复演练。诗满足了这一需求。这就是我想在波德莱尔论述的基础上，补充的一点：诗歌不仅回报很高，它的成本也很小。

事实上，它没准是限制条件最少的艺术了。

首先是环境成本，相较于其他艺术类别，文学本身的限制条件最少。绘画需要各式各样的颜料，音乐需要分门别类的乐器，舞蹈需要特定衣装和场地，雕塑需要模特和大理石原料，戏剧需要演员和舞台，电影需要资金和人员，但是文学，只需要一支笔和几张白纸。

其次是时间成本，在所有文学类型中，比起小说、戏剧，诗需要的时间最少——一首好的短诗，所需的时间，也许只比一篇好的散文多一点，近似于一篇好的短篇小说，远少于长篇小说和戏剧。总而言之，诗是"以小博大"的写作训练。一个有自我要求的写作者，即便出于这个理由，也应该写一写诗。

5：自我

写诗，还因为自己写得好，并且有希望写得更好；还因为它是一种难得的、以有限抵达无限的途径；还因为它的快乐来自于在边缘……这样的理由，我还能举出一百个。但数量是无足轻重的。

在这里，我只想最后强调一个理由：写诗，是因为假如有一天不写了，也不会怎么样；它不会伤害到任何人。

因为说到底，写诗，纯粹是为了自我——不为生活，也不为别人——它只是满足了我自己，在这个世界上最高层次的需求。

有时，我忧虑自己过于"自我"了，总是逆着人群的潮流走，追寻人迹更罕至的那条路。我不太关心这个国家每天正在发生的大事和小事，不忧心苍生社稷百姓疾苦何不食肉糜，而是沉浸在自己窄小又宽阔的文艺天地中，直至冷冰冰的现实猝不及防地降临，意识到时已恍如隔世。

我是一个把写作看得高于生活的人，若我追求健康长寿，只是为了更好地服侍写作，而非苟延残喘。

犹如马拉美所讲：

"一本书，一本预先思考、结构严谨的书……在根本上，每一个作家，甚至天才，不知不觉地为之劳作的，只有一本书。对大地的俄耳普斯式阐释，是诗人的唯一使命。"

生活之甜当然也很美，但在不朽和伟大面前，它显得是那么地无足轻重，就像世界网球冠军和一小杯甜食。当鱼和熊掌不可兼得，甚至，都不可得，你会怎么选？——我也没有标准答案，我只是去尝试。

我只能说，放眼望去，除了写作本身，继续写下去，我别无所求。

仿佛萧红《呼兰河传》中所写：

"黄瓜愿意开一个黄花，就开一个黄花，愿意结一个黄瓜，就结一个黄瓜。若都不愿意，就是一个黄瓜也不结，一朵花也不开，也没有人问它。玉米愿意长多高就长多高，它若愿意长上天去，也没有人管。"

这是一种决绝的、坚定的自我信念，也是我理想中的写作状态：想写什么，就写什么；想怎么写，就怎么写；绝不碍着谁，也绝不被谁妨碍；从心所欲，自由自在。

所谓的文学，说到底，只是一个"个人"的事。

"城市诗"既是一个或多个流派、思潮、风格、地方性,还是一种审美机制……

徐 芳　许道军　魏 宏

许道军、魏宏：徐芳老师，您被认为是当代自觉的城市诗人，在城市诗创作和城市诗学探索方面取得了重要成就，但我们发现，同样被称为"城市诗人"，您的城市诗创作与上个世纪同城的"城市诗"派风格迥异，在诗学方面，又与"城市诗社""新城市诗社"的理念有很大不同，您能谈谈您理解的城市诗是什么样子吗？

徐芳：要回答我心目中的城市诗是什么样子，首先，我觉得可以从我十分喜爱的日本当代诗人谷川俊太郎谈起。他是个十分奇怪的混合体，在社会生活中，像个街垒斗士，但在诗歌实践中又绝然排斥生活中的热词、酷词。他觉得诗存在两种本体：社会本体与宇宙本体。我十分赞赏他的说法，只是想把他的宇宙本体，改为生命本体。

持社会本体论的有惠特曼、勃洛克，持生命本体论的有狄金森、普拉斯，而有些诗人的创作可能复杂些，比如聂鲁达，他的《伐木者，醒来吧》是典型的社会本体论，而他的《我喜欢你是寂静的》，则又是典型的生命本体论。所以，我觉得好的城市诗，它应该是从生命本体出发的，有一种生命向度的存在，这种存在的状态无论是呐喊或喟叹，爆发或深匿，都和生命的本源与衍化形态相关。其次，毫无疑问的，它必须是城市的，而且是当下的城市的。它必须具有当下的城市的形态，城市生活的形态。

在上述两点的基础上，每一个诗人都可以做出自己的艺术探索，而我的探索围绕几个问题而展开。

比如问题之一：如何处理第一自然与第二自然的关系，因为城市是第一自然与第二自然的混合体。就一般而言，我们将那些未经人工改造过的自然，称之为第一自然，而将那些沾染人工痕迹的自然，称之为第二自然。在法语中，有一个饶有理趣的语词现象，即"自然"一词，具有两方面的意义：当它以小写的字母开头时，它指的是大自然的存在；当它以大写字母开头时，它指向的是人的生命的自然存在，并包含人自身的所有存在物之总和。法语的这一"自然"的释义，也可视作我们对历史中的人的自然观察的逻辑起点。

在我们这片母土上，对第一自然的把玩哑摸的诗篇可说不胜枚举，这也许和道家有关："道之为物，惟恍惟惚。恍兮惚兮，其中有物；惚兮恍兮，其中有象；窈兮冥兮，其中有精；其精甚真，其中有信。"而所谓"恍惚""窈冥"，无形之义也。所谓"物"，谓物质也。所谓"象"，亦物也。所谓"精"，种子也，物生之原也，即所谓"物"也。言道体无形，而其中有万物之所以生之种子也。亦即与道生万物，万物取法自然，因而万物皆自然之说，不谋而合。

许道军、魏宏：城市诗是一个相对的概念，您觉得城市诗的他者是谁，或者说城市诗，自觉作为一种什么的"他者"而存在？

徐芳：或许，在风格上，"城市诗"也有"大江东去"与"小桥流水"之分，但骨子里却可能都潜行于、匍匐于第一自然的笼罩之下。那么,"城市诗"的"他者",是否就一定是那些以第一自然作为表现对象的诗歌作品呢?第一自然与第二自然,是否就一定是一种相互排斥和否定的关系呢?我的看法恰恰是否定的。回到生命本体论上,我看到了生命本源中的自然崇拜。对自然的亲近、敬畏乃至崇拜,这种情感、这种愿望也许从来没有远离过人类。列维·布留尔在《原始思维》中予以了详尽的论述。对人类来说,与自然和谐相处,远比征服、掠夺、占有自然更为重要。在终极的意义上,自然是无法征服,也无法超越的。认清了这一点,也就认清了第二自然的价值所在。它仅仅是人类漫长历史中的不同驿站的风貌而已。

在我的创作实践中,是有意识地、自觉地引进第一自然的存在物的。河流、阳光、花、茶叶、金鱼、雪、天空……它们与晕眩、无奈、离散、无中心感、匿名、无方位感,那些城市症候,水乳交融般在同一个纸上空间展现。

请看这首只有三段的《星期日:茶杯》:

一只瓷杯里泡着
整个上午的天光
洗衣的……
做饭的……
走来走去的廊间
消失了
风的呼啸

从沉寂的杯底
蹿起一些灰黄的叶片
那是茶——
从春天的树间摘下的

> 生命……
> 娇嫩的爱……
> 一片嘴唇无意中沾上
> 这销蚀的灵魂
> 它大声地噗噗吐出……
>
> ——整个下午便只有一种沉降的运动

  第一自然仍然强悍地存在，那句"从春天的树间摘下的／生命……／娇嫩的爱……"力图在水泥砌就的四壁里，打开一扇远眺"牧野"的窗，那里有最原始最庞大的第一自然。但最终我们还得回到这个"星期日"，这个"茶杯"，这种特定的城市生活的状态之中。意义或许存在，或许并不存在，但整首诗却充满了对特定的城市生活的自嘲：有时（当然不是所有的时候），比如说这个下午，就只剩下"一种沉降的运动"。
  那些灰色的词语，比如"泡着""迷失""蹲起""噗噗吐出"，既勾勒出一种困惑的生存状态，同时又与充满生命质感的"春天"和"树间"构成了一种反讽，一种如同梵高笔下抽搐的、反抗的蓝色的反讽色调。全诗也许因此而隐隐传递出现代城市生活对人的生存方式的一种异化，一声浅浅的对于回归自然本真状态的喟叹。
  我的这种艺术尝试，与"现代城市诗"的鼻祖波德莱尔的美学趣味，显然是大相径庭的。波德莱尔触摸着、梳理着巴黎的肌理，但总有一种比忧郁更忧郁的绝望弥漫于街衢之间、砖石之上。在巴黎，他看到的自然存在物都是丑的、恶的。天空像裹尸布，千万条线的雨水，变成了像监狱的栅栏的无数铁条，晚祷或晨祷像可怕的幽灵的长啸，而整个世界索性变成了潮湿的囚牢……

现在或可以说出,决定城市诗里所谓情绪或美学模式的,就是以上几种极端的看法之间的对立,但我以为这并不是那种恒定不变的对立——应该仅仅是城市诗写者在不同角度、不同阶段之间的分别与歧见。换了角度和历程,可能许多看法也会随之改变,甚至对立双方的立场,会互相颠倒过来……

但我可能不能。长久以来,我的阅读影响了我的写作——也许阅读的有限选择,本身就提供了我自己对城市的感情与态度的线索……似乎我更倾向于欣赏博尔赫斯在城市诗方面做出的艺术努力。在博尔赫斯笔下的布宜诺斯艾利斯,既有着现代城市所带给人的那种迷乱、晕眩、无奈,但又让人趋之若鹜、无法避舍。他在《城市》一诗中写道:

就像一块燃烧的煤
我永远都不会丢弃
尽管烧到了我的手……

他还对城市的形态既做了物理性的描摹,又进行了精神性的嘲讽和鞭挞:在布宜诺斯艾利斯"横向的轴线优于纵向的轴线";这个城市的房屋建筑都是清一色地蹲伏在那里,很胆小又很骄傲,其住户的"宿命论"思想,也在砖瓦和泥灰上表现出来。而博尔赫斯的城市诗,最让我感到亲切的是:在他的关于城市诗寓言式的或左拉式的描摹中,总离不开一个第一自然的意象:日落景象。它是日落景象的一个中心、主要的意象。也就是说,正是通过"日落景象",博尔赫斯的许多城市诗,将第二自然与第一自然熔铸成一个崭新的富有参差变化的艺术整体。

在诗歌的语言实践上,我也有意识地尝试着将第一自然与第二自然杂糅整合在一起。评论家方克强先生在我的诗歌作品研讨会上,曾经这样说过:"徐芳的语言自然流畅,但是又有一种动感,又有一种节奏。她的自然表现在什么地方？第一自然是天然自然,第二自然是人工自然。我们城市水泥、马路、高楼也是构成城市的自然,但是人工的自然。我觉得她写第二自然,用的语言就是第一自然的语言,用的语言就是贴近第一自然的语言,表现第一自然的语言。所以她的文字不反复,不复杂,不搞太多词句上的技巧。她每一句都很明白,但是你连在一起看,一个词语和另一个词语之间没有空档——给人感觉明白而没有空档。而她的句子没有反复,这种纯净语句的状态就像第一自然的状态。你看每一句都不会产生一种复杂感,但是在句与句之间却留下了空白。你全部看下来以后觉得这些空白就触发了你的再思考。这种自然、朴素、清新的句子,还有一种自然人性的状态。"

许道军、魏宏：您觉得"城市诗"是一个流派、思潮、风格、地方性,还是一种审美机制？您认为是有了许多自发性质的城市诗创作才有城市诗的命名,还是由于匮乏人们开始对一种全新审美范式/审美机制的呼唤？

徐芳：我觉得"城市诗"既可能是一个或多个流派、思潮、风格、地方性,还肯定它是一种审美机制——与城市诗一起来到我们中间的,除了要表达城市生活的新内容,还一定有着新表达的新角度、新感受,还可能同时携带来新的激发以及新的技法、新的表现方式等。

如何在城市生活形态中,建立城市诗的美学结构？从某种意义上说,城市形态已经先验地规定了城市生活的形态。那么,在这种城市生活的形态之中,最为重要的是什么呢？法国学者潘什梅尔曾如是说：城市既是一种景观,一片经济空间,一种人口密度,也是一个生活中心和劳动中心。更具体地说,是一种气氛,一种特征,一种灵魂。在潘什梅尔这段话里,中心词语是：气氛、特征、灵魂。我深以为然。

认识城市、把握城市,其实是可以从"他者"开始的。"城市诗"的"他者",未见得一定是那些咏唱第一自然的诗歌。那么,城市生活形态的"他者",无疑是乡村生活形态。按照黑格尔的说法,如果没有"他者",人类是不可能认识到自身的。没有"他者"的存在,主体对自身的认识就不可能清晰。乡村生活形态,正是我们认识城市生活形态的"他者"。

可以从最细微处去发现这种乡村礼俗社会、宗亲社会与城市生活的法理社会、陌生社会的差异性。比如,陌生感,是我们在城市社会中最易体会的人际感受。桂冠诗人杰夫·戴尔曾写过一篇以巴黎为背景的短篇小说《臭麻》:"巴黎在麻辣的舌尖上,既清逸又浪漫,既让你如坠深渊,又欲罢不能,既让你陌生——你不认识所有的人,没有一个人是你叫得出名字的,但又让你熟悉,那熟悉的街头拐角,那行色匆匆的步履,那紧闭的每一扇窗户,你都依稀在哪儿见过。在这时,你触摸到的是庞大的城市所建立的它的美学结构:在陌生中被放逐,在陌生中追求无奈,在陌生中与陌生互相取暖,在陌生中践踏陌生但又被陌生所驾驭。城市最强悍的逻辑就是:几千万人在一起,而与你发生勾连的也就是那么几个,几十个。"

在我的诗集《日历诗》中,有一首《四月十七日,地址不详》,我努力捕捉的,也是类似于杰夫·戴尔在巴黎所遭遇的那种陌生感:车,是陌生的,因为坐错了;你是陌生的,却用很大的动静,去打开一扇门,却不是进门,而是后退;归来,那路的前方,但不知有多长多短;自然景观是陌生的,微风会变成黄土,一种流动会变成凝固;而最重要的陌生还是"你",熟悉的"你",却依然"地址不详"。

再比如,碎片化。在城市生活的形态中,登峰造极的碎片化可能就是时间,时间被切割成无数碎片。按照博尔赫斯的说法:生命只是一个各种不完整时刻的混合体。在这个意义上,并不存在一个完整的我;或者,极言之:我并不存在。我非一个能用现实去把握、去衡量的我。在《八月二十七日 夜色》中，我表达了这层意思：

我的眼睛
一如这个人
一起停放在门边
还把手臂
借给了门框

当它们
也一起
颤抖着说出了：
走吧……

此一刻恍如来世
江中满月
长天独眼
如是，形神乃离

对我来说，城市因我而存在，或者说，我存在着看到了这个城市，但这个"我"，偏偏又是"手臂借给了门框"，变化之中的"我"。时间在此刻，又如玻璃碎片那样具有着恍惚和不确定性：此一刻恍如来世。"江中满月/长天独眼/如是，形神乃离"，因而与博尔赫斯在《剑桥》中所悟，也许就有了几分相似性："我们是我们的记忆/我们是不连贯的空想博物馆/一大堆打碎的镜子"。我认为其中一个关键词是分离，另一个关键词是破碎，它们统合在一起，体现的正是："生命只是一个各种不完整时刻的混合体。"从这个角度而言，我的整个《日历诗》诗集，就是企图整合这种断片化的时间——这每一个日子的不同时刻、不完整的时刻。抒情主人公的身份、角色,都在断片化的时间里不停地变化着、变幻着。城市,为这种断片美学提供了新的审美机制。

  美国哈佛大学的汉学家斯蒂芬·欧文,在研究中国古典诗歌的文章中,曾提出过"断片美学"的概念,他认为中国古代诗人对往事的再现,总体上的特征,它是不完整的、残缺的。斯蒂芬·欧文把它归结为"记忆本身就是来自过去的断裂与碎片。"(斯蒂芬·欧文:《追忆——中国古典文学中的往事再现》,上海古籍出版社1990年版,第83页)但现在,如同爱情为罗兰·巴特的《恋爱絮语》提供了断片的审美机制一样,本雅明所阐述的城市生活的形态的离散化,博尔赫斯所阐述的生命只是一个各种不完整时刻的混合体,以上种种,皆为"断片美学"注入了或者说打开了另一扇门,另一种审美机制。《日历诗》,或在这个意义上,也是对"断片美学"的新的艺术注解。

  许道军、魏宏:所有描写城市、以城市为背景、以城市为对象或涉及城市的诗都可归为城市诗吗?城市诗是新生的审美范式还是古已有之,与历史上描写"都市"的作品,比如《两京赋》《上林赋》等有联系吗?如果有传统的话,它的源头在哪里?如果没有,它的肇始在哪里,是什么促生了城市诗的产生?

  徐芳:广义上说,以城市作为表现对象的诗,皆可以称之为城市诗。如果说汉朝时期的长安、洛阳,能称之为城市,那么《两京赋》(它与《上林赋》还是有着差异的)也可以称之为古典城市诗的源头之一,而古典城市诗(词)在柳永的《望海潮》中达到了一个高峰。

  在古典城市诗中,是有着对城市风貌及风情的某些展示的,如《西京赋》中,张衡对巍峨的城市建筑的抒怀:长廊广庑,途阁云蔓。闼庭诡异,门千户万。在《东京赋》中,他还生动地展现了杂技艺术风靡城市的场景:其西则有平乐都场,示远之观。龙雀蟠蜿,天马半汉。瑰异谲诡,灿烂炳焕。奢未及侈,俭而不陋。规遵王度,动中得趣。及至柳永的《望海潮》,更是以一种凝练、简约的笔触,将城市风貌予以了展现:烟柳画桥,风帘翠幕,参差十万人家。然而,如同斯时斯刻,城市被淹没在无边无际的牧野之中一样,无论是《两京赋》,还是《望海潮》,对城市风貌的描写,被更多篇幅的对于第一自然的抒写所包围,所裹挟,被有"三秋桂子,十里荷花"所消解、所统摄,毕竟,究其宏阔的社会背景而言,那是一个农耕社会所主导的历史时期。

世界范围里的现代的城市诗,应该没有疑义地肇始于波德莱尔。福柯曾有言:诗人波德莱尔的作品,特别是他的散文《现代生活的画家》,在打破旧的美学观念、欢呼现代世界的到来上,是标志性的。马歇尔·伯曼阐述得则更为具体,他以为,波德莱尔"使那些和他生活在同一个世纪的男男女女认识到,自己已经迈入了现代世界。在这个方面,他做了比十九世纪的其他任何一个人都多得多的工作。现代性、现代生活、现代艺术——这些名词不断地出现在波德莱尔的作品中……(他的作品)为整整 100 年的艺术与思想的发展设置了议程"。

吉姆·麦圭根则认为,波德莱尔关于现代生活的概念在"本质上是审美性的",因为他指出了现代生活关注的是"艺术与个人的感性认识",而非"人们对知识的掌握"。

尤其需要注意的是,波德莱尔对现代世界的美学想象,是围绕着漫游者这一活跃的角色构建的,他们观察着巴黎街头和拱廊街内的生活,并对其作出评价,其作用被认为契合于现代人的特性。

许道军、魏宏:一首"纯正的"城市诗与非城市诗区别在哪里,或者说城市诗的内涵与外延是什么?

徐芳：存在着一种本体意义上的城市诗吗？或者从另一个角度来设问，存在着一种本体意义上的诗，但作为诗的一个分支，一个诗系统下的子系统的城市诗，它的本体意义何在？在逻辑上，城市诗的异质性是它存在的理由。那么问题紧接着变成：何为诗的异质性？在诗那儿吗？显然不是。因为任何风格、流派的好诗，都有诗歌意义上的同质性，都有某种共同的规定、标准恒定在那儿。

显而易见，一首"纯正的"城市诗，它必须去接触、去梳理现代城市的肌理。对现代城市，它完全可以持矛又持盾，将两种截然相反的态度杂糅到一起：一是如德国社会学家齐奥尔格·西美尔那样做一个虔诚的城市主义者，如同一个啤酒主义者热爱泡沫那样，热爱城市的奢靡繁华、喧嚣嘈杂；也可以像本雅明那样，对现代城市所有症候进行问诊切脉，用一种艺术语言去考察它对人性、生命所导致的扭曲，所施予的伤害。在这其中，肯定有许多值得诗人用诗去诠释、去观照的母题，比如说，孤独。现代城市最大的伦理问题之一，是它制造了人际交往的壁垒，阻滞着人们的沟通和了解。用社会心理学的术语来表述就是它制造了城市人半封闭的生存状态，从而制造了无处不在的孤独。

但"孤独"从某种意义上说，不正是诗人们要努力捍卫的吗？聂鲁达为了捍卫他的孤独，不惜远离母土，到大西洋的一座孤岛上去寻找孤独，拥抱孤独——谁在他需要孤独的时候，破坏他的孤独，谁就是他的敌人。

但孤独的悖论就是人还是群居动物，人与生俱来就具有群体性特征。按照拉康的"他者"哲学，人进入"镜像时期"之后，他不是通过自我而发现自我，恰恰是通过"他者"来发现自我，通过群体来发现自我。

如果能把城市病症候中的"孤独"母题，加以举一反三，层层剥笋式地辩证思考，那不就是一首纯正的"城市诗"吗？

在美国玄学派诗歌时代里，多恩就写过一首《没有人是一座孤岛》，对"孤独"进行既"形而下"又"形而上"的辩证思考。只不过可惜的是，从城市的角度而言，它不够纯正，是因为没有飘迹在城市或灿烂或鬼魅的影子。

而所谓诗的纯正性——所谓纯诗，即追求诗歌艺术纯粹美学上的价值。不难发现，追求"诗的纯正性"乃源于我国古代的诗歌传统。对此中国台湾著名现代派诗人洛夫说过："现代诗人所追求的是那种真能影响深远，升华人生，'不涉理路，不落言诠'，为盛唐北宋所宗的那种纯粹诗。"这在理论上，显然接受了西方现代主义诗人的影响。美国诗人爱伦坡，法国诗人波德莱尔、马拉美等，他们都认为诗只有一种纯粹美学上的价值。如爱伦坡认为，诗的本质是一种由张力所形成的抒情状态，其效果与音乐相似。

许道军、魏宏：城市诗对诗人身份有什么要求吗？对于城市诗创作而言，城市人身份、城市人意识、城市居住者身份重要吗，或者说谁更重要？

徐芳：城市诗对诗人身份肯定有特定要求，山顶洞人、半坡人肯定写不出"一日看尽长安花"，而古代的长安人、临安人，一定也写不出现代上海霓虹灯彩的怪眼，哥特式建筑的迷离剪影。但所有这些问题，身份也好，居住者、闯入者也好，都离不开一个关键的节点：城市意识。

何谓城市意识？或者进而言之，何谓现代的城市意识？

波德莱尔在解释现代城市的现代性时，无意中触摸到的也是城市意识的核心：现代性就是过渡、短暂、偶然，就是艺术的一半，另一半是永恒和不变（《波德莱尔美学论文选》，郭宏安译，人民文学出版社，1987年版，第483页）。齐奥尔格·西美尔则用更明确的语言，分解了波德莱尔的意思，在《大都市与精神生活》一书中，他写道：都市性格的心理基础，包含在强烈刺激的紧张之中,这种紧张产生于内部和外部刺激快速而持续的变化……瞬间印象和持续印象之间的差异性会刺激他的心理。

我们可以从一个文学的经典母题"在路上"切入,看看在城市意识观照下的"在路上",与在乡村意识观照下的"在路上"的差异性。

在梭罗《冬日漫步》中,路,像文中标点符号一样,随处可见。捡拾一段:现在,我们转身折回,向山下林地湖泊的边缘地带走去。这湖泊坐落在一个幽静的小山谷中,仿佛是周围山丘把大量的落叶当香料,经过历年浸泡过后榨出的果汁。湖水从哪里来,要流向何方,我们难以看出,不过,它自有它的历史,那湖中流逝的水波,岸边浑圆的鹅卵石以及沿岸生长着的连绵松树就是最好的记载者。梭罗的"在路上",是狄金森看着鸟飞向天尽头的小路,是王维见清泉石上流的小路,是叶芝在茵纳斯弗利岛上监督的小路,是让爱情长成行程再举首仰望的小路,是从前的日子都慢,是乡村的缓慢、宁静、重复、单调的小路,像一首悠久的俄罗斯歌曲《小路》所歌咏的那样:曲曲折折,横在原野深处,不见人迹,少见人迹,却要固化,仿佛要完成千年的愿望。人的心理机制,在这样的小路上,也该会有一种平稳,一种类似的执念吧?会常有"停车坐爱枫林晚"之慨叹吧?

但到杰克·凯鲁亚克的《在路上》,他一语双关:"在路上,我们永远年轻,永远热泪盈眶。"可这《在路上》,也风景突变:全国最蓬头垢面的人都拥挤在人行道上——空气中飘荡着茶、大麻、辣椒煮豆子和啤酒的气味。在美国的夜晚,啤酒屋里传来震耳欲聋的、狂野的爵士音乐,牛仔音乐,和各种留学音乐混合在一起;就像所有的人都在说话,哪里分得清这一个和那一个。而在泪眼模糊中,一切都似乎消失得太快:也许,凯鲁亚克看到的"在路上",是普拉斯(美国自白派诗人)吞服了半瓶安眠药醒来时看到的"在路上",是当年波德莱尔在巴黎看到的"在路上":闲逛者的视觉之路、收藏家的触觉之路、歌女舞女的飘忽之路、捡垃圾人的无奈之路,是有着拱门、街、桥、新式材料、工厂、烟囱、橱窗以及霓虹之路。人的心理机制,在这样的路上,或许会有那样的躁动、紧张以及焦虑不安吧?还是同一个波德莱尔,他发现了"在路上",在巴黎的"路上"的"内部和外部刺激快速而持续的变化"所带来的那种紧张:在这种来往的车辆行人中穿行,把个体卷入了一系列惊恐与碰撞中。在危险的穿越中,神经紧张的刺激急速地接二连三地通过体内,就像电池里的能量。(《波德莱尔美学论文选》第482页)

  如果说,乡村的"在路上"它对应的是坚定而缓慢、宁静的心理节奏,那么,都市的"在路上"它必然会培育出一种心理机制,使得自己免于这种瞬时之变、速度之变,或者可能的偶然之变给自己带来的意外打击。久而久之,都市人的心理会形成一种只关心外部的变化,或者只关心外部与自身的那段所谓的距离的定式。这就是乡村意识与都市意识(或称城市意识)区别性的原点。

  从文艺母题、生存状态而言,我们永远都在路上,这也是波德莱尔所言的"永恒的另一半"。而我们观照的都市的"在路上",它不仅仅有物理学方面的意义,城市地理学方面的意义,它还浓缩了或者说象征了城市意识的建立和觉醒。它是生存状态,也触及都市生存的本质;它是生活中的某种过程,是生活被城市节奏殖民化的具体例证(哈贝马斯之意),但那也是生活本身,是城市意识得以建立的土壤。

  许道军、魏宏:城市诗诞生在上海,您认为上海的城市诗是更具有"海派"的特色还是具有更普遍的时代色彩?城市诗是否天然带有上海的烙印?

  徐芳:已经呈现的上海城市诗是否有着饱满的海派特色,尚待研究者的考察。但上海城市诗应该具有上海的况味,或者换一种说法，那叫上海的城市精神——无疑是题中应有之意，也是毫无疑问的一种方向性的选择。

那么，何为海派特色？何为上海的城市精神呢？这一问题还真不好回答。一千个读者就有一千个哈姆雷特；一千个上海人，眼里就有一千个不同的上海——上海也实在是太大了，也太复杂了。

在太平洋的弓形海岸的中轴与长江之矢的终极地，汇聚了这一片息壤。从它的开埠之日起，它就"撰写"了我们这个民族的现代寓言与现代神话。德国有一句古谚语说：城市，使得空气自由。这句谚语或许也可以解释海派精神的真髓；当然也可以说创新是上海这座城市从它诞生之日起，就在不懈追求的精神皇冠。

在上世纪三十年代初，就有一批得风气之先的文人，写出了一时"网红"的"城市诗"——所谓新感觉派的"新感觉"，即是那时候刚刚萌发并且开花结果的"都市意识"，以致一时"洛阳纸贵"。

但上海委实太大了，一种抽象的概括，总面临着顾此失彼的风险，而所谓上海的现代性，也许本来也是一个寓意繁复、歧义更繁复的话题。面对这样的上海，我们或者常易常新自己的眼耳鼻喉，或者也就是坚守、坚守再坚守。换句话说，所谓的海派特色，它飘在空中，但也就在脚下。所谓的上海精神，也就是你我他……

许道军、魏宏：您是一个创作力非常旺盛、质量又有保证的诗人，我们非常期待，能介绍一下手头的工作吗？

徐芳：我写了四十多年了，要是从不成诗的阶段开始，可能近五十年了。我也是受惠于上海作家协会，在大学读书的时候，相当于当年的80后，读书时就加入作协，那时候作品并不多，只有三十多首诗，而现在标准要高得多。这么多年诗歌的整个历程,我可以作为一个在场者或者是经历者,所经历的很多诗歌的运动,诗歌的争论、讨论都看在眼里。我自己写诗出于初心,就是热爱。四十多年过去了,也是经历过高潮期和低潮期,换句话说,因为我写诗时间太长了,所以蜜月期相对就较短,现在写诗,常常就像夫妻吵架,互相在压力很大的时候蹦词,词语呈弹跳状——对我个人来说甚至跟诗歌有一种内在的吵闹,很多争论,像上世纪八九十年代这样那样的争论,实际上有些也载入史册了,也可能有些只是对个人来说有着特殊的意义。而对于诗歌创作来说,这个环境空间、历史,并不构成直接的因果关系,但是从自己的诗歌发展来说,或许是很重要的。

目前我出版了四本诗集,占我已出版的十一本个人集中的一半不到,但我还是自认身份为诗人,因为——我不说理由了,理由已说了无数次,在心里,自己对自己——在自己不确认自己,自己也怀疑自己的时候,我就说自己真是个诗人。

眼下我在做《徐芳访谈》,与文艺名家们的对话内容已经达到了近三十万字,拿到一笔上海的文化基金,也可能不久之后可以成一本书。还有一本写上海工人新村的非虚构文字,写了两年的杂志专栏,字数凑凑也有了二十余万;还有一本是写神话的新史诗——上海作家协会的集体项目,我领命写开头四章:混沌开辟、女娲造人、天作之合、炼石补天。四章我写了一千五百多行,都是长句,一口气写一周,好像写得疯起来,坐在椅子上汗水黏连着衣服完全没感觉,感觉全在诗里了;然后就是反复修改,修改的过程才是折磨,有时发现半天时间里就是动了某个差不多的词语,某个标点符号。但后面的修改,又觉得前面的改,改得并不好,常有再改回来的事。对比之下,当写初稿一旦找到感觉时,那种一气呵成,那种酣畅淋漓写得飞起来的感觉——真是十分享受。这本书据说今年会出版的,在出版之前,有些片断,媒体已经披露,书成总数约七千行,我期待这是一个"开天辟地"的作品，不管怎样，在写作过程中我已享受了这种无以言说的快乐。

　　还有一本诗集也在积累中，按照诗歌美学高大上的规则来精写，但我担心这样的作品，是否有人愿意用十目一行的慢速来读。在这么一个快节奏的时代里，这么做，是否有些逆潮流而动？是否有悖于努力奋斗的新世纪？此种阅读的要求，可能——非但不能表现出优雅人士的雍容闲适，反倒显出的是一种接近于嫉妒速度的疯狂——对我来说，这是一个意象密度的问题，这也是一个心理机制的问题。我总在夜深人静时，开始酝酿，就像我的微信名，只叫个：唯有夜晚可以读诗。

朦胧诗的文学史归位及其意义

吴投文

从中国新诗的百年发展历程来看，朦胧诗的经典化似乎已经尘埃落定。尽管经典化是一个异常复杂的过程，经典化实际上也并无终点可言，但在某种程度上，朦胧诗确实已经定格为中国百年新诗史上最富有创造力和最富有艺术魅力的诗歌流派之一。时至今日，针对朦胧诗的纷杂争议并未完全歇息，这可能恰恰是其富有生命力的一个印证，也颇能说明朦胧诗作为一个诗歌流派还具有"生长"的可能性。朦胧诗的这种"生长"表现在读者持久不息的阅读热情中，朦胧诗自其"崛起"以来，始终是读者的一个阅读热点，几乎从未出现过"空位"的时期。就此而言，中国新诗史上的其他任何诗歌流派都不足以与朦胧诗相提并论，朦胧诗的代表诗人至今仍然压抑着后起诗人取而代之的越位冲动，但却又激发着后起诗人的创新活力。可以说，经典化所限定的秩序具有封闭的性质，但在另一方面却又是一个开放性的结构，这对朦胧诗是一个考验，却也正是朦胧诗的文学史价值所在。朦胧诗所限定的诗歌秩序是由其本身的艺术价值所奠定的，而它所敞开的创新可能性又是一种宝贵的启示，在后起的诗人那里则是一个传统和源泉。在中国新诗的百年谱系中，朦胧诗事实上已经沉淀为一个相当醒目的坐标,也正是在这里,朦胧诗一再被赋予某种近乎神化的色彩,其中包含着读者对中国新诗发展道路的某种希冀。

朦胧诗这一名称源于章明发表在1980年第8期《诗刊》上的《令人气闷的"朦胧"》一文,他把那种"似懂非懂,半懂不懂,甚至完全不懂,百思不得一解"的诗歌贬称为"朦胧体",朦胧诗由此得名。不过更早一些,在诗评家孙绍振和谢冕的文章中已经发现舒婷等诗人作品中的"朦胧"特色,并在肯定的意义上指认这一新的美学特质。孙绍振在发表于1980年第4期《福建文学》上的《恢复新诗根本的艺术传统》一文中,指出舒婷的诗歌"有时作品的总体形象是统一的完整的,但是作品的内容却是朦胧的"。谢冕在1980年5月7日发表于《光明日报》的《在新的崛起面前》一文中,也指出当时一些青年诗人"的确,有的诗写得很朦胧……"但都止于语焉不详的描述,并未展开具体论述。可见,朦胧诗的命名是颇有蹊跷之处的,这反映在1980年代早期关于朦胧诗的争论中,对"朦胧"的定位充满犹豫不决的歧见,不管是指责、嘲讽还是肯定、称赞,尚不能从总体性的风格形态上对朦胧诗进行明确的美学指认。这也说明,囿于当时特定的社会文化环境,对朦胧诗美学性质的指认还是呈现出混沌莫辨的一面。当然,在敏锐的批评家和读者那里,朦胧诗的崛起所带来的惊喜却足够说明一个基本事实,中国新诗的一次重大转型已经来临。由谢冕、孙绍振、徐敬亚所引爆的"三崛起"论,分别是谢冕的《在新的崛起面前》(《光明日报》,1980年5月7日;《诗探索》1980年第1期)、孙绍振的《新的美学原则在崛起》(《诗刊》1981年第3期)、徐敬亚的《崛起的诗群》(《当代文艺思潮》1983年第1期),就是朦胧诗逐步归位到中国新诗整体进程中的有效验证。另一方面,朦胧诗所激起的阅读热潮也表明,诗人作为"时代的骄子",也不可避免地会打上特定社会文化语境的烙印，诗歌与时代的联系并非单纯的审美关系，而是有着异常复杂的多重因素的深度切入。伴随着社会文化语境的转换，朦胧诗的创作热潮在1980年代中期几乎戛然而止，原因也正在于此。不过，作为文本形式的朦胧诗，已经楔入中国当代文化的内部景观，在中国新诗史上占有非常重要的一席之地。

从中国新诗的百年进程来看，朦胧诗在1970年代末至1980年代初的崛起可谓一个重大的"事件"，追索这一"事件"发生的根源却纠结着异常复杂的因素，并非一个轻易可以解决的问题。实际上，在朦胧诗由文革时期的"潜在写作"浮出地表四十年之后的今天，追问朦胧诗的内部真相仍然是一个众说纷纭的话题。从目前已经挖掘出来的"史料"来看，并不能完全排除当事人回忆中"建构"和"想象"的成分，也包含着研究者出于文学史结构的某种需要着意剪裁的成分。不过，从朦胧诗逐步经典化的过程进行逆向考察，可以发现朦胧诗是二十世纪中国新诗多种合力平衡和综合的结果。从中国新诗流变的整体视野来看，朦胧诗的崛起是有中国本土传统的，是现代主义诗歌在中国大陆长期中断之后的一次成规模、成建制的回归，明显具有诗歌流派的性质。在中国新诗史上，相对于现实主义和浪漫主义而言，现代主义虽是后起的写作潮流，却是一种强势话语，在中国新诗的多元格局中居于事实上的核心位置。在1949年之后高度"一体化"的文学秩序中，独尊现实主义，适度改造浪漫主义，现代主义被剥夺"合法"的生存空间，转而为潜伏地下的暗流状态。不过，时代主流话语的强势抑制并不能完全堵塞现代主义诗歌的生存缝隙，朦胧诗最初表现为文革时期的地下写作形态，正是现代主义艺术抵触时代主流话语的审美畸变。因此，朦胧诗确有其"根"，这个"根"还是在中国新诗的传统土壤中。如果没有此前中国新诗中现代主义的美学遗产，也就不会有朦胧诗后来的崛起。强调这一点，应该是符合朦胧诗的创作实际和美学谱系的，也并非要剥离朦胧诗另一重的西方现代主义文学背景。当然，朦胧诗酝酿和萌芽于高度一体化的社会和时代语境中，其复杂的背景因素可能远不止此，但从宏观的研究视野来看，朦胧诗之"朦胧"是中国新诗在遭遇时代挤压而无法保持艺术本身的尊严与健康时必然蜕变的结果。因此，探讨朦胧诗的源流需要结合特定的时代语境才能呈现出其所谓的"内在真相"。

接下来的问题就是朦胧诗的谱系梳理。长期以来，朦胧诗的身世之谜是一个充满争议的话题，关键之处大概还是朦胧诗的源头所由何来。时至今日，朦胧诗的源头实际上还是相当隐晦的，尽管从不少史料披露的情况来看，确实有那么一条若隐若现的线条，但同时也有不少质疑的声音，这表明朦胧诗的谱系还是处于某种晦暗之中。朦胧诗后来所占据的艺术制高点与其谱系的演变有着不可忽略的直接关联，朦胧诗从潜在写作的暗流与边缘状态最后崛起为当代诗坛的正统形式，离开现代主义这一视角恐怕就无从谈起。现代主义是朦胧诗的源头活水，也是朦胧诗的美学实质和核心元素。正是得益于现代主义的滋养和塑造，朦胧诗才形成一股具有内在活力的暗流，在高度一体化时代的潜在写作中显示出一种富有青春气质和自觉意识的艺术追求。在此一角度的透视下，黄翔诗歌写作的特殊性就不可忽视。黄翔并不是后来公认的朦胧诗代表诗人，但他的创作中包含着朦胧诗创作的先导性因素，对此是毋庸置疑的。他的《独唱》创作于1962年，在当时普遍熏染政治虚浮症的诗歌写作中，无疑是一首凸显出强烈个性化风格的诗歌，"堪称当代最早具有批判意识和独立思考精神的作品，可视为当代启蒙主义文学思潮的源头"（张清华：《朦胧诗·新诗潮》，《南方文坛》1999年第2期）。《独唱》的开头是一句诘问"我是谁"，赋予瀑布一种清醒而又孤绝的激情，诗中渲染的是一个坚定的个人英雄形象，也是一种卓异人格的象征，这恰恰是对时代氛围的强烈抵触。黄翔的《野兽》创作于1968年,同样是一种孤绝的呼号,诗人的内心伤痕密布,却坚定地"要哽住一个可憎时代的咽喉",诗的基调显得更为悲怆。黄翔的诗中有一种非常可贵的个人化的气质,呈现出一个"可憎时代"的抵抗者的形象。这一精神主题对后来的潜在写作具有深刻的影响,在很大程度上也深化和内转于后来朦胧诗的写作之中。因此,如果追溯朦胧诗的精神源头,黄翔是一个不可忽略的关键性环节,可以看作是"八十年代初成长起来的'朦胧诗'的先驱"(张清华:《朦胧诗·新诗潮》,《南方文坛》1999年第2期)。

  与黄翔的创作几乎同步,也在精神上遥相呼应的,是1960年代前、中期北京的"X小组"和"太阳纵队"的文学实践。根据重要当事人张鹤慈的回忆:"一九六三年二月十二日下午五时左右,在北京大学中关园153号我家后门的一片苗圃中,X社成立。"(张鹤慈语,见《访"X"社张鹤慈》,引自"盛唐社区")这是一个带有结社性质的文艺小圈子,重要成员是郭世英、张鹤慈、孙经武,外围成员有叶蓉青、牟敦白、金蝶、王东白、周国平等人,都是二十来岁的青年。他们办的《X》主要发表诗歌,出于对当时主流文艺的不满,"想闯出一条真正的文学创作的路来",但很快被查封。"X小组"被定为"反动集团",主要成员悉数被捕,张鹤慈、孙经武被关押十余年,郭沫若的儿子郭世英身体遭到严重摧残,跳楼自杀,其他成员也被打入另册,遭受厄运。郭世英为《X》所写的发刊词《献给X》颇能说明"X小组"创作的精神取向,"你在等待什么? x,x,还有x……/得到x,我就充实,/失去x,我就空虚……"这个发刊词中的思想情绪很容易使我们想到鲁迅《野草》"题辞"中的"当我沉默着的时候,我觉得充实;我将开口,同时感到空虚"(鲁迅:《鲁迅全集》第2卷,人民文学出版社1981年版,第159

页)。两者颇有契合之处，都带有某种强烈质问的意味，显示出精神上的痛苦和焦灼。换言之，"X小组"在青春迷惘中对鲁迅的批判精神和自由意志有着不无深刻的理解，"'X小组'的成员在精神上比较独立、叛逆，有强烈的理想主义特征，但与现实格格不入，使其在当时的环境中比较孤立，与社会主流文化处于一种不无紧张的对立中"（王士强：《"前朦胧诗"寻踪：从〈今天〉到"太阳纵队""X小组"》，《扬子江评论》2012年第3期）。不过遗憾的是，由于当时严峻的政治情势，许多资料都已湮没无闻，现在能找到的"X小组"成员的作品很少。从目前能找到的极少数诗歌作品来看，在主题和风格形态上都与当时流行的主流文艺泾渭分明，具有比较明显的现代主义文学色彩。试看郭世英的《我在欢笑中》："我在欢笑中/狂舞/我在悲切中/漫步/却不知/我脚下的路/是一颗颗蠕动的心/一片片鲜红的土"，敏感于环境的压抑而表现出强烈的离经叛道的倾向，但在艺术上还是显得相对稚嫩，青春的忧郁和对于现实的抵触还较多地停留在精神表面的浮泛上面。张鹤慈在《我在慢慢地成长》中写道，"疯狂旋转的地球仪/凝冻的星空/冰月∥摇篮外的一只小手/向妈妈要着花的颜色/玫瑰的血，枝的刺"，也大抵如此，似乎并没有完全抹掉时代主流文艺的语言底色。不过，"X小组"的诗歌创作具有一种可贵的引向内心追问和自我怀疑的气质，这对后来的朦胧诗仍然具有深刻的启示。

稍晚于"X小组"的"太阳纵队"也是通向朦胧诗的一个重要环节。"太阳纵队"出现于1960年代中期，主要成员是张郎郎和他的一些朋友，也与"X小组"的成员之间有所交集，如牟敦白、王东白等人同时交游于这两个群体之间。"太阳纵队"主要以张郎郎家为聚集和活动场所，是一个较为松散的主要从事诗歌等活动的写作群体。诗人食指1964年初中升高中考试失利，经牟敦白介绍，也与"太阳纵队"有边缘性的接触。

"太阳纵队"的命名来自张郎郎的长诗《燃烧的心》,长诗的结尾写道,"我们——太阳纵队"。大概正是怀着这份青春的燃烧的激情,这群青年不满于当时压抑的社会文化环境,他们以文学沙龙的方式聚集在一起,写诗、作文和画画,促进相互之间的交流。按照张郎郎的回忆,"'太阳纵队'的确开过一次正式的成立大会,那是在老北师大的筱庄楼。在一间腾空的教室里,下午斜阳,懒懒照在墙上。那是 1962 年底或 1963 年初。参加的人有:张久兴、张新华、董沙贝、于植信、张振州、杨孝敏、张润峰和我"。他们甚至还由张郎郎起草过一份"章程",章程的开头部分写道,"这个时代根本没有可以称道的文学作品,我们要给文坛注入新的生气,要振兴中华民族文化"云云(张郎郎:《"太阳纵队"的传说及其他》,见廖亦武主编《沉沦的圣殿》,新疆青少年出版社 1999 年版,第 42 页)。在一个思想高度钳制的时代,这种离经叛道的想法注定不能见容于当时的主流话语。那时,文学取向的"异端"性质往往被延伸为政治问题的一部分,由此导致的后果是极其严重的:"太阳纵队"被定性为"反动组织",这些年轻人被认为是"反革命""反动艺术的追求者"。作为核心成员的张郎郎被通缉,后来被判处死缓,在狱中度过十年。从当时的现实政治逻辑来看,"太阳纵队"成员的遭遇几乎没有另外的通道可以得到缓释。这是一代青年为自由所付出的沉重代价,具有自由倾向的文学追求在时代的夹缝中必然遭遇非自由的结局,陷入"对自由没把握的惶惑状态"(张郎郎:《"太阳纵队"的传说及其他》,见廖亦武主编《沉沦的圣殿》,新疆青少年出版社 1999 年版,第 49 页)。这种通过政治方式解决文学"异端"性质的粗暴干预对文学的伤害极其严重,以致我们现在所能见到的"太阳纵队"成员的作品也非常稀少,他们的作品和所办的手抄杂志等绝大部分资料在当时被查禁并销毁。不过,从目前所能搜集的有限文字来看,还是可以发现

"太阳纵队"创作中异质性因素的存在,比如张郎郎的诗显得比较纯净、清新,却有明显的个人化色彩,不难发现诗中有来自西班牙"二七年一代"代表诗人洛尔迦、法国超现实主义代表诗人艾吕雅的影响,他的《鸽子》就是一个注脚。张郎郎在诗中这样写道,"我对它说过的,是的,我说过。/在那乳白的晨雾笼罩时/我对它说过/我的声音透过这柔和的纱帐,/我自己听得见/它变得像雾一样神秘/它像梦里的喃喃的歌声,/在晨光里袅袅升腾,/发着红红的微光/如同那远方模糊的太阳。/是的,我对它说过:/飞去吧,这不是你的家"。诗中的鸽子无疑是诗人自我的一个象征,鸽子远飞而去,带走的却是诗人对自由的精神家园的向往。从另一方面来看,"太阳纵队"诗歌中的青春激情似乎还是没有沉淀为富有生命勃发气息且让人灼痛的历史感,写作中的生命厚度和历史深度还是显得不足,艺术上的拓新还只是表现在局部的范围内,尚未达到和融一体的程度。可能正是这个原因,后来比较流行的朦胧诗选本并没有收入"X 小组"和"太阳纵队"的作品,只是在中国当代诗歌史的写作中,往往把"X 小组"和"太阳纵队"处理为通向朦胧诗写作的关键环节。应该说,在文本的这种艺术考量上,还是有其道理的。

在朦胧诗演变的历史链条上,食指被认为是一个相当关键,甚或具有标志性意义的诗人。食指是一位被追认的诗人,自 1990 年代以来,中国当代诗歌史的研究几乎都绕不过食指的诗歌创作。后来成名的一些朦胧诗人在谈到自己最初的创作时,都对食指的诗歌赞赏有加,甚至指认食指为朦胧诗的源头性诗人,如北岛称食指为"启蒙老师"(李恒久:《对〈质疑《相信未来》〉一文的质疑》,《黄河》2000 年第 3 期)和"中国近三十年新诗运动的开创者"(查建英:《北岛访谈》,见查建英主编《八十年代访谈录》,三联书店 2006 年版,第 70—71 页),林莽将食指称为"我们那一代人的代言人"(参见王士强、林莽:

《"白洋淀"与我的早期诗歌创作》,《星星·诗歌理论》2010年第11期),多多将食指称为"七十年代以来为新诗歌运动趴在地上的第一人"(多多:《被埋葬的中国诗人(1972—1978)》,《开拓》1988年第3期),等等。这些朦胧诗人的回忆和自述在多大程度上接近事实的真相,在研究者那里认同和质疑同时存在。在洪子诚、程光炜等学者比较权威性的中国当代新诗史著作中,都把食指作为一个特殊时期的诗歌现象进行探讨,把他定位为影响一个时代的诗人,也有陈卫等学者认为这是"文学史研究中的'黑洞'",与历史的真相并不相符(参见陈卫:《中国当代诗歌现场》,人民出版社2015年版,第151页)。因此,对食指的诗歌定位可能还具有历史悬案的性质,需要更深入的历史细节的验证。不过,食指对朦胧诗的先导性影响还是确凿无疑的,尽管他的诗歌与后来的朦胧诗在风格形态上呈现出比较鲜明的差异,但他诗中抵触当时主流文艺的异质性元素显然契合于朦胧诗人对艺术先锋精神的理解,并被转化为朦胧诗人的某种内在视野而成为"朦胧诗人的'一个小小的传统'"(李宪瑜:《食指:朦胧诗人的"一个小小的传统"》,《诗探索》1998年第1期)。

食指原名郭路生,出生于"革命干部"家庭,在文革中做过"红卫兵",他的早期诗歌中有非常明显的所谓"红色文化"印记,大概就与"红卫兵"情结有着直接的关联。1968年,食指到山西杏花村插队,这是他命运的一个转折点,投射到他的诗歌中,就是与时代的疏离感陡然增强,呈现出与生存环境的对抗性。从他这一时期创作的《相信未来》《这是四点零八分的北京》等诗来看,食指的"红色"印记已经变得比较模糊和晦暗,取而代之的是内心深刻的灼痛,时代所加之于心灵上的戕害变得如此真实,而命运的不确定性又使他惊惶不安。这种情绪的流露与当时的主流文艺判然有别,同时表现为美学上的孤立和反叛性。这可能是食指诗歌最值得注意之处,也因此使他被赋予某种符号的性质——在时代的精神暗影上,食指的诗歌如同一根被瞬间划亮的火柴,代表短暂的光明和温暖,却如此珍贵。食指的诗歌被他的朋友和插队知青辗转传抄,据说当时凡有知青处,就有食指的诗歌在传抄,原因大概就在于此。这在当时几乎是一个奇迹。从另一方面来看,也是在一个诗歌枯竭的时代,知青们需要把内心的自我形象还原到一种真实的生命情境中,这也大概是食指对朦胧诗人影响最深刻的一面。

朦胧诗人真正形成集结性的群体还是在文革中后期出现的"白洋淀诗群"。白洋淀具有区位优势,离北京较近,便于集结周边地区的文艺知青,是一个比较理想的文学交游之地,尤其对北京知青具有吸引力。从严格的意义上来说,"白洋淀诗群"只是后来朦胧诗群体的雏形,已经初步具备一个诗群或诗派的构成要素。首先在人员构成上,芒克、多多、林莽等人在这里落户插队,北岛、江河、严力等人曾经游历过这里,他们后来都是朦胧诗的主力诗人。此外,根子、宋海泉、方含等人在这里也有过短暂的写作经历,但都没有坚持下去,属于朦胧诗的外围人员。其次,在诗歌观念的拓新上,"白洋淀诗群"有其特定的选择路径,在当时主流文艺虚假话语的覆盖下,他们所张扬的是一种充满"现代"气息的且与自我生命世界的内在深度形成同构效应的诗学理念,人性的幽暗与生命的创痛不再被摈弃于诗歌的表现领域之外,而是必然要转化为诗歌的内在隐秘,诗歌的功能被重新定位为一种心灵的艺术,在当时具有抗拒诗歌蜕变为政治工具的意味。因此,"白洋淀诗群"的诗歌观念本质上是现代主义的,是中国新诗中的现代主义在中断二十多年之后的回归。再次,"白洋淀诗群"的诗歌文本具有自身的独立性,即使放置于中国新诗的整体视野中,也有其不可忽视的卓异之处。特别值得提到的是根子的写作,在1970年代早期,他诗中那种"无师自通"的浓烈的现代主义色彩使人感到震撼,他一气呵成创作出来的八首长诗都布满时代深刻的皱痕,这使他几乎被公认为是一个天才型诗人。

根子本名岳重,他和多多、芒克一起被称为"白洋淀三驾马车",但他的创作在很长时间里没有得到应有的重视。根子十九岁时创作的长诗《三月与末日》即使在所有朦胧诗人的创作中,也可以称得上是巅峰性的作品。张清华先生这样评价《三月与末日》,"就文学的境界而言,没有任何一首'朦胧诗'作品能够与它相提并论,多年后那些政治意义和文化意义上的'人道主义'主题,同这样的作品相比,在思想的价值和能力上没有任何优势可言"。这里面可能包含着张清华先生的偏爱,不过,也正如他所言,此诗"应该是七十年代至整个八十年代中最现代的诗歌作品"(张清华:《朦胧诗:重新认知的必要和理由》,《当代文坛》2008年第5期)。根子是"白洋淀诗群"中的一个异数,他的艺术禀赋似乎具有一种召唤性的魅力,白洋淀诗人都受益于其长诗所带来的震撼和唤醒。在"白洋淀诗群"中,多多的诗也有着突出的个性特征,显得悲怆而有内在的生命热度,在语言上几乎完全脱出常轨而显露出近乎狰狞的面孔,显示出某种坚定的着意完成自我的创作意向。其他主要诗人也都有自觉的创作意识,"芒克是平和、舒缓、自然的,江河颇具英雄情结,追求历史感和社会关怀,他的作品具有史诗性特征,而林莽则比较平易,追求内在的复杂性,他的诗更为综合,更具古典美学特征"(王士强:《"前朦胧诗"寻踪:从〈今天〉到"太阳纵队""X小组"》,《扬子江评论》2012年第3期)。从总体上看,"白洋淀诗群"的写作尽管表现出个体性的差异,但也有一些共通之处。时代对于个人生存处境的挤压,个人在思想上的彷徨无地,从青春生命体中勃发出来的反抗意识,投射到他们的创作中,几乎有着一种共振性的审美呈现。这在后来的朦胧诗人那里，延展出一个更为壮阔的思想背景，而在艺术上对现代主义元素的吸收变得更为自觉而富有更贴近时代情境和个人命运的创造意识。

朦胧诗真正浮出潜在写作的"地表"，成为一个严格意义上的诗歌流派，是在《今天》创刊以后。《今天》的创刊是朦胧诗历史链条上的一个重大事件，标志着朦胧诗作为地下诗歌时代的结束，也标志着另一个充满争议和具有鲜活创造力的诗歌时代的开始。《今天》杂志第一阶段存在的时间并不长，自 1978 年 12 月第一期问世，到 1980 年 12 月在有关方面的要求下彻底停止活动，只有约两年时间，但从文学史的角度来看，其意义怎么强调都不过分。由"地下"到"地上"，由潜流到公开，朦胧诗终于被确认为中国当代先锋诗歌谱系的重要源头，朦胧诗的先锋性质对 1980 年代"新诗潮"的兴起具有一种典范性的引领作用。北岛和芒克是《今天》杂志的主要创办人，围绕这一民间杂志的主要是一个北方诗人群体，和"白洋淀诗群"重合的人员较多，可以看出两者之间比较明显的承续关系。《今天》是一份综合性文学刊物，包括诗歌、小说、美术、摄影、评论、译介、随笔等多个门类。在《今天》杂志总共十二期的"非正式"出版物中，小说、随笔、评论等作品显得较为单薄，最富有特色也最有影响的还是诗歌。在十二期出版物上发表诗歌较多的诗人有北岛、芒克、江河、食指、孙康（方含）、舒婷、顾城、杨炼（另署名飞沙）、严力、田晓青（小青）等。其中舒婷来自南方福建，是由老诗人蔡其矫（乔加）介绍给北岛的，她的诗歌《致橡树》《啊，母亲》发表在《今天》创刊号上。按北岛的说法，"其中那首《橡树》，我根据上下文把题目改为《致橡树》。""舒婷加入《今天》文学团体，始作俑者蔡其矫。在他催促下，一九七九年秋舒婷第一次来到北京，与《今天》同仁聚首。某日，天高气爽，蔡其矫、艾未未和我陪舒婷游长城。"（北岛：《远行

——献给蔡其矫》，见《青灯》，江苏文艺出版社 2008 年版，第 70—71 页）顾城在《今天》杂志发表诗歌相对较晚，他是由姐姐顾乡带到《今天》编辑部来投稿的，此后陆续参加《今天》的作品讨论会。舒婷和顾城加入《今天》文学团体相对较晚，两人的创作风格与其他的朦胧诗人有较大的差异，这也表明《今天》杂志是一个以艺术为本位的相当开放的公共空间。

北岛在《今天》创刊号的《致读者》中这样写道，"我们的今天，植根于过去古老的沃土里，根植于为之而生、为之而死的信念中。过去的已经过去，未来尚且遥远。对于我们这代人来讲，今天，只有今天"（北岛：《致读者》，《今天》创刊号）。北岛对"今天"的命意包含着一种紧迫的时间意识和生命的某种内在焦灼。与此形成对照的是"今天"的英译，北岛回忆说，1978 年 12 月下旬的某个下午，他匆匆赶到著名翻译家冯亦代的家中，"我拿出即将问世的《今天》创刊号封面，问他'今天'这个词的英译。他两眼放光，猛嘬烟斗，一时看不清他的脸。他不同意我把'今天'译成 TODAY，认为太一般。他找来《英汉大辞典》，再和冯妈妈商量，建议我译成 The Moment，意思是此刻、当今。我没想到冯伯伯比我们更有紧迫感，更注重历史的转折时刻。于是在《今天》创刊号封面上出现的是冯伯伯对时间的阐释：The Moment"（北岛：《听风楼记——怀念冯亦代伯伯》，见《青灯》，江苏文艺出版社 2008 年版，第 11 页）。尽管到《今天》第二期重新设计封面时，美编黄锐还是将英译改为 TODAY，但"今天"这一命名所包含的某种歧义恰恰代表"转折时刻"必须直面的现实压力和"拥抱"时代的开放意识，对朦胧诗人来说，"今天"也意味着他们创作的一个新的起爆点。因此，《今天》发表的诗歌虽然与当时的主流文艺仍然存在某种程度的间离与冲突，但也具有为主流和体制所"认可"的一些因素，北岛、舒婷等诗人发表在《今天》的诗歌能够被《诗刊》

《人民文学》《上海文学》等主流刊物有限度地转载和推广，这也是一个相当重要的原因。从另一方面来看，《今天》文学团体又表现出比较复杂的面孔，显得桀骜不驯，尤其在美学上的冒险带有无法预期的不确定性，在精神的深层取向上包含着过于强烈的异质色彩，这也是《今天》杂志被有关方面叫停的原因。但《今天》广泛的社会影响业已造成，如燎原之火炙烤着整整一代青年的心，一时风光无限，在1980年代初、中期的社会转型中扮演着某种至关重要的文化先锋角色，引领着1980年代颇显神奇也不无诡异的"诗歌热"。对《今天》诗歌旷日持久的激烈论争，更使朦胧诗的名声远播海外。实际上，时至今日也仍然余热未消，这就是朦胧诗造就的"诗歌神话"。

清理朦胧诗发展与演变的路径和线索并不是一件容易的事情，必然会带来由历史化视角的游移所造成的某种遮蔽和放大，任何对"真相"的发掘实质上都是被选择的结果，而历史"真相"说到底又是对当代现实的阐释。就此而言，文学史也是被选择和与当代现实合谋的结果。这正是文学史的诡异之处，也可能恰恰是文学史布满魅影和富有魅力的地方。把朦胧诗置于中国当代文学史的视野下，其美学暴动所产生的意义就会显得清晰而具有历史逻辑的完整性。大约自1990年代中期以来，朦胧诗的演变历程和历史线索受到特别的关注，朦胧诗不再被视为一个凝固的概念，而是被看作一个流变的历史的过程，这是符合朦胧诗发生与发展的实际情形的。一般认为朦胧诗的历史是从1960年代初、中期延续到1980年代中期的现代主义诗歌本土化、中国化的一个发展谱系，既与1940年代中国的现代主义诗歌之间具有某种深刻的联系，其间也有断裂和转折，更有发展和深化，代表中国现代先锋诗学不断延展和丰富的一条历史脉络，甚至具有某种体系性的结构形态，其影响是极其深远的。1980年代中期，"第三代诗歌"异军突起，朦胧诗几乎戛然而止，中国当代诗歌的格局被重新改写，预示着中国当代诗歌更丰富的发展前景。朦胧诗人从此风流云散，有的停止诗歌写作，如舒婷、江河；有的出走海外，如北岛、多多、杨炼；也有的坚守不移，如芒克、林莽；还有顾城以极端的方式告别人世，留给读者一声深长的慨叹。毫无疑问，朦胧诗以其美学的独特性和典范性，已经凝定为中国新诗史上一个极其重要的环节，也标志着新诗的艺术创造已经深度渗入我们民族的文化肌体之中。

"先锋诗歌"的历史探源
——兼论1980年代以来的先锋诗歌批评

张立群

"先锋诗歌",是1990年代以来中国当代诗歌批评中最具活力的概念之一。结合已有的批评与研究实践可知:笼统而言的"先锋诗歌"主要是对那种具有探索精神、实验性并可以推动、引领当代诗歌向前发展之创作实践的命名与评价;而具体的"先锋诗歌"则主要是对1980年代以来的诗歌主潮提供了整体性的描述,进而形成了"朦胧诗""第三代诗歌"(也称作"后朦胧诗")至1990年代以来"个人写作"的诗歌史整体叙述框架。上述两种基本义虽可以从理论上对"先锋诗歌"进行批评性概念和诗歌史概念的区分,但就具体实践来看,二者常常是混合在一起、交替使用的。存在于"先锋诗歌"批评与研究实践过程中的这种现象,一方面反映了中国当代先锋诗歌出现时间短、需要反复通过命名与实例结合的方式确证自我的内在逻辑,另一方面则反映了"先锋"一词本身的魅力和引人入胜。就近年来批评实践可知:"先锋诗歌"反复出现、聚讼纷纭,越来越呈现所指模糊、泛化的态势,无论就客观层面还是主观层面,都需要我们对其进行追本溯源,并在明确其生成、演变的过程中深入理解中国当代语境下的"先锋诗歌"及其系列相关话题。

1

　　自"先锋诗歌"成为当代诗坛流行术语之后,人们似乎已越来越不关注其如何诞生的过程,而更多将精力用于概念本身的使用上。应当说,对中国当代"先锋诗歌"发生史的人为"漠视"或是"不言而喻"式的理解,是造成"先锋诗歌"语义丛生、内涵时常处于游移状态的重要原因。显然地,只有清楚地了解"先锋诗歌"的历史,梳理其具体的发展脉络,才能更为确切地把握"先锋诗歌"的内涵及其特殊性。为此,我们有必要结合已有的研究回顾历史。在《中国当代先锋文学思潮论》中,张清华曾在"以'先锋'指代某种文学现象显然与对西方现代主义文学的某种比附不无关系","但事实上这一词语也是中国当代文学运动中很自然地生长出的'本土性'的概念","尤其在诗歌界的使用,则基本上是基于'先锋'这一词语的汉语语义和本土语境而言的"的前提下指出——

　　事实上,早在1981年徐敬亚在他的学年论文《崛起的诗群》中就相当自觉地使用了"先锋"一词来描述"朦胧诗"的特征,指出"他们的主题基调与目前整个文坛最先锋的艺术是基本吻合的"。这里"先锋"显然是当前文学的"前沿"或"开路者"之意。此后至迟在1984年,"先锋"一词作为一种方向和旗帜就已出现在诗歌中,这首诗是骆一禾的《先锋》,这里"先锋"之意显然也不是出于对西方现代派诗歌的比附,而是对中国当代诗歌自身使命的体认。1988年前后,"先锋诗歌"一词开始较多地为创作界和评论者所使用。徐敬亚在他的另一篇文章《圭臬之死——朦胧诗后》中将北岛、顾城、江河、杨炼、梁小斌等称为"引发全局的六位先锋诗人",朱大可在他的《燃烧的迷津——缅怀先锋诗歌运动》一文中亦将朦胧诗传统正式"追认"

为"先锋诗歌"。此后,"第三代"的写作者也开始以"先锋诗人"自称。这样,"先锋诗歌"实际上便成了从朦胧诗到第三代的新潮诗歌的一个总称。(张清华:《中国当代先锋文学思潮论》,江苏文艺出版社,1997年版,第2—3页)

  与张清华有所区别的是,钱文亮考察"先锋诗歌"的诞生史时认为:"'先锋诗歌'这一概念最早出现于1985年四川西南师范大学等校创办的《大学生诗报》,几乎与1980年代中期兴起的青年诗歌运动同时。其最初生成就源自这一场诗歌运动参与者的自我命名与自我指称——为了与当时日益经典化、权威化的'朦胧诗'相'决裂'。从这一点看,'先锋诗歌'最初就是特指'朦胧诗'之后所出现的中国青年诗歌运动。"在钱文中,作者还提到了由残星、义海编选的,于1990年花城出版社出版的《先锋派诗》及其"小引"中对"先锋诗"是"许多个具前卫意识的诗歌流派、诗人的一个笼统性称谓"的理解。同样地,钱文亮也提到了朱大可的文章,"1980年代最早在文章中使用'先锋诗歌'并使之成为一个富有阐释力的概念的,是朱大可的《燃烧的迷津——缅怀先锋诗歌运动》。这篇纵览1970年代以后的现代前卫诗歌现象并将它们统统命名为'先锋诗歌运动'的文章……到底还是考虑到当代中国历史文化语境的特殊性,在坚持特定诗歌理念的诗歌立场的同时,保持了先锋诗歌概念的历史性。种种迹象表明,朱大可的这篇文章对'先锋诗歌'概念在1990年代的流行具有直接的启动作用。"(钱文亮:《"先锋"的变迁与在当下诗歌写作中的意义》,《江汉大学学报》2005年第4期)以上两段对于中国当代先锋诗歌发生期的描述,虽在具体细节上略有出入,但若将两者综合起来,再加上曹纪祖发表于1990年第6期《当代文坛》的带有批评性的文章《"先锋诗歌"的历史疑问》,则总体上呈现了"先锋诗歌"一词的诞生过程及其基本特征。首先,"先锋诗歌"的概念在1980年代后期的诗歌批评中虽已开始使用，但作为一种共识，其大面积使用则是1990年代之后的事情了。这一点，从以上援引的两段论述内容及其出现的时间都能说得通。值得补充的是，朱大可的《燃烧的迷津——缅怀先锋诗歌运动》一文发表于1989年第4期《上海文论》（其具体写作时间显然更早），是1980年代直接以"先锋诗歌"为主题词的关于中国当代先锋诗歌批评的文章，但其结集出版、开始产生直接性影响却要等到1990年代初期之后。上述情况，都反映了批评与研究产生的实际效果常常会与言说对象之间具有"时间差"或曰固有的"滞后性"，而关于"先锋诗歌"的命名及指认同样也概莫能外。其次，"先锋诗歌"概念从一开始就呈现出诗歌批评和诗歌史研究相结合的特点并具有鲜明的当下特征。无论是出于批评家紧跟当代诗歌现象的惯性思维，还是有意对此前历史的疏离，"先锋诗歌"在展示其先锋性时都将视点聚焦于时代本身，并初步呈现了"朦胧诗"－"第三代诗歌"的历史格局。不仅如此，"先锋诗歌"的倡导者们还注意到了批评对象本身的复杂性与多义性。在《燃烧的迷津——缅怀先锋诗歌运动》中，朱大可就曾认为"一个我所看到的先锋运动的核心，其中至少包含了三种彼此不同的类型：抒情诗人、强力诗人和玄学诗人"，而其围绕"三种彼此不同的类型"加以举证的诗人则分别来自四川的"第三代诗人"如"莽汉""非非主义""新传统主义"（朱大可：《燃烧的迷津——缅怀先锋诗歌运动》，学林出版社，1991年版，第60页）等。除此之外，则是他对"仅仅是通向先锋实体或中心的陡峭台阶"的四种派别之一的"市民派"诗歌创作的警惕："市民意识形态的胜利，以及种族意识形态所显示的某种力量，构成对先锋诗歌运动的真正威胁，它们强大而隐秘，像尘埃一样无所不在，同时拥有亲切凡近的表情。另一方面，在激情、信念和想象力尽悉湮灭的时刻，只有猥琐的日常经验和语言'尴尬'地剩下，然而它们居然成为构筑市民诗歌的新颖材料,被惊奇的批评家所误读,疑为一个先锋诗学时代的降临。"(朱大可:《燃烧的迷津——缅怀先锋诗歌运动》,学林出版社,1991年版,第57—58页)这些都表明"先锋诗歌"自其诞生之日起,就是一个复杂、充满斥力的构成。"先锋诗歌"涵盖时间短且本身处于迅速更迭的状态,客观上使其在以整体性思路命名的同时必然陷入一种言说上的混杂,这种倾向在"朦胧诗"至"第三代诗歌"的历史发展过程中显得异常明显。不仅如此,对于"先锋诗歌"具体个案如"第三代诗歌"阵营中的诸多流派的众说纷纭,则更说明"先锋诗歌"的指认是一个个体的、相对的过程。第三,"先锋诗歌"的"先锋"在这一时期主要使用的是汉语的基本义即泛指"探索""前卫""先导",这一可称之为"顾名思义"的命名及理解方式,反映了"先锋诗歌"还未进入学理化层面。"先锋诗歌"需要也只能以肯定的指认确证自身,这使其在面对当代诗歌时必然指向那种产生时代影响的诗歌主潮,而很少被考察诗歌主潮的生成方式、运行逻辑、前后艺术是否一致以及内在的个性差异。"先锋诗歌"是个时代概念同时也是一个集体的、演进的概念,它由于诞生时间短还没有找到确切的理论支撑,因此只能在一面承认"变构"的同时,一面探寻并强调诗歌语言和艺术上的共同性,而这些都生动呈现了"先锋诗歌"的当代性和本土化特征。

  按照钱文亮的看法,"在语言策略花样翻新的1980年代中后期,这样一种狭义的'先锋诗歌'概念并没有在诗坛流行。事实上,作为对当时青年诗歌运动的命名和指称……王家新、唐晓渡等使用的'实验诗'的概念更为青年诗人们所认同"(钱文亮:《"先锋"的变迁与在当下诗歌写作中的意义》,《江汉大学学报》2005年第4期)。"实验诗"一词就当时来看主要来自于唐晓渡和王家新编选的《中国当代实验诗选》,而它可以作为"先锋诗歌"之代名词的主要原因是"实验"本身带有"探索"

"求新"之义进而反映了"先锋"的本质属性之一。"'实验诗'的产生从一开始就既不是出于对西方现代诗的摹仿,也不是出于一般借鉴意义上的'横的移植'(尽管这两种现象都不同程度地存在),其最深刻的根源始终存在于内部,存在于立足现实生存而寻求精神上的自我超越(或揭示)的孜孜不倦的努力之中。"(唐晓渡、王家新编选:《中国当代实验诗选·序》,春风文艺出版社,1987年版,第2页)"实验诗"将"以北岛为代表的一代青年诗人""公正地认为是开先河者",选编了众多后来被划为"第三代诗歌"阵营中的诗人诗作,而其"真义"则在于"一方面,它极大地突出了个人在创作中不可替代的独特地位;另一方面,由于始终置身于上述活生生的动态存在中,个人创作的独特性将不断在诗的本体意义上受到审视和评判……任何自我封闭以及随之而来的模式化倾向都将意味着诗的泯灭和诗人的灭亡"(唐晓渡、王家新编选:《中国当代实验诗选·序》,春风文艺出版社,1987年版,第1、4页)。"实验诗"始处于不断变化状态中的独特的主体存在,证之于诗人个体的创造性和实践性,生动地反映了1980年代人们对于后来称之为"先锋诗歌"的创作的认知程度及至认知限度——如果从更为广阔的时代语境看待"实验诗"与"先锋诗歌"的关系,那么,经历思想启蒙洗礼的八十年代文学同样也经历了艺术上的启蒙。在"朦胧诗""第三代诗歌""东方意识流""寻根派""现代派""实验戏剧""叙述圈套"以及大量西方文论话语相继涌入和浮现的过程中,我们不难看出八十年代文学对于超越、创新和"让文学回归文学自身"的渴望,对于主体觉醒、摆脱沉重历史负载的强烈吁求。在文学浪潮迅速更迭、百舸争流的背景下,还有什么能比"实验"二字能够更好地为文学实践进行整体性描述呢?只不过,"实验诗"虽可以部分担当1980年代人们对于"先锋诗歌"的理解,却无法承担"先锋诗歌"的全部内涵,这一切都表明:

对于当时"先锋诗歌"及其相关语汇的指认，更多仅停留在字面义或是某一方面，而并未落实到真正的诗学层面。

2

为了能够更为全面地阐述"先锋诗歌"在1990年代获取的历史资源，笔者选择从"先锋小说"等相关命名与"先锋诗歌"可能存在的关系角度入手，进而呈现文学批评和理论研究对"先锋诗歌"的促进作用。谈及当代的"先锋诗歌"，很容易让人联想到"先锋小说""先锋戏剧""先锋电影"以及更为笼统的"先锋文学"等诸多与"先锋"有关的命名。从前文所述可知：当代诗歌批评中"先锋"一词出现的时间要明显早于当代小说意义上的"先锋"，但对于一般读者而言，对"先锋小说"的熟知程度和"先锋小说"的影响力却远远高于"先锋诗歌"，这一有悖于事实的现象除了源于小说的文体优势、更易拥有读者以及可以改编为电影、产生更为广泛的影响之外，"先锋小说"的概念获得普遍认可的时间早于"先锋诗歌"也是一个重要的原因。"先锋小说"或曰"先锋派"的出场并由此产生影响、获得认同，可以追溯至1987年初《人民文学》推出了一批有实验倾向的小说。是年底，《收获》杂志又以"先锋实验小说"的名义推出了一系列实验小说，"先锋小说"或"先锋派"的命名由此崛起并迅速在批评家的指引下将此前的马原、洪峰、残雪等纳入其中，形成一个阵营。其后，朱伟编的《中国先锋小说》（花城出版社，1990）、"先锋长篇小说丛书"（花城出版社，1993）和"新世界经典文库·先锋小说系列"（新世界出版社，1994）的出版以及陈晓明选编的《中国先锋小说精选》（甘肃人民出版社，1993）等，都使"先锋小说"成为一个共识性的概念。"先锋小说"晚于当代诗歌批评中的"先锋"字眼却早于"先锋诗歌"概念的认知过程,表明两者之间可能存有的文化语境意义上的复杂关系:随着写作上新质的不断涌现和批评的回应和跟进,"先锋"因其内涵更为广阔、表述更为形象而开始登场并迅速成为一个流行话语,获得普遍的认同;随即,它可以冠名于任何一种文体之上并隐含着命名权和发明权的争夺,而此时,西方先锋派理论的译介和本土融入又为其提供了强有力的"物质基础"。

改革开放之后,随着西方文艺理论不断通过译介的形式涌入国门,"先锋派"系列理论也逐渐为当代理论界所了解并逐步应用于中西方文论批评之中。早于1984年初,袁可嘉就在其《欧美现代派文学概述》开篇处概括"现代派"(又称先锋派或现代主义)(袁可嘉:《欧美现代派文学概述》,见何望贤编选《西方现代派文学问题论争集》(上),人民文学出版社,1984年版,第2页)。同年6月,由王忠琪等译的《法国作家论文学》一书作为"现代外国文艺理论译丛"之一种由三联书店出版,内收有欧仁·尤奈斯库的《论先锋派》一文。此后,何新在《文艺研究》1986年第1期发表了《"先锋"艺术与近、现代西方文化精神的转移——现代派、超现代派艺术研究之一》一文,后收于1987年8月人民文学出版社出版的《艺术现象的符号——文化学阐释》一书。上述文章在八十至九十年代关于当代中国先锋文学的批评中虽未被过多地直接征引,但就其结果来看,这些文章尤其是介绍性文字的基本思路已与后来研究中国当代先锋文学的总体观点相同,此即为"先锋小说"和"先锋诗歌"就是具有现代派和后现代派倾向的小说和诗歌创作。对于九十年代初期关于本土文学现象的"先锋批评",笔者将其归纳为:一方面,这些集中于"先锋小说"的批评推进了西方现代主义、后现代主义批评及方法与中国当代文学的结合,涌现了陈晓明、南帆、谢有顺等一批青年批评家;另一方面,则是在"缅怀""误区""低落"以及"不再令人兴奋"的论断中,深化了学界对于"先锋小说"特别是"先锋派"本身的认识。在这一时期,任职于英国伦敦大学东方学院的赵毅衡关于"先锋文学"的几篇文章如《先锋派在中国的必要性》《小议先锋小说》《读陈染,兼论先锋小说第二波》以及《禅与当代先锋戏剧》《纯诗,不纯批评,学院特权:先锋诗歌史的几条悖论》与《先锋文学:文化转型期的纯文学》等,因其中西合璧、理论与实际相结合而颇富见地。赵毅衡不仅在《先锋派在中国的必要性》和《小议先锋小说》中,指出了先锋文学的"特征"、提出了判别先锋的"四个标准",即"(1)实验性(2)'不好懂'的新创形式(3)'与流行的占主导地位,体制化,被大众接受的艺术方式针锋相对。'……先锋派的最后一个判别标准是:它有能力为艺术发展开辟新的前景的可能性"(赵毅衡:《先锋派在中国的必要性》,《花城》1993年第5期),而且在《小议先锋小说》中,赵毅衡充分注意了先锋文学的艺术性、精神气质、时代性和可变性的品格,"因此,定义先锋文学,必然要从两个方面着手:作品本身的某些品质,以及文学所处文化环境",并在此基础上分析了"先锋文学"应有的四点品质,即"原创力"意义上的"不倦地实验以求创新";接受难度意义上的"老是破坏读者已经熟悉的阅读习惯,永远在突破程式";"社会学特点"上的非大众化、不流行;"文化学特征"上的非主流、边缘性。文章还分析了"媚俗"带给先锋文学的"危机"(赵毅衡:《小议先锋小说》,《文学自由谈》1994年第1期),等等,这些都使其成为当时少见的立足于东西方文化背景、融西方先锋派理论于中国当代先锋文学批评的重要理论家。上述批评文章持续出现、影响面广,以及专题性刊物《今日先锋》的创刊(1994),标志着中国的先锋派文学研究和当代先锋派文学批评开始走向繁荣和成熟。

通过分析"先锋小说"与"先锋诗歌"的关系,探讨西方现代派、先锋派文论对当代中国先锋文学批评的影响和本土融合，我们大致可以看到"先锋诗歌"的另一种历史资源，此即为现代派创作和现代主义文论（当然也包括后现代的）和逐渐引起人们关注的先锋派理论，以及它们在中国当代文学批评中的融合、转化与历史的汇通。现代派与先锋派、现代主义文论和先锋派理论究竟有何异同？这个复杂的话题在对"先锋诗歌"进行历史探源的过程中得到了具体而特殊的证明。其一，从理论上说，"现代派"（此时为笼统的说法，既包括具体的现代派也包括广义的现代主义）和"先锋派"是既相区别又联系紧密的一对概念，两者之间同中有异、异中有同。众所周知，"先锋"原是一个军事术语，后取其"进步"的比喻义被空想社会主义者引入至政治领域，再引入文学艺术领域。至十九世纪末期，文学艺术上的"先锋派"开始有意识地摆脱"先锋"的政治含义。"及至我们这个世纪的第二个十年，先锋派作为一个艺术概念已经变得足够宽泛，它不再是指某一种新流派，而是指所有的新流派，对过去的拒斥和对新事物的崇拜决定了这些新流派的美学纲领。"（马泰·卡林内斯库：《现代性的五副面孔》，顾爱彬、李瑞华译，商务印书馆，2002年版，第126页）此时，"先锋派"其实已演变为一个时间意义和精神层面上的概念，它以"先进""前卫"和"实验"的姿态引领文学艺术潮流。"从逻辑上讲，每一种文学或艺术风格都应该有它的先锋派，因为认为先锋派艺术家走在他们时代的前面，准备去征服新的表现形式以供大多数其他艺术家使用，这是再自然不过的事情。"（马泰·卡林内斯库：《现代性的五副面孔》，顾爱彬、李瑞华译，商务印书馆，2002年版，第128页）先锋派是每一个时代文学主潮的引领者和变革者，就广义来看，它是文学史发展的重要动力、拥有永不停歇的探索精神，因此只能作为时间概念和历史概念。先锋派在现代社会获得了惊人的艺术表现力，这是因为现代社会为其提供了前所未有的历史机遇。此时，先锋派是现代性的一副重要的面孔并因此在强调"派别"时常常和现代派混为一谈。不仅如此，先锋派和现代派就其自身发展而言，还具有相同的逻辑，即两者都同样拥有创新性思维，都注重创新、反叛并否定传统、追求艺术自主、拒绝媚俗。但先锋派和现代派的区别也是显而易见的，先锋派可以被笼统地说成是现代派，但此时它指向的是整部现代主义文学艺术发展史特别是其演变的动力。"作为现代派的前卫，先锋奠定了现代派借以进入新领域的基点，正是在这个新领域中，现代派才能顺应自身的发展。先锋指向未来，一旦被现在所融会，它就失去了自身的价值，成为现代主义的组成部分。实际上，先锋总是处于危险的境地，威胁着自身的安全。"（弗雷德里克·R·卡尔：《现代与现代主义——艺术家的主权1885—1925》，陈永国、傅景川译，中国人民大学出版社，2010年版，第14页）先锋派也可以指具体的现代派（如表现主义、超现实主义、未来主义和相对于现代派的后现代派等），但此时它仅强调每一个现代派的初始阶段和对之前传统以及业已体制化了的现代派创作的反叛。"历史上的先锋派运动否定了那对自律艺术具有决定意义的因素：艺术与生活实践的分离、个性化生产以及区别于前者的个性化接受。先锋派要废除自律艺术，从而将艺术与生活实践结合起来。"（彼得·比格尔：《先锋派理论》，高建平译，商务印书馆，2005年版，第125—126页）彼得·比格尔在《先锋派理论》中的这段话若用于先锋派和现代派的区别，可以进一步解读为"现代主义也许可以被理解为一种对传统写作技巧的攻击，而先锋派则只能被理解为为着改变艺术流通体制而作的攻击。因此，现代主义者与先锋派艺术家的社会作用是根本不同的"（约亨·舒尔特-扎塞：《现代主义理论还是先锋派理论——〈先锋派理论〉英译本序言》，高建平译，商务印书馆，2005年版，第11—12页）。现代派在反叛之余要实现自身的体制化和经典化，而先锋派的叛逆是为了实现一种反体制化和反经典化的追求。先锋派与现代派复杂而辩证的关系，也在很大程度上决定了它的认知难度以及关于它的历史描述从来都是一种事后行为，即欧仁·尤奈斯库所言的"它应当是一种风格，是先知，是一种变化的方向……这种变化终将被接受，并且真正地改变一切。这就是说，从总的方面来说，只有在先锋派取得成功以后，只有在先锋派的作家和艺术家有人跟随以后，只有在这些作家和艺术家创造出一种占支配地位的学派、一种能够被接受的文化风格并且能征服一个时代的时候，先锋派才有可能事后被承认。所以，只有在一种先锋派已经不复存在，只有在它已经变成后锋派的时候，只有在它已被'大部队'的其他部分赶上甚至超过的时候，人们才可能意识到曾经有过先锋派"（欧仁·尤奈斯库：《论先锋派》，见王忠琪等译《法国作家论文学》，三联书店，1984年版，第568页）。

其二，从实际上说，中国当代文学中的先锋派由于缺少自身的历史、积淀匮乏，"对西方的先锋派的接受又不是建立在系统的介绍和理解的基础上的，而更多是在一种直觉的感悟上"（姜玉琴：《当代先锋诗歌研究》，复旦大学出版社，2013年版，第10页）。是以在难以区别、似是而非的过程中，只能选择与"先锋派"有更多相似之处的"现代派"和"后现代派"的诗歌作为"先锋诗歌"，而"其结果就是，中国当代先锋诗歌是现代主义与先锋派，甚至后现代主义互相混杂、交织后所生成的一种新的诗歌样式。这就决定了要谈论中国当代的先锋诗歌，只能沿着一个大致'约指'的方向来谈，不能完全用西方的先锋派来要求中国当代的先锋诗歌和先锋派理论"（姜玉琴：《当代先锋诗歌研究》，复旦大学出版社2013年版，第25页）。中国先锋诗歌批评可以借用西方的先锋派理论，但此"先锋"非彼"先锋"则充分说明了语境化后"先锋"本身的中国化特质："先锋"几乎从诞生之日起就是一个令人渴慕、预示进步意义的概念，它常常在内涵、范围和艺术精神等方面上呈现历史的"误读"，但又具有现实的合理性和实践上的有效性。"我觉得中国诗歌所谓的先锋派意义应该确立在现代主义的范围内来谈。这是我们关注先锋派诗歌的原因。因为我们之所以关注先锋派诗歌，是要通过它关注中国诗歌的现代化进程。"（朱大可、宋琳、何乐群：《三个说话者和一个听众——关于诗坛现状的对话》，《当代作家评论》1988年第5期）诗人宋琳在1980年代末的一次关于当前诗歌现状的对话，生动地反映了从现代主义角度确立先锋派诗歌的合理性与可行性。但先锋派毕竟不是现代派，也许在短期内将两者混为一谈是必要的，但随着人们对于先锋派理论的日渐熟识，当代诗歌主潮为人们提供了越来越长的历史跨度，"先锋诗歌"要重构自己的历史已成客观上的必然。相对于此前的诗歌历史，"朦胧诗"自是"先锋诗歌"；相对于"朦胧诗"，"第三代诗歌"也可说成是"先锋诗歌"，但具体至"第三代诗歌"中的某个诗人和某一"流派"的诗人，"先锋诗歌"是否还能实现其应有之义本身就有许多可以存疑之处。海子和"海上诗群"都是人们在谈论"第三代诗歌"时常常要提到的重要个案，但就其创作实际情况来看，"先锋诗人"和"先锋诗歌"的冠名显然都无法做到名符其实。除此之外，则是在将"朦胧诗"至"第三代诗歌"作为"先锋诗歌"主潮的过程中，另外一些不断探索、始终保持个体独立艺术追求的诗人会被有意或无意地排斥在"先锋"的阵营以外，而这样的事实显然也不利于"先锋诗歌"的批评与研究。

对西方先锋派理论的汲取和转化，使当代"先锋诗歌"的指认与批评实践时常游移于抽象和具体、潮流和个案之间，"先锋诗歌"的内涵所指也由此不断呈现出"简单"与"繁复"的徘徊状态。幸运的是，九十年代的"先锋诗歌"批评经由陈超、唐晓渡、张清华、陈仲义、吴思敬、罗振亚等研究者的实践，已使"先锋诗歌"的概念得到了广泛的认可，而"先锋诗歌"批评中常常呈现的理论与实际相结合的特点，则表明"先锋诗歌"在不断追逐当代诗歌前卫浪潮的同时，已获得了相应的理论资源。

3

"先锋"作为一个流动的、可变的概念以及认知上的"后锋"逻辑，客观上决定当我们命名其为"先锋"时，他或他们实际上已是"昨日先锋"。具体的先锋作家相对于"目前""当下"这些时间表述，往往会因为主体限度、年龄增长、趣味转变而呈现出探索精神和实验性的减弱，从而或是回归传统、成为经典化了的作家，或是中止写作、将昔日的实践化成曾经的记忆。中国当代先锋诗歌阵营在进入九十年代之后的分化在很大程度上就反映了这一事实。当然，先锋诗歌在九十年代之后身份暧昧或曰当代诗歌在九十年代之后先锋意识的弱化（至少是他者认知意义上的），最主要的原因还是先锋诗歌需要同时面对来自于外部现实和诗歌内部的双重压力。先锋诗歌显然需要保留一块可以继续实验、探索的领地，但在讲究生存、务实和诗歌艺术已风光不再的九十年代，这样一个小小的祈求同时也堪称一次大胆的拯救，谈何容易！为此，在批评界的"先锋"之声或是缓慢登场、或尚处于画地为牢的过程中，诗人通过自我命名的方式为难以割舍的诗歌和其内在的理想追求寻找相应的寄居地，便成为"先锋诗歌"的另一种资源。

当代诗人在九十年代亲自投身于当代诗歌批评，就表面上看与批评失效、诗人不相信批评家和读者有关，但从深层来看，却源于诗人本身对时代、写作和诗歌理论批评乃至诗歌史建构的主体焦虑。如果说九十年代社会文化转型、市场化兴起和商业化浪潮的冲击，已使当代诗歌在发表、出版和阅读、传播等方面发生了显著的变化，那么，"边缘化"之后的诗歌就必须在面对丧失往日文学中心地位的过程中调整自己的写作策略。九十年代诗歌无法像八十年代诗歌那样引领当代文学主潮，与现实平等对话、实现社会批判功能，事实上使诗歌本身产生了身份与认同上的危机。九十年代诗歌如何在市场经济时代"俯身前行"、在"中断"之后完成自我的"转变"，显然是由诗人们最先感受到、且需要给予迫切回答的时代命题。而此时诗人的身份常常是集写作者、批评者和学者于一身的现象，也在客观上决定了诗人可以直接出面，通过表述自己的观点缓释时代焦虑。与外部环境变化产生的影响相比，九十年代诗人参与当代诗歌批评的建构进而为"先锋诗歌"提供资源，在更多情况下是源于写作和命名本身的焦虑。"八九十年代诗人在时间上的焦虑，使他们产生强烈的'文学史意识'，又诱发他们参与诗歌史建构的急迫心理。"（洪子诚、刘登翰：《中国当代新诗史（修订版）》，北京大学出版社，2005年版，第249页）九十年代许多诗人期待通过自我命名获得稳定的历史评价（至少是自我心灵意义上的），进而通过制造崭新的批评话语表达自己对于诗歌未来发展的理解和把握。"中断""中年写作""个人写作""叙事性""知识分子写作""民间写作"等概念，虽常常因其借助传统文化资源给人似曾相识之感，但如果反复品读，则不难发现其中隐含着告别与反思历史之余强烈的拓新意识。历史地看，上述概念都因其在部分程度上符合探索精神而具有先锋的品格，但由于指向性和侧重点不同，以"个人写作"为代表的命名及其相关话题大致可以作为一种重要的表述方式，承担九十年代写作和批评意义上"先锋诗歌"的基本内涵。

当诗人欧阳江河开始在自己诗学理论文章《'89后国内诗歌

写作：本土气质、中年特征与知识分子身份》中探讨个人与写作之间的关系，其后又有诗人王家新在《夜莺在它自己的时代——关于当代诗学》等一系列文章中将"个人写作"提升为一个诗学"关键词"的时候，他们或许都没有想到"个人写作"及其相关概念如"个人性""个人化写作"等最终会演变成"九十年代以来先锋诗歌的权威命名"，以至于诗人们和研究者们都"习惯用这个名字来指称、总结那一段先锋诗歌的创作特征"，"个人写作"也随即成为描述"九十年代先锋诗歌的权威理论标识"（姜玉琴：《当代先锋诗歌研究》，复旦大学出版社，2013年版，第37—38页）。然而，正如可以被同样划入到"个人写作"阵营的诗人孙文波指出的那样："当初提出'个人写作'的诗人也并不是不知道它是临时性的诗学说法。诗歌写作，谁又不是一个人在写呢？"（孙文波：《我理解的九十年代：个人写作、叙事及其他》，《诗探索》1999年第2辑）"个人写作"可以放之四海、过于笼统，使其只有在结合具体语境和内涵所指时才具有相应的合理性和有效性。首先，结合王家新等人的论述，我们不难看出："个人写作"出场的现实性和主观上的真实性。在一次名为《夜莺在它自己的时代——关于当代诗学》的访谈中，王家新曾直言——

个人写作并不等于风格写作或个性写作……个人写作是在特定的历史语境中提出来的。这个历史语境就是多少年来这种或那种意识形态对我们的塑造，更远地看，还有几千年以来的文化因袭。……词在具体的使用中才有意义，抽取了"个人写作"的历史背景及上下文，它就什么也不是。

那么，在这样一个历史语境中提出"个人写作"也就有了意义，其意义在于自觉地摆脱、消解多少年来规范性意识形态对中国作家、诗人的支配和制约，摆脱对于"独自去成为"的恐惧，最终达到能以个人的方式来承担人类的命运和文学本身的要求……

　　此外还应看到，"个人写作"已不仅是一种理论上的设想。八十年代末尤其是九十年代以来，中国当代诗歌就其最具实力与探索意识的那部分而言，其实已进入到一个个人写作的时代。无视这种转变，批评就会失效。（王家新：《夜莺在它自己的时代——关于当代诗学》，《诗探索》1996年第1辑）"个人写作"因其回顾历史、指向未来而具有强烈的反思色彩和写作责任、伦理意义上的担当；"个人写作"因其强调当代诗歌的个人性与差异性而具有生动的现实性甚或一种写作意义上的对抗性。除此之外，"个人写作"还因其指代中国当代诗歌中"最具实力与探索意识"的那部分而描绘了九十年代"先锋诗歌"的现状。"个人写作"是当代诗歌在九十年代发生转变的结果，就"先锋诗歌"的流向来看，同样可以作为反思"第三代诗歌"集体出场和所谓"青春期写作"的经验所得。

　　其次，"个人写作"及其相关话语的出场就其目的而言，主要是为九十年代诗歌的技术与技艺探寻出路。无论是欧阳江河强调"中年写作"时的"重复""差异"（欧阳江河：《'89年后国内诗歌写作：本土气质、中年特征与知识分子身份》，见《站在虚构这边》，三联书店，2001年版，第56—59页），还是王家新将"个人写作"作为一个"时代"，强调它是在一种"'为结束过去而工作'的自觉努力中形成的"而所言的"反讽意识""喜剧精神"以及"诗性叙述"（王家新：《夜莺在它自己的时代——关于当代诗学》，《诗探索》1996年第1辑），还有后来更为明确的熔多种手法于一炉的"叙事性"等等，"个人写作"都在强调个体独立写作的过程中思考着当前诗歌写作技术与技艺上的问题。像"中年写作"预示着一种写作上的持续积累和诗人心态和技艺上的成熟，"个人写作"追求诗歌的深刻性、综合的能力与写作本身的独立性。它"坚持把个人置于时代语境和广阔的文化视野中来处理","坚持以一种非个人化的、并且是富于想象力的方式来处理个人经验"(王家新、孙文波编:《中国诗歌九十年代备忘录》,人民文学出版社,2000年版,第397页)。它是九十年代诗歌成为"冷风景"、先锋诗人在"边缘处"冷静思考诗歌出路的结果,并在演变中成为许多代表性诗人眼中可以"提高到诗学的高度"(孙文波:《我理解的九十年代:个人写作、叙事及其他》,《诗探索》1999年第2辑)的理论话语。

第三,"个人写作"最终要落实到重新思考写作与当代生活的关系的问题上。这一话题由于在先锋诗人和研究者笔下多有论述,此处仅以已故的批评家、诗人陈超的观点为例。早在1992年6月,陈超就在其《深入当代》一文中指出:当代先锋诗歌所有困境中"最为显豁"同时也是"最基本的困境",是"如何在自觉于诗歌的本体依据、保持个人乌托邦自由幻想的同时,完成诗歌对当代题材的处理,对当代噬心主题的介入和揭示","先锋诗歌要有勇气和力量直接地、刻不容缓地指向并深入时代。这样做是危险的,但不这样做却更为危险。先锋诗歌要创造和发现当代汉语的全部复杂性。"(陈超:《深入当代》,见吴思敬编选《磁场与魔方——新潮诗论卷》,北京师范大学出版社,1993年版,第326—328页)陈超以实践的方式指出了当代先锋诗歌面临的难题与解决的出路,至今读来仍富有启示意义。尽管,他并没有更明显地使用"个人写作"的概念,但在其要求对"当代噬心主题的介入和揭示"的过程中,我们不难发现他的观点与"个人写作"之间的一致性:对写作本身的自觉和自我想象力的持续扩展、直接而有力地"深入当代",既使九十年代先锋诗歌超越了八十年代同类诗歌潮流中存有的大量的高蹈而浪漫的抒情,又在尽展诗歌"巨大综合能力"和影响"当代人精神的力量"的同时,深入当代日常生活,并可以和"个人写作"及其相关话语如"叙事性""及物性"等相呼应。总之，结合陈超的观点，我们可以看到：如何建构当代诗歌与当代生活的关系进而展现当代诗歌的时代性和表现力，是先锋诗歌在实践中可持续发展的重要途径。

"个人写作"虽可以作为"先锋诗歌"在九十年代的另一种描述，但"个人写作"的针对性和生成时的"临时性"却决定它在外部理解时易于令人望文生义，而在内部理解时则易于歧义丛生、各自为战。"个人写作"虽要求诗人们以个人性、差异性超越以往的诗歌历史，但可以纳入至"个人写作"阵营的诗人在九十年代是否都进行了真正意义上的"个人写作"，本来就是无法确切衡量的一个问题。"个人写作"既要面对"朦胧诗""第三代诗歌"留下的诗歌"遗产"，进而完成一次符合时代精神的转化及至"断裂"，又要在表现自我过程中重塑一个九十年代的"自我"，其实是要求大部分经历过八十年代"第三代诗歌"浪潮的"先锋诗人"，通过诗歌历史记忆和写作经验记忆的缩减甚至部分丧失的方式完成一次关于自我的"裂变"。显然，在此过程中，诗人的宣言或理论主张并不能等同于写作实践本身，而盲目追求新奇、标新立异、晦涩难懂也并不是"先锋"的全部。当"第三代诗人"甚至更早一些诗人共同绘制了九十年代"个人写作"的诗歌图谱时，我们会发现"个人写作"好似外表推广某种共同标准、实则凸显区域个性的"全球化"一词，而不同观念、不同写作方式的"个人写作"也就这样在强力推动过程中，呈现了八十年代"朦胧诗"至"第三代诗歌"之先锋诗歌浪潮的差异性与矛盾性。对于世纪末围绕"知识分子写作与民间写作"和"翻译体与口语体"而产生的"先锋诗歌"阵营的分裂（即"盘峰诗会"引发的系列论争），究其根源，恰恰与对诗歌先锋性、语言传统、本土性的不同理解有关，而因某个诗歌选本、某篇文章和所谓意气之争引发的论争"导火线"不过只是外在的表象而已。

通过以上三方面的论述，我们大致了解了命名与批评意义上"先锋诗歌"的主要历史资源。需要补充的是，在主要资源之外，还有一些具体的个案现象值得关注。如以习惯被列入到先锋诗人群落的于坚为例，他的"如果'先锋'一词被理解为'在前面'的，'创新''未来的''现代化''威尼斯双年展''伍尔芙夫人的沙龙'之类，那么我不是。在中国它就是此类东西。我理解的先锋是没有具体的方向的，它仅仅服从于写作者对存在的基本感受。所谓先锋派的方向也可以是后退的，朝向过去的，守旧的，如果这个时代已经当然地把未来和前进视为'先锋派'唯一的方向的话"（于坚：《答谢有顺问》，见《拒绝隐喻·于坚集》卷5，云南人民出版社，2004年版，第202页）的论述就很值得思考。如以批评家为例，那么诗人批评家陈超的许多关于先锋诗歌的文章如《重铸诗歌的"历史想象力"》《先锋诗歌20年：想象力维度的转换——以诗歌的"个人化历史想象力"为中心》等，同样值得重视与深入地思考。而越来越多个案现象可以参与到对"先锋诗歌"的探索中来，只能说明中国当代"先锋诗歌"有多副面孔，需要在不断语境化、历史化的过程中具体问题具体分析，并将命名和创作实证紧密地联系在一起。

新世纪以来，随着消费文化已逐渐影响到人们日常生活的方方面面，命名与批评意义上的"先锋诗歌"似乎越来越成为一个空洞的所指，而往日的被列入"先锋诗歌"阵营的诗人也确然逐渐显露出"后锋"的状态。在这一语境下，如果我们只是将代表这个时代诗歌主潮的诗歌理解为"先锋诗歌"，"先锋"极有可能在重返写实与"底层"的过程中失去其基本义进而沦为一个能指符号，"先锋已死""伪先锋"等声音也由此得到印证。那么，如何理解此时的"先锋诗歌"并思索其未来的发展前提？在我看来，由于消费时代的文化语境和认识"先锋"的时间差,近年来的先锋诗歌已很难从当下主潮的角度加以确认。近年来"先锋诗歌"正日益成为青年一代登临诗坛的"口号"和行为方式,潜含着他们的艺术观以及登场的渴望,先锋诗歌越来越期待一种具体化和个人化的指认,并因此对批评者本身的诗歌观念、素养与胆识提出更高的要求。从艺术上考察,"先锋诗歌"不会停止,因为它植根于每一个诗人内心永不停止的先锋精神和面对诗歌时的文化使命感和责任感。"先锋诗歌"需要时间和历史的契机,只不过,在具体实现的过程中,"先锋诗人"要承受并突破如下悲剧性的处境:既反对现有的艺术成规和伪艺术的生产这一对立关系,又要经历非经典化时代艺术探索方向可能迷失的精神焦虑与内心痛苦。而对时代机遇的敏感把握,同样是其突破瓶颈,实现先锋实践的重要途径。

总之,通过对"先锋诗歌"的历史探源,我们大致可以获得如下几点启示:

一、中国当代文学语境中的"先锋诗歌"是一个时代性和可变性的概念。它在告别历史和适应时代的过程中应运而生,八十年代的文学状态和西方现代派、先锋派创作和理论都对其产生、成为一个批评概念有着重要的作用。"先锋诗歌"的出现推进了中国当代诗歌的现代化进程并丰富了当代诗歌的批评实践。

二、"先锋诗歌"在命名和实践过程中存有"缝隙","先锋诗歌"需要潮流演进支撑其批评与指认,这既符合"先锋诗歌"在认知上的时间差,同时又真实地反映了中国当代"先锋诗歌"的现实。中国当代"先锋诗歌"具有十分显著的潮流性、集体性特征,它因此显得笼统、杂糅、易于混淆并缺少个性化的批评。

三、应当强调"先锋诗歌"的发生史,不宜脱离具体语境孤立地谈论和追溯"先锋"进而使其泛化。应当警惕消费时代"媚俗"和哗众取宠行为对"先锋"实践的置换,"先锋"不是

"媚俗"和哗众取宠，但在消费时代这些却极有可能成为人们的认识"先锋"的盲点。

四、适度区分现代派与先锋派的概念，适度廓清批评与指认意义上所言之"先锋诗歌"的内涵与外延，将"先锋诗歌"落实为一个及物的概念，在历史化的过程中建构属于中国当代的"先锋诗歌"批评。

"先锋诗歌"命名的诞生将促进先锋诗人观念的建立与自觉，而观念的建立和自觉是先锋诗歌写作不断发展、走向成熟的主要标志。为此，我们有必要不断回溯先锋诗歌的历史，并在考察其具体资源和创作实际的过程中逐步实现先锋诗歌批评与研究的理论化。

哲学意识与自由游戏
——重论新诗潮

方文竹

人的想象,像他身体上的官能一样,具有它的自由的活动和物质的游戏。

——席勒《审美教育书简》

有一种东西或出入于泛滥的物质,或跳荡于圣明的精神;它仿佛向我们渐渐逼近,但一下子又突然遁隐;在白天我们被它弄得神魂颠倒,平静的夜里它又将我们引诱到可怕的悬崖……它似乎是一个景象与情绪、欢歌与悲歌、存在与虚无、相同与相通、理解与误解、超越与限制、言说与无言、中心与边缘的制造商。我们身为人,并不能急欲作为立法者,而只能威慑于这位制造商的超级权势的遥控,感悟地生活着。

但是,并未沉睡下去的人站起来了!孤独而泛爱、疲惫而矍铄、柔曼而深沉于关于存在的深思。一个个哲人纷纷走到人类的面前,黑瘦的手指掀动着书页,从容地观望,从容地谕示。这时,绕道而行的诗人们得到了阿尔米达的魔杖,"从不毛的荒野里召唤出一个鸟语花香的春天"。

一个雨后的早晨,我们发现:诗人与哲学家们殊途同归了。

接着是与文化史同步的双方的互为映衬、互为补充、互为同化：身为哲人的哲学家们采取了灵魂搏斗的方式，寻找；作为智者的诗人们则表现为自由游戏的姿态，寻找。双方的行动（有声的与无声的）构成了人类精神的俄林波斯山巅的永恒壮观（有形的与无形的）。

但哲学作为人类"纯粹的头脑"，似乎格外受到人们的青睐，以至像古希腊先哲柏拉图那样，对诗则归诸人类精神结构的卑微部分，于是被驱逐出理想国。为此，克罗齐称许"美学科学的革命者"维科："把诗当作人类历史中的一些过程，由于人类的历史是理念的历史，它的过程不是众多事件的罗列，而是精神的一些形式；他把诗当作精神理念历史的一个阶段，意识的一种形式。"诗与哲学的区别，即直觉与思维、具象与抽象、神话与理念、情感与思想的各呈其态和各司其职。但是，作为矛盾的运动属性，双方既彼此不可分离，又往往否定自身而走向对立面，从而使诗与哲学成为人类精神的不可或缺的同时表现或轮换表现。可以说，诗的精神是不朽的。

诗的回归——哲学的贫困

一个十分可怕的事实是：精神革命取决于社会革命的先导（历史的悖逆）。这是我们亲身经历的特有的文化现象，也即中国的诗太软弱了以至求助于主体的现实确证。"四五"运动复活了中国已经僵死的诗神。尽管人们还在主客观关系网中兜圈子，但"说真话"（艾青）和"诚实"（公刘）的开始预示着一个今天已经部分地实现了的前景蓝图。正是在期待由异常沉重变得比较轻松的过程中，诗似乎在不知不觉的突然间发生了质的蜕变。因为心理惯性人们在特定的情景下形成了长久的稳定感，一旦某种人为的栅栏被拆除,当时具有艺术良知的人们自然沉浸于这种质变的激动之中,白居易的训诫在一夜之间发生了奇妙的灵验。我们今天经过几番阳光的曝晒和风雨的清洗,却发觉诗只是由一具僵尸变成一位精神矍铄的老头子。这位叫人喜爱又叫人不满的老头子能喊能叫,能唱能骂,能哭能笑,但他身上套的衣服依然是旧的。该换一换了!这一意念,正是"四五"诗歌所匮乏而在当时是不可能产生的,但当代少数先知萌生出了这样的预想和期待。

因为,"即使焦灼,也别相信等待"(徐敬亚《我告诉儿子》)。北岛、顾城、江河、杨炼、舒婷、梁小斌、王小妮等惊世骇俗的声音无异于投出了一枚枚炸弹,不得不吸引着众人的目光:一支人数不多但被人们簇簇拥拥的小分队活动在诗的原野上。北岛们的社会精神性从人们的注意力中渐渐失去其效用性之后,人们进一步带着几十年内从未有过的兴奋和热情来探究、玩味某种神明的东西了。这就是诗的时髦展览。不少人这样形容:朦胧的意态图象,零碎的形象构图,快速的运动节奏,色彩的交叉对立,博大的内容、恢宏的气势与细腻的感情的有机融合,哲理和直接的单独表现或相互交织、象征隐喻的手法和奇特的语言结构以及加入主观的物界变形,等等。因此,北岛们自然荣获了"探索""开创""奇异"等美誉。诗艺的长久贫困必然引起探索者自身与欣赏对象之间的失调。面对这些多年不见的"奇形怪状"的接受物,相互之间的争议也是空前的,具体表现为两大派:一派大嚷看不懂,而弃之一旁;一派大呼其美,而抽丝剥茧的解读方式几乎累断了筋骨。但我认为,魅惑和抓住人心的倒不一定全是北岛们的诗艺探索,更在于某些批评家的新名词新术语的大轰炸。这一切只能算作诗自身的回归。初涉诗艺的诗迷们于是被一团光怪陆离的色彩所困扰。的确,以北岛为首的开创者们的伟绩是值得称道的:高密度的象征与多姿多彩的意象已迸发出超乎寻常的感觉力量的火花。但是，请北岛们及其批评者宽宥：从宏观上考察，北岛们的诗作在回归诗本身并达到内容与形式相统一的同时，不能不使我们遗憾的是：在某种程度上，诗未能摆脱某种社会政治功能的魔影，只不过这一次诗潮表现得较为曲折婉转些吧，因此，它并没有上升到哲学与审美的和谐统一的高度。舒婷的《祖国，我亲爱的祖国》是民族遭难后不啻于撼人心魄的表白，后来虽悟出"写诗出自本能"，但其作品要么还在儿女情长上兜圈子，要么是对先前作品题材的扩延，要么缺乏翟永明、唐亚平等女性诗人那种水灵灵的天然意识；北岛的诗虽浓妆重抹，但最具有时代特色和"履历"性质（最代表这一群人的特点），后来的诗作要么还在老路上徘徊，要么对他已经营的所谓象征森林进一步逡巡；杨炼和江河的后期作品还是在挖老祖宗的坟茔（虽说有一定的哲学意味，后面论及）；我们的史诗概念并未走向世界而未能获得普遍的认同。纵使他们后来由功能走向结构，也因后劲不足而淹没于后新潮的波涛之中。

总之，北岛们所透露的不是所谓生存意识，而是适应意识。毫不奇怪，这是社会政治与文化环境使然（从精神到文体的真正革命不可能在几年内彻底完成）。当人与自然、个体与群体、感性与理性隔着一道屏障时，用艺术方式来破除，把握散发着无向呼唤的实体，则是用整个生命为代价的。从这个意义上说，北岛们的功绩有这样几点：一是对社会与时代作出了最贴切最及时的呼应，表现为严峻感、焦灼感、超前感（这一群人的大多数如北、顾、杨、江都生活在我国政治文化中心的首都，这样也算作某种意义上的臆断吧）；一是使诗本体的回归所作的披荆斩棘的苦苦探寻，表现为艺术法则的胜利和审美感觉的灵动（打破了中国人的阅读惯性，使他们看到了真正的诗）；一是为后继者准备了一个重建诗本体的"力场"，表现为先锋、前卫性质的开拓（没有北岛们的前新诗潮就没有翟永明、廖亦武们的后新诗潮）。

不要忘记北岛们的诗歌功绩吧！但其哲学的贫困在诗之路上所遗留的乱石刀丛像斯芬克斯那样，一个诗之谜仍标明在中国艺术的回音壁上，仍将等待着一批诗人来解答。

诗的再度陌生——哲学的神髓

这是一个走向独立的真正的诗的时代。北岛之后的那一群出现了：翟永明、廖亦武、牛波、车前子、宋琳、王小龙、韩东、张小波、张真、岛子、唐亚平、雪迪、孟浪、于坚、南野、欧阳江河、周伦佑、西川、贝岭、萧开愚……人们大都称他们为"新崛起派""新生代""北岛后"等。但是，他们的变革和创新精神与北岛那一群是一脉相承的；从时间的承续性、历史性的必然负荷和受到的非难来看，他们可谓"难兄难弟"：因此，在"新诗潮"这一总称中，我把他们称为"后新诗潮"（北岛那一群则称为"前新诗潮"）。本文的重点即论述后新诗潮。

这是一群更为大胆的叛逆者，仿佛一座座"险峻的岛屿/于万顷碧波中崛起　且搅动漩涡"（聂沛《心中的岛屿》）。尤其是1986年《诗歌报》和《深圳青年报》联合举办的"现代诗歌群体大展"这一神奇的全景不仅宣告着与滋生于集体无意识的传统体系的公开决裂，也标志着与前新诗潮的分道扬镳。

但这种"分道扬镳"只在程度上而已。后新诗潮激烈而全面地反对、批判着前新诗潮，文化心理和诗本身的发展促使他们对前新诗潮产生了某些不满，例如：前新诗潮充满着社会性的适应意识和诗本体的功能强调，内容与形式的二分法，激情、庄严和崇高等审美趣味的大肆张扬，历史与现实的综合感、透视感与抽象感的缺乏等。我们不必困惑于后新诗潮的"玄之又玄"，而可以叩开这扇"众妙之门"了：诗观，两千多年来形成的中国圣言教条在他们的审美天地中产生了巨大的裂变和凝聚。

观念变革——诗的再度陌生的先导

后新诗潮出现时，在文体面貌上有一个显著特点：他们（个人或诗人群体）喜好将一小节诗论与诗作搭配一起发表，唯恐别人不知道他的艺术观。这种现象从各地报刊上都可以看到。他们在掀起诗潮的同时，也掀起了一股思想潮。

任何文艺思潮和流派都有一个共同支撑点。那么，后新诗潮从哪里找到自己安身立命的所在呢？诗要变革，首先是观念的变革：这是他们谁都认识到了的一个严峻使命。如何变革？他们沉重而轻松、严肃而自如地找到了突破口：哲学意识。

这是几千年来人的觉醒和诗的觉醒的集中表现。先看看他们的自白吧！廖亦武认为诗人的特殊意义就是"对人类文化，对解开人类整体命运之谜的最大奉献"。陈应松声明："诗表现的是人类的生存心理和他们的生存状态。"欧阳江河悟到了诗的自悖："它是完美的生命形态，同时占有死亡的高度。"陆忆敏所要寻找的则是"物与物之间的抽象的联系"。微茫力争"以时间为广袤背景，绘进对于生命各个层次的感悟"。雪迪主张诗要记载"人类这个无边而莫知的世界里存在的过程"。翟永明的"黑夜意识"和张小波的"白洞意识"更是超越现实、把握永恒的换一种的说法。南野和唐亚平则直接做了总结。（南野："诗如哲学，当是人类大智大慧与最天然纯真意识的表现，是对存在的一种高层次的、亲切而又冷酷的观照与把握。"唐亚平："诗如果没有一种深刻的哲学从内部无形地支撑着，诗就难以长久地站稳脚跟。"）

异口同声，殊途同归。哲学像一个亲近而又遥远的发光天体，照亮了他们的白日梦。但人无法与这种天体同化，只能永远走向它（虽说永远达不到）；人的全部意义正是在这"走"之中，更在这"走"之开始。

后新诗潮诗人的艰难在于：像任何一种文化（诗可视为一种艺术文化）一样，他们的诗学观像一个初生婴儿挣脱了传统文化的羁绊才"呱"的一声落地。正是由于这种相互触发的"巨大羁绊"，后新诗潮诗学观的降生所付出的代价的巨大、对世俗和流行的审美风尚惊骇的反对方式、对原有价值质量的改变程度、对几千年文化心理的重新审视和再度发现的大悲大喜、对当代意识的重建所表现出来的深度和力度，是任何人也无法想象的。

这无疑是中国文化史上开天辟地的奇观！最显著的事实是：民族哲学并未为他们提供一个可资化解、借鉴的参照物。别说中国文学传统中哲学精神的虚弱，即使是中国哲学本身也是极为缺乏思想因素的，这源于实用伦理性对哲学本体的侵入。当西周进入封建制度后，统治民族精神的已成为按照尊卑、亲疏、贵贱、长幼、男女等差别制定出表现等级制度的礼文化。这样，不仅宗教与神学衰败了，哲学本身也让伦理学强暴了。它要么就是以儒压道压佛，要么就是紧贴社会政治和国事民情，要么就是在自身内部做一些不痛不痒的修整，哲学无不表现着农业文化的特点。不错，西方哲学当然也是时代的反映：从古希腊罗马到中世纪哲学、从法国唯物主义到德国古典哲学对经验论和唯理论的调和与重建以至到现代哲学都如此，但海洋工商文化环境决定了它们只是一种投影的折射，真正达到了哲学本身的超脱、抽象、求虚和永恒。一定的哲学意识必然作用和反作用于时代生活、社会经济结构、意识形态和上层建筑；诗，作为一种文化形态，与哲学同为人类精神不可或缺的两类表现外，两者之间还必然有着千丝万缕的联系。法国现代诗人瓦雷里写有题为《诗与抽象思维》一文,文中说:"每一个真正的诗人,其正确辨理与抽象思维的能力,比一般人所想象的要强得多。"瓦雷里还特别强调纯诗的语言本性:词与词之间自然表现出一种事物间的抽象联系。(本文的本意并非详述哲学与诗的联姻性,而只是论及后新诗潮的哲学表现。)但是,翻开一部中国文学史,我们所看到的只是一个时代的功利性投影。即使像陶渊明这样所谓遁世的作家,其作品也只是社会生活的一种反衬。屈原的《天问》算作哲学抑或历史哲学吗?我认为,不太严格,它太华夏具体化了,更何况通篇皆"问"。李白只有一首哲学诗《日既出》,但毕竟微乎其微,成不了大气候。中国社会的多灾多难、变化迅速,最适宜"载道"文学的滋生和发展。宁静的玄思文学则一冒芽便让现实政治的一场雨一场风摧毁了:自古以来,中国诗和中国诗人一直就是重复着这种西西弗式的悲剧。

毫不奇怪,前新诗潮由于哲学的贫困而显得萎缩、呆板,以至于裸露出枯黄的沙滩了:他们走进了诗的困境,喟叹"风偷去了我的桨"是徒劳的。同样,突破,也是他们面临的一个关键性问题。难怪,有人早就颇具慧眼地指出:前新诗潮诗人中只有王小妮最先超越(其实,王小妮早就说过"原始体验"之类的话)。原因何在?王小妮通过对存在的沉思、生命的感悟、永恒的探索及诗艺上的翻新而进入了哲学意识的境地,从而,王小妮拥有了自己的一个形而上世界。

可见,后新诗潮对哲学意识的表现实为一种历史的必然。哲学诗的产生无疑具有多重背景:后新诗潮诗人当时大约二十来岁,有着较为优越的生活环境和文化环境,社会地位也相对稳定;他们中不少人是大学生,喜欢成立诗社,更多地顾及诗本身;那时西方文化学术思潮才真正引入国内;同时,他们的学识比起其他作者层较为渊博,校园环境促使他们进行学术交流与思辩；他们不像新诗潮诗人那样主要集中在政治文化中心的首都，而主要分布在山川秀丽、较为偏远的巴蜀和正在提倡自身文化的独特品格的大都市上海。与前新诗潮不同的这些状况造成了他们的严峻感和焦灼感的锐减，而代之以迫不及待地探求诗本体的孤独感和深沉感。"有所剩余"的情形理所当然地疏远了现实的层面而开始了关于生命和存在的纵深层次的哲学玄思，同时进行诗的自由游戏，这是一种新的"时代病"。

　　哲学意识的集中表现正是通过自由游戏的方式来完成的。后新诗潮诗人们同样地不屑于让诗充当哲学的奴仆，或说让诗被紧紧地捆住手脚。他们是深得诗艺之堂奥的。他们不仅将一种意识作为最终价值，同时也将一种语言作为最终价值。这表现在将哲学意识通过审美化的烛照而创造出诗的天然图画的过程中，自由游戏不得不作为他们必须采取的唯一的普遍方式。自由包括游戏，游戏一定自由。审美自由的观点来自康德。在"想象力与知解力的自由活动"这一艺术创造的界说中，活动与劳动（异化）对立而与游戏同质；因此，自由游戏成为艺术的真正创造方式。在这里，"游戏"经"自由"的修饰不仅依然自由，而且更拓展了游戏的本质空间。那么，游戏的情境是什么呢？席勒在《审美教育书简》中论述艺术起源时认为是对一种剩余力的表达。后来，黑格尔也对它的特性作了如此规定："它还没有和其他事物处于敌对性的对立，因而不能引起什么反应动作，在它的无拘无碍的状态中，它本身就已完满了。"在一贯坚持辩证法观点的黑格尔那里，游戏也获得了一块地盘，它表现于矛盾双方的暂时休憩与中和。但对游戏的解说具有现代意味的则是谷鲁斯，他认为游戏全凭本能冲动。就是在这中和与本能冲动的一现一隐的谐和状态中（前已所述，后新诗潮诗人们的心态和外态正是如此），诗，自觉不自觉地"游"到了哲学圣殿那里。但哲学与游戏在表现上总是呈现静的形态，其内在的流变、喧嚣和穿越被这种"静"遮掩了。这就造成了后新诗潮的诗之价值由暴现的变为隐匿的，由呼喊的变为沉默的，由朗诵的变为阅读的，由实证的变为精神的，由功能的变为结构的……总之，他们用语言代替历史作为诗美的终极价值。无怪乎，后新诗潮诗人不如前新诗潮诗人那样呼风唤雨、名噪一时了。

双向建构：哲学意识与诗的同化

这里的哲学意识指意识的哲学化。它有别于哲学方法，着重于内容。哲学的内容，按照冯友兰先生的看法，分为物理学（宇宙论）、伦理学（人生论）和论理学（知识论）三部分。在诗与哲学意识的同化中，主要表现在宇宙与人生方面，至于知识，则主要表现为方法形式。在现代世界，哲学所全力关注的乃是人；诗，也不例外。但诗不像哲学论文那样，面面俱到地参与讨论和争辩，而是有着自己的行为方式，它紧紧地抓住语言，"绕道而行"地与哲学紧紧地拥抱了。

（1）超验：走向哲学之境　哲学是以它对宇宙与人的高度概括和抽象达到超验的。超验的哲学是纯粹的哲学，而"纯粹哲学"按照康德的看法"分为自然的和道德的形而上学"。既然如此，以感性面貌呈现的诗美何以达到形而上学而实现超验？我们知道，诗是人类语言的交融、穿插和编织，处处体现着主客体之间的奇妙的暧昧的关联，其本身来自人的复杂经验的滤化，是一个动态系统，它总是寻求着指向。从此岸到彼岸必有一条必经之路（中介），这即感觉或曰艺术感觉。诚如费尔巴哈所说："在感觉里面，尤其是在日常感觉里面，隐藏了最高深的真理。"后新诗潮诗人们正是从现实经验出发，用层层递进地对宇宙、文化与生存状况的普遍挖掘来构筑自己的诗化哲学的。这是他们走向哲学之境的第一步。

诗是感觉迷狂录。这种感觉流动着诗的活体，表现为以主观精神摄取自然物象；自然，在这主客交融中不经意地叩响了哲学之弦。于是，迷狂消失了，留下的是令人回味不尽的"虚静"。雪迪正是这样将主客观交融的"响遍生命崩裂的声音"点化成一片神秘而意深的"虚静"。这是一种极致的审美心态，一种难得的超验之境。在人人都经历过无数感觉的最平凡不过的"饥饿"中，雪迪所要表现的是人类的永恒骚动。这就是人类，他那渴求和骚动的内向性探索：

　　在疼痛密集的海上　　我的身体缄默着

奇怪吗？不！在这个现代人的神话插图（省略了许多过程）出现后，宁静的灵魂必须经过一场浩劫、波动和操练才能复归瞬间的平静：难道我们不是由一种更深层次的饥饿维系着吗？正因为如此，"我把手伸进喉咙里/开辟一条无声的嚎叫的战线"。这是一切都可以产生一切都可以消失的时候。但也是在这个时候，一种"存在"找到了。显然，雪迪在解释痛苦的同时抽象和升华了痛苦，真正哲学式地"记载了人类这个无边而莫知的世界里存在的过程"。须知，这里的"过程"是没有终点的。《云》似乎凝聚着全部的经验力量，只因心里溢得太满，才借"云"来说话。这绝非庸人的祈祷，而是走到哲学的统领下接受难以逃脱的人生一课。这样，不管这"云"是否带来甘露，雪迪的小树总是要飘荡青枝绿叶的。

如果说雪迪的哲学超验表现为消融了潜流上的冰层，那么，为对生命和语言的期待而写诗的孟浪，经过久而未能如愿的期待过程取得的哲学超验表现为冰层下的潜流所传达出来的既清晰又模糊的声音。两者都是想象的法则与逻辑的法则的绝妙统一。这既是人类的悲剧，也是人类的喜剧。《过桥的鱼》即是通过略微的荒诞意味展开喜剧情境的：在水中"过惯了放荡生活"的

"这尾鱼更喜欢从桥上慢吞吞游过/从此岸到达彼岸"。这只是一个小童话吗？诗人的高明之处即在从可感可知的经验现象起始，而又笔锋一转，启动你的形而上思辨力：这一切的发生"不在黑暗中"。与《过桥的鱼》互相辉映的有孟浪的另一首《村里光着膀子的男人》的超验，它显然不是当今充斥报刊的肤浅庸常的农村诗。男人"光着膀子"，自然是在进行生命的"自我超越"，否则，这首诗就不会从"增加的生命"走向"提高的生命"（齐美尔语），因为它极度意象化了："正亲近我们"的"洪峰"给我们一种什么样的预感？也许，不点明比点明了会更好些，生命本来就因内在莫名的冲动而含蓄不尽。想象的方式超越了全诗的情境构成，而一个聚光点又照亮了整个想象的区域。有一种东西迫使着你去揣摩，去把握。

后新诗潮的超验表现为以精神灵光烛照自然物象，让精神从自然阶段的错动、交融、铸造，进一步克服各自的片面性和偶然性达到真实而富有硬度的绝对统一阶段。因此，现实关系与实践理性一并消失了，留存的是纯然作为符号系统的语言本身的哲学。正如何鑫业所言："我们从这里走进去，我们还将从这里走出来，但走出来的绝不再是走进去的那个自己。"除了众多诗人以"水"的"本体"作为立足点和最终寻求点外，还有诸如姜诗元的"潮湿"，于坚的"你"，翟永明的"女人"，唐亚平的"黑"，微茫的"时间"，欧阳江河的"死"，马丽华的"太阳"，孙晓刚、张小波等人的"都市"，等等。这些中心意象的超验表现在从创造与穿越中完成精神本体对宇宙与人的把握。它所做的一切都是为了寻求一个中心或终极价值（即本文开头所说的那个"东西"），而这个中心或终极价值似乎同时又在创造着新的一切。因此，我们承认，由于文化背景不同，"上帝死了"不能在后新诗潮中得到灵验。他们同样建立了一种宗教：最高真实体来自现实的创造，而不是冥冥之中的不可捉摸的"神"。可见，这个"宗教"乃是真正的人的哲学而不是缥缈的信仰。同时，发现诗的内核，必须要推翻一堵墙或一堆迷雾或一团语言乱麻，这表现在他们的文体面貌上，超验的诗是对那种表现的绚烂、庸人的肤浅、单调的形式的反动，是对那些读者的审美欣赏的惰性、惯性、钝性的一股巨大的冲击力。

（2）生命：从哲学的阐释到诗的还原　后新诗潮有一股明显的思想倾向：对诗的功能性表现的极大怀疑。"诗人应该放弃那种打算，他们总想告诉别人什么。"而"诗是纯粹的生命体验，我们无法跟没有这种精神经历的人谈诗是什么"（北京"超前意识"）。这种"纯粹生命"的确定必须以与文化和理性的对抗为前提。我们知道，文化的产生和发展，在某种程度上导致了人与自然、感性与理性、性欲与文明、个体与社会的分裂；理性的泛滥使人逃避先于本质的存在。无怪乎，现代哲学喜好将人归结于一种生命形态，甚至追溯于各民族的文化遗迹、神话传说以及原始状态的野性思维。这里的生命实际上指人，这在黑格尔那里有很好的说明：植物和动物由于没有得到精神（概念）的灌输，只能是自在的；当人出现，不仅精神得到了灌输，而且实体与概念、物与心、自在与自为实现了高度的统一。这就是自为的了。虽然在力主艺术理想而贬低自然美的黑格尔那里，生命并未确立为最高价值（这很容易理解，黑格尔的理论体系是以严密的思辨著称的），但生命以其感性的直观、原始的魅力、内容的丰富、物质的游戏而爆发的蓬勃生机，则是黑格尔所贬斥不了的。因为生命的元素作为"真人"，是永存的；只要太阳和大地在，就有生命在。所以，现代哲学的生命探求是一个热门话题。前已所述，谷鲁斯将游戏与本能冲动联系起来，已在某种程度上暗合了本文的中心论题。现代哲学人类学对人的发现可以说达到了一个独特而纵深的层次：人以生命为本体，他的缺陷正是他的创造性与完整性的来源，有了有限的缺陷，才有无限的追求。这样，追求本身已成为人的无限确证。而更大的奇迹是：当理性和文化在雄霸了几千年之后，终于受到了怀疑，现在人们才知道，多少年来，越是所谓的大哲人越是谈一些痴说呆见。从这个角度上讲，叔本华、尼采等人可谓大智若愚，他们从否定性上规定了生命的动态意义。而柏格森正是一位生命哲学家，他认为，作为世界最高"实在"的"生命的冲动"，其本质即在行动中形成"意识的绵延"，生命遂不断创造和进化。

进行生命哲学的阐释已经成为解读某些后新诗潮诗人的一把钥匙。新诗潮以来一批青年女诗人一直受人青睐，作为天性生成的女人，诗神对她们可谓施加异样的琼浆。同时，现代人类学家认为，女人的一些特征无不打上了文化的戳记。这样，女诗人们能否从女性的视角，在诗中把自己还原成一个血肉丰满的活灵灵的女人，从而展现自己的原始经验世界，这是考察其有无生命意义的标志。因此，我认为，作为一种独立的生命形式，女性本身便是诗本身，这正是新诗潮中前后期女诗人的分歧所在。前期代表舒婷说，她第一是女人，第二才是诗人；后期代表翟永明则宣告，没有"第一"或"第二"，在"某些时间/某些地点"，女人即诗，诗即女人。（有意思的是，翟永明的特征也是后新诗潮的一个显著的特征，后面将要论及。）在前一种情况下，诗往往淹没了女人，或说，只是作为女人的补充；在后一种情况下，诗与女人互相对象化，二者达到了高度的统一。可见，翟永明的"女人"全凭直觉。这样，她才会"最大的愿望是每年写出一本诗集"，这真正称得上翟之诗史了，也即人之史、女人之史、生命之史。她本人有一段话对此作了很好的注脚："诗存在。当一切都消失后，只有声音留了下来，只有她不断向生命传达一个又一个特定时刻；生命在声音中找到失去的空间。一个自足的存在。"

由于长期文化建构的虚假和苍白，翟永明由"生命"形成的整个真实界是令人惊骇的。事情往往就是这样：越是把自己打扮成伟人，事实上越是渺小。翟永明的女性精神才是真正的本质的超越。作为双重压力下的女人的她，首先面对的总是不尽人意的一切，于是，

> 白昼无可奉告，只留下屈从和
> 终结
> 在最黑暗的深处时间才会泄秘
> ——《观望》

夜本来就是属于诗人的；只有在此时，她才能见到自己的上帝。但生命是如此的脆弱而深感恐怖，"我感到/我们的房间危机四伏"；反而，动物"猫和老鼠都醒着"（《黑房间》）。我认为，"黑房间"构成翟诗整座大厦的根基（翟永明后来正是以此诗作为组诗《人生在世》的首篇）。

从女性角度礼赞生命的另一位女诗人唐亚平是以风暴般的内心独白震撼读者的。比起翟永明来，她显得更为潇洒，更为接近生命的"沸点"。《黑色沙漠》代表着她那颗躁动不安的灵魂。很有趣，这组诗本身并未出现"沙漠"；它与"黑夜"一样，是一种女性意识的聚光点。唐亚平"女性意识"的反叛意义表现于绝望的抗争：她偏要走进文明人唾弃的"水"——"沼泽"——"恶"的隐性意象。"要么就放弃一切要么就占有一切"，当淹没了要淹没的一切之后，"剩下一束古老的阳光"正是感性与理性的双重合流在探寻生命的深渊。于是，"理性""金子"发光了，照亮一切。只有在这个时候，才有"我的灵魂将化为烟云/让我的尸体百依百顺"，生命遂渐渐凸现一种纯然存在的本真状态。可见，《黑色沙漠》的生命之声是一部交响曲或多重奏，一切都显得如此单纯而又繁复。唐亚平是聪颖的，将

太阳炙烤中的"沙漠"移到黑夜中进行生命的同化:观察生命必须跳出生命本身的怪圈。正是由于生命表现过程中的感性与理性,排除了失控险情,"在我们之间",上帝才不得不"开始潜逃"。她的诗正是以充满着生机勃勃的原始活力、逼人的野性气味、赤裸裸的感性形态、不可遏制的情感骚扰,表现出一种永动不息而又不知疲倦的"生命冲动"(柏格森语)。同是在超文化制约的意义上去把握那个直接属于生命的经验世界,唐亚平与翟永明所运用的是不同的"拳脚":唐亚平沉迷于生命的动态,采取工笔式的色彩描绘;翟永明专注于生命的静态,运用写意式的线条叙述。如果按照柏格森的观点,把生命的过程描述成"绵延",那么,唐亚平描绘的是"绵延"的横断面,指向"酒神精神";翟永明叙述的则是"绵延"的全过程,指向"日神精神"。

由于两位嗜"黑"的年轻女诗人泄露了更多的来自生命个体的天机,以致破碎了某些安天知命的人们的白天,于是带着惊愕的责难也由此而来——在不正常的文化市场上,掩盖真实比袒露真实拥有更多的买主,人们对"黑"的围攻正说明了这一点。在翟永明那里,"黑"似乎浓得化不开,但"白"像一条宽厚而强劲的堤坝,不用"黑"的大潮进行一番急速的冲撞,真实界的二元对立何以组合成我们经验之中的多色、多维的空间?至于翟永明的女性对抗意识,孤独而沉郁,更是一种难能可贵的超越时代的醒觉。对于唐亚平来说,责难点在于"性意识"。我们知道,性与生命就像树根与树干一样是一体内本真状态的组成因素,不过性无形而隐藏罢了。可见,性是认知生命本原的契机和合理方式。唐亚平的生命力度主要是通过袒露性的"折磨",解脱拘禁达到的。它的要义在于张扬个体的感性和非理性的存在意义。

作为精神载体的生命是一种物态化运动过程。它的难点和意义表现在这短暂的时间区域对命运的抗拒(除非自暴自弃,麻木不仁)。如此一来，命运的不可测性与人的意向性的冲突构成生命的真正的丰富、张力和生机。失落后的迷惘、迷惘后又将是多思和无尽的追寻。日本哲学家三木清对此似乎有着奇特的发现："希望依靠观念的力量来度过人生者总是从把握死的思想出发的。"现实告诉我们，一个受尽苦难、临危难择的人不一定是想死，他表现出的而是就死。这样，归入死就有两种方式：身与心。显然，处于自由游戏状态中的后新诗潮诗人们选择的是后一种，他们正是从哲学高度来把握死的。翟永明没有"死"，她的终点是起点的回归，因此只有起点，没有终点。这一切难道不正是从另一面表现出"死"的观念化力量吗？与翟永明逃"死"不同，欧阳江河则是一个嗜"死"的诗人。只要《天鹅之死》《少女之死》就能囊括生命的全部了。奇怪吗？

　　天鹅之死是一种水的渴意
　　嗜血的情调流成海伦

　　诗一开始就给我们以"死得其所"的震动：在现实里，天鹅死了；在神那里，悲剧审美化了。这不是死的可怕，而是死的高贵和不可亵渎："一个影子摇晃着一座危城。"无怪乎，少女的死表现得那么静穆、单纯而美丽。为了达到"死亡的高度"，诗人未点明天鹅和少女的死因，且《天鹅之死》反而重写人，《少女之死》反而重写物，这就大大拓展了死的空间。前新诗潮诗人们也写"死"，但基本上是从一定的环境中，写出与我们更为亲近的英雄主义。这就由现实基础决定了他们的"死"没有达到后新诗潮诗人"死"那样的高度。

　　（3）从生命的人到文化的人：日常生活的悲剧　我们作为人，这一群，那一群，都是生活在物质感性世界里，我们所面对所接触所参与所处理的都是日常现象和事务。这样，随着人的被淹没，自我意识也被日常生活所吞噬了。这一点在马克思所详加分析的异化劳动里表现得尤为明显。那么，后新诗潮诗人面临的是一种什么样的状况呢？处于自由游戏中的他们，在生命与文化的夹缝中，必须自认识自我的淹没开始。因此，我们必须走向对象意识，从对象与人的关系，并从对文化现象的哲学考察中来把握存在的真正本质。

（4）对象意识与自我意识：分与合　法国新小说派代表罗伯·葛利叶认为，现代艺术变革的前提是调整主客关系。

前新诗潮的适应意识是"胶合"式的，即急功近利地将对象与自我（受时空限制的"自我"）紧紧地联系在一起。这样，对象不是"纯然"的了，对象意识变为某一阶段的社会意识（罗伯·葛利叶加以批评的人道主义）。表现生存意识的后新诗潮诗人们则不然，自由游戏的外态和心态决定了他们远距离地观照对象与自我（甚至成为对象化了的非我）。结果，这种对象与自我摒弃了各自的或然性，获得了一种永恒而普遍的必然性的表现。

当新时期诗神刚刚苏醒之际，前新诗潮诗人们发现了一个十分惊奇的事实：自我丢失了！如何找到自我呢？这将是整个生命的努力，永恒的寻求。前新诗潮更多地从物上寻找，而后新诗潮诗人大大地退让，从而把自己关闭起来了。因为这是一场现代人的内向性寻求，他们患上了"孤独的智慧病"，或曰"普通人类本质性孤独感"。

A. 孤独：自我的抗拒与熔铸　诗人爱黑夜，爱孤独。正如三木清所言："孤独的时候，我们不会为物质所灭。我们灭之在物质之中是在不懂得孤独的时候。"诗人可是不会自渎自灭的，虽然他的孤独是自发式的。一切都从"自我"出发，感觉到的皆是"我"，连"烟"与"火"也是"我"的（或许，这就是所谓"新感觉"吧）。这样，日常生活里才演出一场灵魂出窍的话剧。但既然"孤独感"为"普通人类本性",为什么要"排遣"呢?尤其是当你正在写诗,抑或在表现的时候。倘若真的这样做,那还得了。

但是,罗伯·葛利叶的"纯然"物观是极端化的表现。其实,艺术中的物无不"暗合人类心灵中某种秩序的东西"(刑天)。"象征的森林"(波德莱尔)与"客观对应物"(艾略特)被认为是艺术创造中的普遍法则,只不过现代艺术家讲究将自己的主观精神隐藏起来(艾略特的"逃避情绪和个性"),又在物上一点点暗示出来。这才是主客体之间的远距离,不像传统中直抒胸臆、物我交融那样。它的本意是要在一个现实经验的世界里发现和幻化出另一个更为真实的世界。表现在后新诗潮中的物,只是永恒主体的对应形式,"永恒"在这里正意味着观照中的自我孤独;这里,急功近利的社会意识分崩离析了。

孤独既是一种创造,又是一种回归。把两者统一起来的杨黎、李瑶似乎有着更多的晴朗的心境。杨黎的《冷风景》中的"冷"是热处理,给人震惊的是:人所面对的包围和压制正是自己生于其中并为其努力的,因而这首诗中的孤独之帆所要寻求的乃是回归之岸。

B. 对象:自我意识的观照 当于坚囿于凡人的自扰,调侃式地面对孤独并将孤独中的一群哥们串在一起时,会最终认识到"我们的玩具/是整个世界"(《给姚霏》),但这只是主观强化的结果。这并不是说于坚显得不明智,事实是他把人对象化了,"那些高大的男人""那些美丽丰满的女人"又能带来什么呢?自然,一些年轻诗人拖着铁制的双屐去自然中寻找天然绿色是情理之中的事了。

对于自然的表现,狄德罗喝问:"诗人需要的是什么?是未经雕琢的自然,还是加过工的自然;是平静的自然,还是动荡的自然。"对启蒙主义者狄德罗来说,诗应寓于"巨大的、野蛮的、粗犷的气魄"中，可见，从自然中表现出的是人类一种向上的力度。自然又在后新诗潮那里成为"客观对应物"，这正如英国经验论者博克论证的那样，自然物象与人的生理、心理机制有着内在的对应联系。面对一座"山岭巍巍"，南野看到的是："引固定的恒久之星一次次向此投影/于表面示之循环与重复的厚爱万分"，因此，"对崇高生命作并非泛泛的议论"（《空空的山》）。自然物象的主观化，使得对象意识变为自我意识，这即现象学的方法——本质直观。这样，对对象与人的揭示达到了普遍意识上的哲学高度。同时也应看到，人类的感伤正是由此而来。朱建在《人在天涯》里所展现的恐怖、神秘的美给人一种压抑感。这不就是一座山么？不能如此理解！朱建名曰"群岩突破主义"，其实这首倒是"黄昏主义"。但人决不会屈服于悬崖绝壁的威慑；因为除了凡体外，还有圣心，这就是只有在黑色闪电中才能领会到的观念的胜利。你看，作者的诗句也像悬崖绝壁一样惊心动魄："天宇中那伟大的光环是否给以/深寂的目光闪射出永世主题。"人所需要的也只有人才会占有的则是"分解的元素蕴藏深刻意义"。

（5）文化：多层面的精神寻求　诺瓦利斯说过："哲学原就是怀着一种乡愁的冲动到处去寻找家园。"文化"寻根"，正是这种哲学寻找的具体化。作为人的类（群体）之标志，文化与人类共存同亡。它由文艺界带到哲学界，成为前几年的热门话题（今未退热），这正是思想解放、学术繁荣，人们从多方面进行精神寻求的整合作用的结果。因此，文化的终归性解释必是哲学意识。尽管对"文化"涵义众说纷纭，但这正是人的"纷纭"，其本身就是文化现象。"天空在男人和女人的共同支撑下，显示出最辉煌的壮美。"（伊甸《女人》）文化是在这种与自然相对的人类学意义上的"全球性"的基础上形成了自己的"圈""层""群"等（相随于人的类、社会、个体三种存在形态的文化意义，各有其支撑天空的特殊性）。这样说来，似乎文化把人限制了？否。文化意识可以说是哲学的散点透视，这从另一方面说明了对文化的认知正是为了文化之间的互补和同化，并为人类走向未来开辟道路。

人作为文化现象，是后天的，但作为类，还有先天性因素——基因：人正是基因（生理）与文化（后天）的融合体。因此，人首先面临的一个哲学命题是人与自然、生命的关系（这个问题在前几节已述，下略）。文化意识统合了人类的生存意识与适应意识，因而前后新诗潮在文化意识建构方面有很多共同之处。

A. 史诗的文化意蕴　当今，谁能指出诗坛上有哪几部作品可称为"史诗"？但语言是思维的形式，这里，姑且学黑格尔当年称呼"艺术哲学"为"美学"时的方便一样，我也用"史诗"来称呼此类作品。

史诗的意蕴表现为民族文化的历史性的溯源、认同与开掘。由于特殊的经历，前新诗潮囿于一定的时空域，想象变得异常沉重；正因为沉重与局限造成意识结构的再度裂变，昨天、今天和明天按照想象逻辑联结成整体。这样，能动的诗迫使世界袒露出它的真实，把自己及周围的小宇宙与大宇宙联结起来了。"我们从哪里来？又到哪里去？"已明白无误地成为人类的一个永恒主题。文化，正是这种寻求的集中反映。在这一种意义上，江河、杨炼等前新诗潮诗人在后期许多作品中表现出与前期作品不同的怀"古"情调，使其与后新诗潮诗人们殊途同归了。

"在隐隐约约的远方，有我们的源头，大鹏鸟和腥日白光。"（海子）这是一片五光十色、生生不息的感性生命领域，但其内核却凝聚着理性的全部光辉。难怪杨炼把笔触直接伸向远祖佛道。《诺日朗》即是渗透了现代意识的民族"神曲"。他本是从文化的层面上编织意识的结构，但却至少在不经意的营造中达到了这样几个哲学命题：生与死，人与自然，生命与理性，个体与群体，期待与绝望等。但杨炼惊人的深度和力度在于：这些哲学命题与诗中所表现的民族的巨大生命力互为补充、互为因果。

我们知道，人类童年期还没有诞生抽象思维，但抽象思维的内容却已存在，只不过没有找到语言等外在形式罢了。因此，神话与哲学相融，是一种原始思维。江河的《太阳和他的反光》就是从这种角度，通过对原始神话的认知和再造来把握其深层结构的。无疑，神话总是限定在某一文化框架之中，但艺术表现的意义在于超越，这才真正从一颗太阳上得到它的不同反光。像杨炼一样，江河也达到了哲学的至境。有限与无限是这组诗的中心主题，但江河的现代创新意识真正表现在：变神话的自然意识为现代意义上的人的意识。每首诗都是写人，自然要么只是作为本质力量的对象，要么就是直接与人同一。这一切在《追日》《移山》中表现得尤为明显。

相对而言，后新诗潮在被称为史诗的作品中所表现的思想与艺术功力远不及前新诗潮。或许，自由游戏对表现哲学意识有好处，但对民族文化的探求则失之于"玩忽职守"。这就显示了后新诗潮的一些缺憾：①未能超验。后新诗潮在被称为史诗的作用中涂抹感性面貌时加入自己的主观成分；这里的感性与前新诗潮神话思维式的感性不同，它的意象大肆变形，并换上另一种色调，最主要的是嵌入了一些抽象性的词句，这就大大限制了感性因素的张力，不能达到对本体的深向把握。如《传说》尽管洋洋洒洒，但却像是根据历史线索的叙事。②未能超越题材模式。与第一点相联系，前新诗潮所表现的现代意识较强，因而他们从文化角度"改写"史诗题材，而后新诗潮则是"复写"。这样，他们的作品的要义大致与原文化因素处于"同一地平线上"。有些用现代汉语改写《诗经》中某些篇章的诗作即是如此。③后新诗潮的反文化倾向（将在后面论及）不利于史诗的创作，即不利于深入把握史诗本体，达到深层的哲学意蕴。

B. 属内与属外 这是一对矛盾。即哲学上的辩证法在文化形态上的反映："属内"意指某一文化圈的内部特征及标准，"属外"意指这个文化圈以外的其他文化圈的内部特征及标准；或简单地说，"属内"与"属外"指文化圈与其他文化圈的不同模式。在历史的发展过程中，文化之间互为条件、互为补充，因此，突破自身的自足封闭体系，从自我循环走向自我开放，是文化获得发展的不可或缺的外在制约因素。由于共和国刚刚经过暗夜过后的朦胧式的苏醒，感觉灵敏的前新诗潮诗人们倍感文化的桎梏对他们的强大心理压力，于是孤独的醒者寻求反抗的方式：对本民族几千年的检视。由于对真实性的发现，北岛的心情似乎异常沉重：

> 长夜默默地进入石头
> 搬动石头的愿望是
> 山，在历史课本中起伏
> ——《关于传统》

的确，文化的属内与属外的争端成为当代诗坛的一个热点。具有更加重要意义的是，它为社会意识形态方面的自足与开放开了一个先导的作用。到了后新诗潮时，年轻的诗人们一改犹豫、徘徊和伫望，而直接以反叛的姿态，甚至采取揶揄的喜剧手法，对"属内"进行大胆的怀疑、破坏与重构，并过早地预告胜利：

> 传统站在悬崖上
> 一些人站在传统上
> ——老木《传统》

因为源于文化又走出文化，若即若离，忽里忽外，以及小宇宙与大宇宙的重合，又加上大刀阔斧而又光怪陆离的文体面貌，廖亦武的诗作曾经引起或将继续引起更大的争议。面对一个具有巨大爆发力的年轻诗人，这是很正常的。但我不同意有人对其"自我迷失"的责难，这本身也是一种抗拒哲学意识的认识上的弱化。其实，一切表现均出自于自我，自我由扩张达到潜化，渗透于诗的本体。不能不说这是一种哲人式的自我。

（6）反文化：虚无化的知识观　自由游戏的境况决定了后新诗潮哲学意识的进一步上升、抽象和求虚化。因此，他们较多地去叩访萨特、佛洛伊德、尼采、叔本华、克罗齐等大师。在一些言论和诗作中，都有着这些影响的泛滥，特别是他们在某种程度上接受了世界虚无、荒诞、无意义的哲学观点。如何看待这种现象呢？我认为，吸取外来文化成分，无可非议，但是，一个真正的诗人必须做到两点：第一，要对外来文化精神吃透，真正弄懂；第二，要弘扬中国传统文化，创造新文化。这里，重要的是创造，迄今为止的当代诗坛上谁创造出了自己的诗化哲学体系，根本无法确认。

物极必反。久而久之，在这股狂潮中，出现了一股反文化倾向（伴随着怀疑语言）。这里的反文化与法兰克福学派的某些反文化观有别，它主要表现在对文化的摒弃，即民族虚无主义。这又是老庄哲学的回光返照。对于一座凝结着民族历史文化的大雁塔：

我们又能知道什么
我们爬上去
看看四周的风景
然后再下来
　　——韩东《有关大雁塔》

"下来"干什么呢？一定又是在一定的文化层之中。后新诗潮反文化无非有两个原因：一是对文化的腻烦与厌弃，因为传统文化层太深厚了，以致人们感觉到了它的巨大阻力，即新文化产生的巨大阻力，表现为对审美文化的反拨；二是表现为现代人本主义思想。现代人与其说是苦于缺少文化科学知识，未能充分地洞察客观世界的奥秘，不如说是苦于未能充分洞察人的本性、人的内在生活的深层意蕴。可见，第一点是自由游戏的结果（前新诗潮没有表现出这种状况），第二点是哲学意识的反映。

总之，反文化是行不通的。我们不可能重蹈"小国寡民"的悲剧，这是历史层面的问题。还有文化本身的层面：反文化必须经过高度文化的阶段。杨炼说得好："诗是智慧的产物，但它是智慧达到最高点时形同乌有的状态。""没有文化"只不过是文化的从有到无、有潜存于无之中的极致表现罢了。

有人说得好："一个民族的成熟，可以从它的哲学上反映出来。"事实上，哲学已进入当代生活，和民族一起开动机器，运行不辍。同时，它来自全部世界文化史又加入全部世界文化史，它真正是人类的共同财富。可见，当代诗走向哲学即是"漂洋过海"的前提和保证。相对于世界及对其进行观照的主体精神的无穷性，后新诗潮不是诗的终点站；诗歌艺术作为哲学意识的表现将有着无穷无尽的探索前景。

朝向历史的努力
——论郑小琼诗歌

程继龙

郑小琼是新世纪以来一个不可忽视的诗歌现象，受到了各方面的高度关注。诗人发星以惊叹的口吻写道："诗坛出了个郑小琼"①。批评家谢有顺称她"在新一代作家的写作中具有指标性的意义。"② 何光顺认为郑小琼以其《女工记》等写作"软性抵抗"了社会权力压制③。近年来学界习惯从"打工诗歌""底层写作""女性写作""80后""左翼传统"④这些方面对她的创作进行归类、阐释，这些尝试借助现有的社会学、文艺学术语和符号竭力对郑小琼诗歌创作进行定位、命名，都取得了一定的成绩。但我们还可以从历史的角度展开对郑小琼诗歌的勘察。通读

---

① 发星：《诗坛出了个郑小琼》，见《郑小琼诗选》，花城出版社2008年版，第153页。
② 谢有顺：《分享生活的苦——郑小琼的写作及其"铁"的分析》，《南方文坛》2007年第4期。
③ 何光顺：《被压制者的叙事：从底层视角看当代女性诗歌的"软性抵抗写作"》，《湘潭大学学报》（社科版）2018年第6期。
④ 王琳、向天渊：《郑小琼诗歌与左翼文学传统》，《文艺理论与批评》2016年第1期。

郑小琼的诗集《黄麻岭》《纯种植物》《女工记》及随笔等，调动我们对当下社会发展的实际感受、经验，即进行一种紧密结合时代语境的有温度的阅读，我们会感受到，郑小琼的诗歌浸透了一种强烈的历史意识。张德明先生曾敏锐地指出，郑小琼的诗，善于"将诗情的寄发点寄托在'历史'这样的宏阔场景之中"①。郑小琼立足个人打工经验，凝视时代，最终将这一切投射到历史的屏幕上，将诗歌变成了一种投入历史的行为。她的诗艺也随之不同，写诗拥有了"立史"的意味。郑小琼诗歌的特征、性质以及在当代文化空间中产生的巨大反响，值得我们深入思考。

1. 历史意识的获得

郑小琼的诗歌创作，源于一种个人在时代生活中的创伤性经验。早年，正值少女时代的郑小琼在家乡读完了卫校，在乡镇医院短暂工作了一段时间后，踏上了离乡打工的道路。2001年她去东莞，先后在家具厂、毛织厂、五金厂等工厂打工，做流水线上的女工，也当过仓库管理员、推销员等。南方打工的生活，在她的记忆中是加班、收入微薄、居无定所、被剥削，充满了苦难，用她自己的话说就是，"打工，是一个沧桑的词"，"写出打工这个词，很艰难，说出来，流着泪"②。极端的时候，甚至每天在机器上工作十六七个小时，成千上万次地重复着同一个动作，下班后拖着沉重的肉体打饭、睡觉。"有多少爱，有多少疼，多少枚铁钉/把我钉在机台，图纸，订单，/早晨的露水，中午的血液"（《钉》）"你们不知道，我的姓名隐进了一张工卡

---

① 张德明：《在历史的多棱镜中映照底层生存——郑小琼的短诗〈交谈〉》阐释》，《名作欣赏》2009年第21期。

② 郑小琼：《打工，一个沧桑的词》，《湖南林业》2007年第12期。

里/我的双手成为流水线的一部分，身体签给了/合同，头发正由黑变白，剩下喧哗，奔波……"（《生活》）这是散落在"机台""卡座"上的诗，当代女工生活的真实写照。郑小琼以粗粝的文字，展示了人被工业化异化的处境。她一度失去了姓名，成为"工号245"。自我成为机器的一部分，失去了人之为人的情感、动作、姿势。收入的微薄、被称为"北妹"的身份歧视、被剥削的卑下处境，都使本来就敏感的她感到极端"耻辱"。在孤苦、漂泊，最需要家的时候，"无声的黑暗吞没了多少万户紧闭的乡村"（《深夜三点》），故乡在现代化的进程中却永远地荒芜了，为现代游子提供不了归所，哪怕一个精神上的桃源。南方打工造成的"那些疼痛剧烈、嘈杂，直入骨头和灵魂"①。

　　乡村出身的"个人"到南方打工的惨痛经历，催生了自我的"呐喊"和"彷徨"。如果说"饥者歌其食，劳者歌其事"的啼饥号寒是出于个人的自发行为，那么稍后一时期她的思考和书写则超越了个人和自我，上升到对整个时代的审视和命名的高度，成为一种自觉的精神行为。这样就在生活/创作主体中生成了历史意识。郑小琼写道："两年后的今天，我在纸上写着打工这个词，找到了写着同一个词的张守刚，徐非，还有在南方锅炉边奔跑的石建强以及搬运工谢湘南……"她从对自我的关注，扩展到对和她一样的人的关注，对整个打工阶层、底层群体的命运的关注。她说早期更多地是写个体打工生活中的遭遇，"后来写作就完全是面对现实，面对社会了，更尖锐了一些"，她的写作"表达一个群体的声音，在现实沼泽面前我有一种无力感，一种愧疚感。"② 郑小琼曾回忆她成名后一度当过人大代表，当

---

　　① 郑小琼：《铁·塑料厂》，《人民文学》2007年第5期。
　　② 王士强、郑小琼：《我不愿成为某种标本——郑小琼访谈》，《新文学评论》2013年第2期。

人大代表时她努力地表达农民工的诉求，甚至替他们讨薪，将自己内心的想法付诸行动。郑小琼在《人民文学》散文奖获奖词中说，"在珠江三角洲有4万根以上断指，我常想，如果把它们都摆成一条直线会有多长，而我笔下瘦弱的文字却不能将任何一根断指接起来……"面对一代人"铁"与"血"的苦难经历，诗人的愤怒转化为超越个我的"义愤"，使她意识到自己有义务把这些写出来，她必须更深地进入时代，记录"沉默的大多数"的人生轨迹和精神史。到此，一个诗人就开始竭力将自己嵌入历史的链条中去。她也获得了一种强劲、持久的心理势能，"让整个创作活动参与到历史的演进中，挣得合法的位置与价值"，"让文学的书写历史化"①。

如此，郑小琼把个人、时代统摄了起来，将"诗"与"思"变成一种投入历史的行为。一个真诚的、富于激情的诗人不计后果地拥抱当下，进入了时代，却发现了时代巨大的不公、普遍的混乱。真正的鲜活的历史和既定的、正统的历史发生了对抗，后者压抑前者，一种代表"沉默的大多数"的"诗的声音"在它上面受阻、打滑。由此她开始在更大的尺度中，在时间的长河中上下求索。历史意识在郑小琼这里，还有两种含义。第一，意识到"现在的过去性"，执着地将个人在时代中的体验、思想忠实地记录下来，"立此存照"。此处、当下发生的，正在进行的事物，不管多么盛大、不可一世，终将成为过去。"逝者如斯夫！"时间的最高秘密之一，就在于它是一种燃烧的火焰，永远地、一刻不停地将正处在其中的人生世事变成了灰烬。"这些年，城市在辉煌着，／而我们正在老去，有过的／悲伤与喜悦，幸运与不幸／泪水与汗都让城市收藏进墙里／钉在制品间，或者埋在水泥道间

---

① 李丹梦：《"杞人创伤"的生存美学与"历史化"——师陀论》，《山西大学学报》（哲社版）2017年第4期。

/成为风景,温暖着别人的梦。"(《给许强》)女工正在老去,付出的血汗和泪水、幸与不幸都被"收藏进墙里",被残酷地埋葬了,成为了"别人的梦",过去的风景。这些劳动、奋斗、希望与悲伤在正在进行的时候已成了"过去时"。"在黄麻岭。风吹着缓慢沉入黑暗的黄昏","风沿着凤凰大道,从下午的女工的头发/一直,吹着荔枝林中归鸟的惆怅","风,吹着,吹到人行天桥上/那些比黑夜更黑的暗娼们在眺望着"(《风吹》),作为一种自然现象的"风吹",实际上是诗人对时间流逝的一种形象化命名。记录、"立此存照"即意味着对"流逝"的抗辩,在时间之流中打捞出有价值的东西,发挥它超时空的意义,以此来抗辩正统的、宏大的历史。这里面就带有了伦理的因素,记录下来,以待来时,付诸"永恒的审判"。

第二,发现"过去的现在性",将眼光延伸到过去,以古鉴今。2006年完成的长诗《魏国记》,引领读者游览在战国七雄之一的魏国。魏国是庄子去过的国度,蝴蝶翩然纷飞、人民"与吴起将军/一同作战,共唱子曰无衣","我的表兄李悝与西门豹制定经法"的历史空间。然而古久泛黄的历史画面只是表象。诗歌一开始就定出了基调,"巨大的悲剧在旷野上弯曲",这充满雄风的悠悠古国,"谎言虚构起来的魏国",出现了"敌对势力",用"军队""坦克"维持和谐和太平,号召人民学习"市场的拓扑学,发展的语言学/稳定的逻辑学","大梁的中央区,新闻记者列队而行/像一群真实事件的刽子手,砍断了事实的咽喉",在"魏国的经济特区——洛阴(裸阴,谐音)","用牺牲一代少女来拉动 GDP"。编草鞋的庄子,"他的手工劳动在一个制度的魏国多么单薄",而既生活其中又侧身旁观的"我们",只能按要求"在无为无欲中生存/当一个可耻的遁世者"。郑小琼用亦真亦幻的笔法,揭示了整个现代社会的真相,自然被放逐、集权不断增长、战火纷飞、商业化疯狂蔓延。郑小琼展现出惊人的历史洞察力,把"魏国"写成了现代生活的缩影。包括《河流:返回》《树木:黄斛村记忆》《玫瑰庄园》,所有后视性的书写、极力塑造出的"历史的图景"或"有意味的记忆的片段",都源于当下的现实需要。郑小琼置身其中的现实、时代给她的难以自愈的创痛、没有答案的谜题,迫使她上下求索,将思想的触须远远地伸回到童年,乃至千百年前的某些重要时段。这正符合史学家克罗齐的说法,"一切历史都是当代史","一切脱离了活凭证的历史都是些空洞的叙述"①。

2. 立史的方式

"历史"成为郑小琼诗歌写作的一个隐形焦点,一种超越性的内在力量,统摄了自我和时代,使她得以在更高、更宽广的视野中看待自我的处境、时代的状况,审视我们这个时代在历史长河中的地位。对"历史"的感情,投入历史的激情,使她的诗歌写作发生了变形,超出了一般打工诗歌"叫苦叫累"的简单和粗糙,拥有了"史"的品质。相应的,诗歌写作的方式,具有了"立史"的某些特征和品格,诗艺层面上发生了很多新变,不同于一般的抒情言志。

首先,宏观把握。尽管进入当代以后,我们更强调历史书写、历史想象的个人性,但实际上离不开超个人的俯察和判断。历史毋宁说是一个场,一种强大的支配性的力量,将生活在它内部的个人、思想剥离出来,以比较的、全局性的眼光来看待原有的事物。这首先表现在外视角的使用。小说叙事学中说的"外视角",指叙述人站在所聚焦、叙述的核心事件以外,来讲述故事、事件。因为处在事件的外部,所以对事件的认识程度有限,

---

① [意]克罗齐:《历史学的理论与实践》,傅任敢译,商务印书馆1982年版,第6页。

主观感受、情感比内视角就少一些，显得比较客观。郑小琼习惯跳脱自身所处的现场、情境，来比较冷静、客观地审视自我、底层人、当代人的处境，将自我、时代的情感、症状，一定程度上"对象化"。这样就会和自我的低吟、情绪化的沉溺拉开距离，远距离地或从另外的侧面把生存的真相昭示出来。另一方面表现在，概括方法的使用。概括首先是一种思维方式，披沙沥金，去芜存菁，把事物的真相解释出来。被揭示出来的真相，悲壮而凄凉地和现场、现象、细节排列在一起，引起人们的震惊。这也是一种撕裂行为，撕破了软绵绵的抒情，也撕破了温情脉脉的表面。有时这种"概括"带上了哲学的气味，具备了智性诗的某些因素，使诗人看上去像一个哲人或先知。概括还表现在口吻上，这种口吻严肃、高声调，不容置辩。如《交谈》：

　　历史被抽空，安置虚构的情节和片段
　　我们的忏悔被月光收藏，在秋天
　　平原的村庄没有风景，像历史般冷峻
　　那么浩繁的真理，哲学，艺术折磨着我
　　火车正驰过星星点点的镇子和平原
　　车窗外，凌晨的三点与稀疏的星辰
　　一些人正走在另外一些人的梦中
　　时间没有静止，它神秘而缄默
　　在摇晃不定的远方，我想起
　　那么多被历史磨损的面孔，他们
　　留下那么点点的碎片，像在旷野
　　忽闪着的火花，照亮冰冷的被篡改的历史

　　这是《郑小琼诗选》开卷的第一首诗，很有代表性，可以看作整部诗集的总纲，预示了整部诗集的写法。透过文本中那些繁密的意象、抽象的议论，我们可以设想，诗中那个"我"正坐在离乡进城打工的火车上，穿过夜色笼罩的镇子和平原，此刻有月光和星辰。"那么浩繁的真理，哲学，艺术折磨着我"，虽是第一人称的陈述，但"真理""科学""艺术"这些大词和"我"之间构成的张力，拔擢着"我"超离了"小我"，进入了宏大叙述，"我"也变成了某种公共身份，可以和上下文的"我们"互换，和"他们"替换。"历史被抽空，安置虚构的情节和片段/我们的忏悔被月光收藏"，一开始就远远地站在"我"的外面，观察我的行动，"我"虽然孤独，但是是"历史"中的一个个体，扮演了某种身份，当然也承担着某种宿命，甚至寓示着"一个时代的人都这样"。"平原的村庄没有风景，像历史般冷峻"，在工业化、城镇化的当代，村庄普遍衰落、黯淡，没有了动人的风景。尽管加入了"凌晨三点""忽闪着的火花"等夜晚坐火车的具体细节，但这些细节都融化在总体性的思考的氛围中，表明郑小琼在整体把握"时代"，做历史化的记录。诗中几次对"历史"的直接言说，都含有论断的性质，包裹着哲学的内涵，充分地"玄学化"了，语调、口吻都严肃、冷峻，内含忧郁，拒绝和读者的对话。"交谈"实际上是一个在很大程度上客观化、公共化了的自我与体验、认识到的"时代""历史"这些超我的庞然大物的对话。

其次，对隐喻的繁复使用。从2006-2007年开始，郑小琼大面积地使用隐喻，之前以《黄麻岭》为代表的诗作，也离不开隐喻，但都是有限制地使用，更多的还是去直呈、记录打工的现场、感受。隐喻的使用，在2011年出版的诗集《纯种植物》中空前地多了起来。张清华说，"她不同寻常的陌生感、黑暗性，它强大的隐喻和辐射力，这些都使之在'整体上'获得了不可轻视的意义"①。罗执廷批评转型后的郑小琼"好抽象玄思、好用大词、好雕琢诗句，从而失去了原本明晰与自然的诗写优点"，进行的是一种日益远离具体语境的空洞写作，这也从反面说明了郑小琼过度使用隐喻的特点与秘密。特伦斯·霍克斯认为，隐喻"指一套特殊的言说过程。通过这一过程，一物的若干方面被'带到'或转移到另一物之上，以至于第二物被说得仿佛就是第一物"②。在隐喻的过程中，被言说的"一物"是在场的，具体的，"另一物"是不在场的，朦胧的，抽象的。这一言说过程和中国的"比兴"相通，都是困难的，表意行为不断地在此物和彼物之间摆荡。很明显，郑小琼反复写到的机台、卡座、铁钉、断指、荔树林、疼痛、暮色，构成了"喻体"系列，也可以说是一套能指系统，指向的是现实的处境，时代的总体状况，正在进入历史、成为历史的普遍状态。对时代、历史这些"喻旨""所指"的表述、理解返回来又要依靠这些具体的、在场的符号。隐喻这一修辞、表意过程，就是进入历史、历史化的过程。郑小琼自述，"我尽量将我真实的生活与内心的镜像不断地呈现出来，从描绘外在客观的真实生活的景象入手去抵达内心镜像中的一种事物，诗歌让我在二者之间找到和谐的平衡点"③。现代诗歌、一切诗歌都重视对隐喻、象征的使用，这无甚秘密可言，但郑小琼比较可贵的在于，将这种诗歌思维、修辞方法大面积地使用到对时代、历史的书写、沉思上。"隐喻"的言此意彼

---

① 张清华：《词语的黑暗，抑或时代的铁——关于郑小琼的诗集〈纯种植物〉》，《当代作家评论》2013年第4期。
② 转引自《文学理论批评术语》，王先霈、王又平主编，高等教育出版社2006年版，第286页。
③ 郑小琼：《用铁钉把祖国钉在诗歌的墙上》，《名作欣赏》2009年第21期。

性，决定了这种写出来的历史必然是一种"心史"，超越了对客观、零散现实事件的记录、直呈，加入了更多的感受、思考。对郑小琼来说，重要的不单在于现实本身怎样，还在于整个时代，以及终将成为历史中的人的感受、命运怎样。隐喻便于将人的总体感受远距离地、朦胧却强烈地折射出来，因此成了类似于"春秋笔法"的立史方法之一。

最后，对"非虚构"的借用。近年来，当代文学创作中"非虚构写作"兴盛，郑小琼也加入了这一潮流。这既和西方当代文学的影响有关，也和表达当下现实经验、问题的迫切需要有关。"非虚构"强调对虚构、想象力的抑制，对情节、戏剧性的排斥，对访谈文体的使用，以及写作者的亲历性、写作的"行动性"[①]。客观来看，郑小琼的《女工记》并非严格意义上的"非虚构写作"，可以说是"准非虚构写作"。郑小琼在记下这些"小人物的传志"时，并没有完全排除主体的介入，外视角的概括、哲学化的议论，隐喻对某些重要细节的强调、放大，用想象对某些自己并未亲见的事件阶段、结局的情节性补充，都违反或修改了"非虚构"的原则。她并非只想写出"新闻稿"式的文字材料，心中的历史意识决定了她有更高的追求。郑小琼说她对书中部分女工特别是那些特殊职业女工的名字和身世信息，做了替换或改动，她看中的不是机械的真实，而是更高的历史真实，因此这种对历史的"实录"，同时合乎亚里士多德所说的必然律和可然律的要求，是"史"与"诗"的和合。在《女工记》中，郑小琼发明了一种"诗文互证"的方式，力图全面而有效地写出当代女工的真实生存状况。诗的题目就是女工的姓名，若干首诗或围绕女工的工厂生活、城中村生活，或围绕她们的婚

---

① 陈竞、李敬泽：《李敬泽：文学的求真与行动》，《文学报》2010年12月9日。

恋、生育、返乡等方面，构成一个个单元，每个单元后面，有一个"手记"。诗一般采取叙议结合的方式，叙述她们日常工作、生活的情况，打工过程中的曲折经历，力图做到"小人物原生态的呈现"，呈现出每个名字背后真实的"人"的存在和尊严①。这些诗按照正统现代诗的眼光看，都是缺乏诗意、反诗意的。"诗意"被"历史真实"最大量地挤占了，或者说"诗意"仅蕴含在郑小琼叙事的口气和部分流露出的哲学化、铭语般的论说性言辞中。"手记"则交代作者和人物的交往过程、人物的出身、家庭等必要信息。郑小琼强调她重返东莞工厂、城中村，深入湖南乡村的经历和见闻，这些都为书写女工的传志提供了背景，增强了可信性。她借用了"非虚构"的仿真性，以最大程度地达到历史真实。

这几种写法，在郑小琼的诗歌创作中呈交错消长、互补协作的状态，各自都一直存在，只不过在具体写作中，所占比重不同、发挥作用有别而已。记录时代、见证历史的宏大意识落实到了思维和修辞层面上，使郑小琼成了史家的邻人，诗艺一定程度上成为立史的方法。

3. 总体性的可能

郑小琼从自己打工的伤痛经验出发，进而认识到和她一样的一代人有着同样的处境，同样的命运，由此产生一种时代感、时代使命，并发明了一套适合自己的写法，将这种宏大感受付诸历史表达，将写诗变成一种进入历史、为历史负责的行动。换种眼光看，她通过"历史"进入了时代，或者说通过一种个人化的强烈的历史意识，将自我、时代、历史联结了起来。

---

① 郑小琼：《女工记》，花城出版社2012年版，第257页。

当下是一个特定的历史时期，我们身处其中，享受了它提供给我们的各种舒适，各种机遇，也承受着它带给我们的不可承受的懊恼和焦虑。我们经常用"后现代""多元化""碎片化时代"等名词来称呼这个时代，很多哲学家、文化学者都在试图给当代这种状况以定义和命名，找到隐藏在当代社会背后的"文化逻辑"。其中詹明信（弗里德里克·詹姆逊）的理论最引人注目，他一直致力于"为破碎的世界提供其理论形式"[①] 的努力。他认为现实主义、现代主义、后现代主义分别是前期市场资本主义、垄断资本主义和晚期资本主义的文化现象、表征。三种不同的文化潮流、现象统一服从于现代以来的资本主义社会的政治经济体系，资本主义统一为这三种现象提供了断裂又连续的"基础""物化"力量。詹明信对二十世纪前半期的现代主义的研究最具说服力。他认为大约在现实主义末期，人们对现实主义的信念和原则感到厌倦，渴望发明出新的表达方法、可能，现代主义就在这种持续的创新动力中一直扩散。人们常说的现代主义的心理化、向内转等特征的出现，是由于之前的现实空间和心理空间均发生了巨变，人们迫切需要制造出新的感觉模式、语言模式。现代主义阻断了语言符号（能指+所指）与指涉（指示外物）之间的联系，转向了语言符号内部，沉迷于语言的自我指涉，貌似非常主观化，实际上是这一历史时期的客观现实。现代主义旨在发明一套重新为形式赋予内容的力量，它就是一个重新连接词与物的高度形式化的程序，并且进一步将其反向地置入资本主义本身之中。现代主义和后现代主义一样，是一种"更大

[①] ［美］詹明信：《晚期资本主义的文化逻辑》，张旭东编，三联书店2013年1月第2版，第21页。

的、更抽象的统一的模式"①,它是与当时历史时期相符合的"总体性诗学"②。

詹明信的理论为我们关照自身提供了一种参照。多年以来,中国当代新诗一直在寻求、呼唤一种"总体性诗学",不管是主流倡导的在某种既定框架、规则中表达情感、思想,知识分子强调见证、承担精神或玄学思辨,民间对日常生活开掘、耽溺,还是网络空间中对下半身欲望的张扬,种种做法、路向,都隐含着一种将局部、短期经验、感性组织起来,克服瞬间性、零散化,完整而有效地表达经验、传达和共享经验的冲动、焦虑。然而,结果日益背道而驰,中国的当代诗人也日益意识到詹明信所说的那种"可能的不可能"。王士强说,当代新诗不断地"小圈子化"③,张立群说,新世纪诗歌日益"小情绪"化,诗意情感日益泛化④,关心诗歌的人们普遍认识到走向"总体性"的巨大难度。在这种情况下,可以说郑小琼是一个奇迹,她作为一个诗歌群体、一种诗歌现象的代言,通过强烈的历史意识,联结了自我和时代,将当下社会中的感性、经验、欲望、思想统一在了她的诗歌表达中,受到了她所在的阶层、官方、学院、民间较为一致的认同,成为了我们这个时代的一个"诗歌超人""诗歌神话"。她止住了人们对"诗歌不再失语"的集体渴望。她成为詹姆逊所想象的那种"总体性诗学"的一个小小符号,一个当代的精

---

① [美]詹明信:《晚期资本主义的文化逻辑》,张旭东编,三联书店2013年1月第2版,第21页。
② [美]弗里德里克·詹姆逊:《论现代主义文学》,苏仲乐等译,中国人民大学出版社2018年版,第19页。
③ 王士强:《消费时代的诗意与自由:新世纪诗歌勘察》,广西师范大学出版社2017年版,第106页。
④ 张立群:《小情绪的简约、泛化及其他——当前新诗发展的困境与难题》,《长江文艺评论》2017年第2期。

卫。

郑小琼在短时期内,填补了当代诗歌和当代经验之间的巨大鸿沟。阅读、分享她的诗歌,在一定程度上就是分享打工者、底层、"80后"的复杂的人生经验,使这些族群、代际的记忆、诉求暂时具备了公共性、可言说性,上升为一种大众的"精神财产"。然而,更大的疑虑、甚至危机正孕育其中。郑小琼的诗学思维似乎一开始就植根于某些即将过时或已过时的基础上,比如,根深蒂固的二元对立思维,打工阶层和"老板"的对立,乡村和城市的对立,永恒和当下的对立,道德和现实的对立,她总是倾向于前者,尽管她不时意识到前者的某些瑕疵,但总是用前者对后者形成强大的压力(在写作中、表意实践范围内),并最终付诸道德审判。余旸就指责郑小琼过分放大了"疼痛"[1],罗执廷敏锐地指出转型后的郑小琼写作日益脱离语境,变得不明所以。

杜甫及其"诗史"在杜甫当时就遭遇了困难,一个借助自身又超越自身的对自身存在的大时代进行诗意命名的历史化书写行为,在其以后的时代(晚唐以后)才逐渐被人们所体认。郑小琼这种具有"诗史"意味的书写行为,和杜甫有相通之处,但无疑她置身的、我们的思想和行为共同置于其中的这个时代,和唐宋有了巨大的不同。这种"朝向历史的写作",其效用和价值若何,不单需要我们对它的看法,还需要历史(正在展开中)的评判。

---

[1] 余旸:《"疼痛"的象征与越界——论郑小琼诗歌》,《文艺理论与批评》2010年第1期。

诗人研究

高原雄鹿，或一株化归于北土的金橘
——试述昌耀诗歌中的乡愁情结

谈雅丽

北京大学谢冕教授在2018年9月出版的《中国新诗史略》中这样写道："我们要在这卷文本下限的2000年，保留这个世纪最为典型的一个身影，这个身影由历时久远的苦难和同样久远的等待所构成，他是诗人昌耀，这位二十世纪五十年代流放到青海高原的囚徒"，"诗人因诗获罪，又因诗而获荣，就昌耀而言，他把二十世纪的苦难经历、才能和智慧，全部的丰富性，都浓缩在他的诗中。"

诗评家燎原在2008年6月出版的《昌耀评传》中对昌耀的总体评价是："昌耀是当代诗歌史上的一个传奇。他以深重的苦难感和命运感，来自青藏高原的土著民俗元素和大地气质，现代生存剧烈精神冲突中悲悯的平民情怀和博大坚定的道义担当，为当代汉语诗歌留下了诗艺和精神上无可替代的经典。"

已故原《人民文学》主编韩作荣在1998年6月为诗集《昌耀的诗》所作的序言中这样评价昌耀："他的作品，即使和世界上一流诗人的诗相比，也不逊色。"他是"诗人中的诗人"。

这是1998年以来，三个不同的十年中，中国三个重要的诗歌评论者对诗人昌耀的高度评价。浓烈的地域特色抒写，雄浑的阳刚之美和质朴苍凉的大西北气概——昌耀用独具个人特色的诗歌创造了当代中国新诗史上的一个奇迹，他是新边塞诗派最典型的代表诗人之一。

昌耀1936年6月出生于湖南桃源的王家坪村，十四岁瞒着父母参军到38军，从此离开他的故乡。1955年6月，他从一份发旧的画报上发现了描摹西部民族风情的宣传画，被画面内容深深打动和吸引，毅然做出改变一生的重大决定：到青海工作。当年他报名参加大西北开发来到青海。两年后，因为在《青海湖》上发表的诗作《林中试笛》被打成右派，从此以"赎罪者"的身份辗转于青海西部荒原从事农垦。昌耀是一个远走他乡，一生漂泊的游子。从1955年到2000年，在长达四十多年的生涯里，诗人写下大量的诗歌。

海德格尔在《荷尔德林诗的阐释》中说："诗人的天职是返乡，唯有通过返乡，故乡才作为达乎本源的切近国度而得到准备。守护那达乎极乐的有所隐匿的切近之神秘，并且在守护之际把这个神秘展开出来，这乃是返乡的忧心。"这就是海德格尔阐释的荷尔德林诗中的乡愁：诗就是引领我们走向还乡的路，诗是乡愁。昌耀一生远离故乡，辗转青海，正是这种漂泊异乡不能回归的经历，造就了一个行吟高原的诗人。

本文作者从不同文本中找到昌耀的诗歌和文章，发现这个流放外乡的诗人从来没有摆脱过他对故乡的思念，浓烈的乡愁情结不时出现在他的诗歌中。他多次提到想回归故乡的愿望，称自己为"一株化归于北土的金橘"。昌耀最重要的诗歌，他的代表性诗作都是写高原或与高原相关的，他的精神指向是流放的荒原之地——青海。这个漂流在外的游子渴望回归故乡，但是青海生活的经历早已融入了他的血液和灵魂，青海已经成为他不可缺失的肉体和精神的家园。昌耀在常德故乡的"失去""遗忘"和另一故乡青海的"得到""拥有"中纠结、回首、怀疑、惆怅，他用深情动人的诗笔抒写他的两种"乡愁",他在从一个故乡到另一个故乡的精神漂流中完成其最重要的诗歌创作。

1. 一阕《南曲》暗藏故土情深

德国浪漫派诗人诺瓦利斯有一句名言:"哲学是一种乡愁,是一种无论在何处都想回家的冲动。"很多诗人和诗评家都认为:诗是乡愁,是对逝去的美好事物的追忆,也是与目前难于应付的个人状况达成的妥协。流放在青海的诗人昌耀虽然很少在他的诗歌中提到故乡,但他始终怀着对故土的依依深情,他曾用一首诗《南曲》表达了自己的思乡之情,称自己为"一株化归于北土的金橘"。当他辗转于西部,自己也说"待我成长为一个懂事少年就已永远地离开了故园,并为一系列时代风雨裹挟——'树欲静而风不止',我不得泊岸"。

诗歌《南曲》写于1984年,在写这首诗歌前后,昌耀写了大量有关青海的诗歌,达到他个人诗歌创作的一个高峰。如1982年的《鹿的角枝》,1983年的《雪。土伯特女人和她的男人及三个孩子之歌》,1985年的《斯人》,1986年的《一百头雄牛》等等。诗歌《南曲》是唯一写给南国故乡的:

借冰山的玉笔,
写南国的江湖:
游子,太神往于那
故乡的篙橹,和
岸边的芭蕉林了。
然而,难道不是昆仑的雄风
雕琢了南方多彩的霜花,
才装饰了少年人憧憬的窗镜?
我是一株

化归于北土的金橘，
纵使结不出甜美的果，
却愿发几枝青翠的叶，
裹一身含笑的朝露。

昌耀在这首诗歌中，把自己形容为"化归于北土的金橘"，诗中称自己为游子。在潜意识中，昌耀一直认定自己的故乡是湘西北，诗中"南国的江湖""篙橹""芭蕉林""多彩的霜花""甜美的果"就是他记忆中南方元素的呈现，是独具湖南特色的乡野物事。他一反其诗歌粗粝豪放的风格，而在这首乡愁诗中变得细腻多情。这些诗歌元素都是诗人少年时的零碎记忆，所以显得抽象而虚幻，浅显而清美，完全不同于他对高原物事那种生动形象的描述：如高原奔跑的一百头雄牛噌噌的步伐（《一百头雄牛》），在冰山的峰顶鼓翼的飞鹰（《鹰·雪·牧人》），雄鹿从高岩飞动的鹿角、猝然悲壮的倒仆（《鹿的角枝》）。但这首诗歌是他心里荡漾出来的南方碎片和丝缕柔情，他称自己是金橘，发着青翠的叶，裹着含笑的朝露，他把自己比拟成南方多情男子的形象。这首诗虽然不是昌耀诗歌一贯的风格，但却是他真挚情感的自然流露。他曾在自己诗集的后记中提到此诗的创作，说明内心对于它的重视。在这个以高原为诗歌精神指向的诗人内心深处，其实另藏着一根情感隐线，这首深情的田园牧歌，就是昌耀对第一故乡强烈的乡愁情结。

诗评家江弱水在《诗的八堂课》中提到："所以乡愁就是想家的愁思，西语中 nostalgia 跟汉语中的乡愁构词方式一样，是由词根 nostras（回家）和 algia（疼痛）组成，nostalgia 就是思乡病。"同时，他也阐释了诗和乡愁的同一性："诗是一种抚慰人心的软力量，具有治愈创伤、弥补损失、修补破碎模型文化的可塑力。能够将过去的、陌生的东西与现在的、亲和的东西融为一体。"1997年3月,昌耀在随笔《我的怀旧是伤口》中写道:"怀旧总会包含一个关于回家的主题,多少有着哀婉感伤的韵味。仿佛偶然涌上心头,却为着原因深远的内在需要……——那不可从心头抹去,耿耿于怀的一丝酸楚如此刻骨铭心,值得永世追悔","我的怀旧是独有的、隐秘的,只是深深的伤口,轻易不敢主动触碰,也不忍对人言,只是那怀旧之情依然要心事重重地袭来"。这里说出的怀旧和追悔都是诗人乡愁情结的具体显现。"我仅是浴室中一个心事浩茫的天涯游子,尚不知乡关何处,前景几许,而听着老人们的絮叨。"昌耀从小离开家乡桃源,他对家乡的印象已经淡薄,所以昌耀很少在诗歌中具象表现他的故乡,也许他认定故乡有他永世追悔的遗憾,有他痛苦的、不堪回首的往事。

昌耀在诗歌《燔祭》之"孤愤"中写道:

预习的死亡
与我儿时的山林同步逼进,
早为少年留下残酷种芽。

大自然悲鸣。
冰风自背后袭来。

这首诗里写到了少年,写到死亡和内心的孤愤,或者这与少年昌耀同母亲告别的一段经历有关。母亲是昌耀一生都无法忘却的痛苦,在回顾和母亲告别时写道:"每触及此都要心痛。那是开赴辽东边防的前几日,母亲终于打听到我住在一处临街店铺的小阁楼上。她由人领着从一座小木梯爬上楼时,我已不好跑脱,于是耍赖皮似的躺在床铺上蒙着被子装睡。母亲已有两个多月没有见到我了,便坐在我的身边唤我的名字。她摇着扇子边为我扇风边说:'罪过啊,这么小的孩子就要出远门了。'她还说:'知道你不肯跟妈妈回去,可妈妈不是来找你回家的,只是来看看你。'"后来昌耀又写道,"妈妈刚一走,我就一骨碌爬了起来。我扶着阁楼的窗棂向外看去,母亲穿着一件很宽大的蓝色碎花布衫,打着伞走在细雨中的青石板路上,一摇一摆地走远了。我竟没料到这是我与母亲的永别,因为第二年她就因病去世了。当时我驻守辽宁铁岭,听到母亲去世的消息,我立刻号啕大哭起来。但很快我被告知军人不应该哭。于是我突然不哭了,走到一边独自抹眼泪"。

从昌耀的诗歌中,我们能够读到他暗藏对母亲的深情和回忆:"我们都是哭着降临到这个多彩的寰宇。/后天的笑,才是一瞥投报给母亲的慰安。/——我们是哭着笑着/从大海划向了内河,划向洲陆……"(《划呀,划呀,父亲们!》)诗人并不是对家园故乡没有感情,而是从内心回避对母亲深深的愧疚和痛苦。

昌耀有一首诗歌《一片芳草》,写到了他对故乡的乡愁:

一片芳草
我们商定不触痛往事,
只作寒暄。只赏芳草。
因此其余都是遗迹。
时光不再变作花粉。
飞蛾不必点燃烛泪。
无需阳光寻度。
尚有饿马摇铃。
属于即刻
唯是一片芳草无穷碧。
其余都是故道。
其余都是乡井。

1955年以后，昌耀与故乡就很少联系，昌耀对故乡的记忆只剩下一片依稀的芳草地，是触痛的往事，他的印象也只是"遗迹""花粉""烛泪""飞蛾"，只有故道和乡井是永恒存在的主题。昌耀无法面对现实世界里已经失去的故乡，唯有在诗中流露出无尽的伤感和惆怅。

　　满怀乡愁情结的诗人才是具有复杂的真实情感的昌耀，一方面他在回避故乡对他的伤害，一方面他又不断地打捞那些难得可贵的故乡记忆。也许正是在从一个故乡到另一个故乡的漂流途中，对乡土乡情的深刻怀念，成就了一个伤感而多情的昌耀，使他的诗歌质地除了苍凉粗粝外，更有一份源自心灵深处的柔情和内敛。

2. 青海，重构昌耀精神世界里的乡愁

　　1955年，昌耀选择了青海，从此开始在青海长年的流放生涯。在底层人民当中，昌耀慢慢有了自己的认识，辗转流放，为后来他诗歌精神的某些特质作了铺垫。在湟源县期间，一户善良的藏族家庭收留了他，把女儿许配给他。有了婚姻和家庭，使昌耀有了全新的生活认识和感受。昌耀最具代表性的作品都是写高原，写青海，久居之地既是他的生存之地，更是他的精神家园。他的诗歌带着高原独特的苍凉悲慨气息，正是高原生活成就了作为诗人的昌耀。

　　二十世纪以来，诸多评论家都注意到昌耀作为高原诗人独特的一面。诗人谢冕评价昌耀："承袭了高原民族艰难生态中的那种心理滞涩，体现着与当代主流文化畅晓、典雅审美趣味相反的格调。以洪荒感、酷烈感、狞厉感，以及荒旷、粗悍中的风霜感，从本质上映射着他之不愿获得现代心灵安慰，也绝不与世俗性生存认同的精神姿态。"在昌耀眼中，高原就是他"生命傲然

的船桅",就是"灵魂的保姆",就是"良知"的"彼岸"和"净土",就是他真正的精神故园。昌耀有一首诗歌叫《鹿的角枝》:

> 在雄鹿的颅骨,生有两株
> 被精血所滋养的小树。雾光里
> 这些挺拔的枝状体明丽而珍重,
> 遁越于危崖沼泽,与猎人相周旋。
>
> 若干个世纪以后,在我的书架,
> 在我新得的收藏品之上,才听到
> 来自高原腹地的那一声火枪。——
> 那样的夕阳倾照着那样呼唤的荒野。
> 从高岩,飞动的鹿角,猝然倒仆……
>
> ……是悲壮的。

了解昌耀的生活经历后,我觉得这只鹿正是诗人昌耀自身的写照。昌耀眼前幻化出这只生命体,他在想象中似乎看到了鹿被掠杀的场景,"一声火枪"之后,"猝然倒仆",一个美丽的生命就这样消失了,而它长在颅骨的"飞动的鹿角",经过若干个世纪以后进入诗人的视野,让他内心受到巨大震撼。这首诗写的就是一种生命的消失,以及昌耀对生命的基本认识。昌耀把自己比作一只高原的雄鹿,高原是生息他毁灭他的一片痛苦的土地。

青海独特的地域为昌耀的诗歌写作提供了土壤,与自然的亲密和对立,人的弱小和微不足道,使人就有了更多的对生死的体验,对苦难的体味,对宇宙大化的体悟,有了更多人生的悲怆、感伤和痛苦。昌耀个性里的粗犷和力量形成可能就是这时候开始的,高原黄土磨砺形成他张扬、野性的诗歌个性,例如《一百头雄牛》《旷野之野》《河床》等高声部的歌唱,这些强而有力的诗歌在南方环境下是不可能出现的。对他来说,高原的基因已经转移到他的作品中了。昌耀在这块风土上获得的是精神体魄的强健,人格力量的强健,这使他成为诗中的伟丈夫。青海广阔深厚的土地,高原的骨架,在灵魂上对昌耀的影响是至关重要的。

不知从何时起,昌耀开始把青海当作了他灵魂深处真正的故乡,他在诗歌《凶年逸稿》中第七节就这样写道:"我是这土地的儿子/我懂得每一方言的情感细节",第八节这样写道:"如果我不是这土地的儿子,将不能/在冥思中同样勾勒这土地的锋刃"。昌耀已经把自己当成了高原之子,他热爱这片土地,"我们早已与这土地融为一体"。离开土地后,他对这片精神故乡自然而然产生了思念。他有一首写青海的诗歌,就叫《乡愁》:

> 他忧愁了。
> 他思念自己的快谷。
> 那里,紧贴着断崖的裸岩,
> 他的牦牛悠闲地舔食
> 雪线下的青草。
> 而在草滩,
> 他的一只马驹正扬起四蹄,
> 蹚开河湾的浅水
> 向着对岸的母畜奔去,
> 慌张而又娇嗔地咴咴……
> 那里的太阳是浓重的釉彩。
> 那里的空气被冰雪滤过,
> 混合着刺人感官的奶油、草叶
> 与酵母的芳香……

昌耀的乡愁直指青海。他在高原时空中提炼了众多他熟悉的意象：快谷，紧贴着断崖的裸岩、牦牛、雪线下的青草、马驹、浓重釉彩的太阳。这些高原元素已经替换了他在《南曲》记忆里的南方元素。《乡愁》所呈现的意象真实、明朗、丰富、强烈，你能看到他的颜色，闻到混合奶油、草叶与酵母的芳香，感受到马的奔跑，流水的轻响，牦牛悠闲地舔食，这才是一个真实的有高原血统的诗人。

3. 不断回归，乡愁是一种诗歌心理

斯维特兰娜·博伊姆在《乡愁的未来》中说："现代的乡愁是对神话中的返乡无法实现的哀叹，对于有明确边界和价值观的魅惑世界消逝的哀叹，这也可能就是对于一种精神渴求的世俗表达，对于某种绝对物的怀旧，怀恋一个既是躯体又是精神的家园，怀念在进入历史之前的时间和空间的伊甸园式的统一。"昌耀是一个很矛盾的诗人，也是一个苦命的诗人，虽然他的精神家园指向他热爱的青海，但他却从来没有忘记他的出生地，他将乡愁化为一种诗性的精神渴求。

离家四十年后的一个下午，昌耀回到桃源，面对记忆废墟，他什么也说不出来。1993年昌耀曾连续寄出多封书信，想委托他人在常德找一家接收单位，但未能如愿，昌耀也曾希望常德的朋友能替他找一位常德的妻子，终未成。所以，昌耀有生之年其实是一个失去故乡的人，或者在他已然破碎的愿望中，他只能选择了诗歌还乡，用诗歌来治愈内心的创痛。

他在诗歌《山旅——对于山河、历史和人民的印象》的开篇写道：

我，在记忆里游牧，寻找岁月
那一片失却了的水草……

诗人研究

不堪善意的劝告，我定要
拨开历史的苦雨凄风
求解命运怪异莫测的彗星：
履白山黑水而走马，
度险滩薄冰以幻游。

而把我的相思、沉吟和祝福
寄予这一方曾叫我安身立命的
故土。

"我，在记忆里游牧，寻找岁月／那一片失却了的水草……"水草的意象多用在南方，诗人因对于南方故乡的一种怀念，此节诗中写他命运经历的白山黑水，险滩薄冰，最后一段又回到了叫他安身立命的高原故乡。诗人在失去一个故乡和得到一个故乡之间，满怀了无法言说的惆怅。

昌耀的乡愁情结那样明显，所以他很多诗歌中都在"遗忘"和"失去"。

而当我从这片海潮上醒来的时候，
我看到自己立在一个银灰色的水球上了。
失去了杉树。失去了乡村。失去了土地。
失去了飞鸟的投影。
我是旋动的球体上一个银灰色的乳状突起。
——《海的小品》

从他的长诗《慈航》中《爱与死》《极乐界》两个选段，可以看到他带着矛盾的心情审视自我。

我，就是这样一部行动的情书。

　　我不理解遗忘。
　　也不习惯麻木。
　　我不时展示状如兰花的五指
　　朝向空阔弹去——
　　触痛了的是回声。
　　　　　　——《爱与死》

　　而他——
　　摘掉荆冠
　　从荒原踏来，
　　走向每一面帐幕。
　　他忘不了那雪山，那香炉，那孔雀翎。
　　他忘不了那孔雀翎上众多的眼睛。
　　他已属于那一片天空。
　　他已属于那一片热土。
　　他应是那里的一个没有王笏的侍臣。

　　而我，
　　展示状如兰花的五指
　　重又叩响虚空中的回声
　　　　　　——《极乐界》

　　这两个章节都来自于昌耀的长诗《慈航》，这首长诗含义丰富而难懂，有一条主线，就是一个人从生命到精神的拯救。《慈航》中他写个人生活经历，如因诗获罪，嗜血的棍棒、戴高帽、被棍棒敲打等生活。《爱与死》写到了对过去不能选择的"麻木"和"遗忘";《极乐界》写到他与自己展开了对话,两个分立的我不断地质疑和返回。诗人从荒原踏来,走向帐篷,认定自己属于那一片天空,属于香炉、雪山、高原,属于那一片热土,属于高原的原始气象和神秘气息,但在找到那种精神归属感的同时,处于对立面的我,却叩响了虚空中的回声。昌耀叩响的这一回声,就是诗人的乡愁情结,就是他内心回荡失去故乡的怅惘和空虚。

诗人张枣曾说:"在人和人性的原乡,人和诗是分不开的","故乡是一种诗歌心理"。昌耀从来没有忘记故乡,他处在一种矛盾的状态,但也明白,时光不能倒流,内心的遗憾永远无法弥补。他的乡愁来自于他对母亲的歉疚,来自对故乡山水的模糊记忆,来自对精神家园青海的无比热爱。

昌耀是一个天性活跃而本质沉郁的诗人,韩作荣先生在读昌耀的诗歌时也感觉到这个不断想回归家园的灵魂:"读昌耀的诗,你会发现真实的人生之旅,被放逐的游子寻找家园的渴意以及灵魂的力量。"我理解为,正是这种深重的乡愁心理创造了昌耀,从而形成他独一无二的审美个性和写作姿态。昌耀的诗歌与其命运起伏、人生遭际之间无不相关,两个故乡所繁衍的一切情感,都已与他的心灵、语言融为一体,从而构建了昌耀诗学体系中丰富的审美意象和精神特质。

昌耀曾在一篇文章里写道:"让世上最美的妇人/再怀孕自己一次","我实在宁肯再做一次孩子,使有机会弥补前生憾事。或者,永远回到无忧宫——人生所自由来处,而这,是一个更为复杂深邃的有关回家的主题"。昌耀将自己隐喻为高原奔跑的一只雄鹿,他也把自己当成一株化归于北土的金橘。我想,正是昌耀心灵深处的乡愁情结,造就了那个在高原荒地悲怆行走的诗人,一个怀着故土深情的伟大行吟者。

论桑恒昌的怀亲诗

翟兴娥

桑恒昌擅长将细腻的情感隐藏在平实的文字背后，语言平易简朴，风格精炼舒展，意境深远。在四十多年的创作实践中，诗人以感人肺腑的意象怀亲诗和其他特色鲜明的诗作蜚声文坛。自二十世纪七十年代始，诗人潜心探索，不断尝试新的创作风格，逐步在意象怀亲诗的基础上，形成自己重要的诗学特征。

在桑恒昌创作的 17 部诗集中，意象怀亲诗有 3 部，构成了桑恒昌创作的独特标志性符号，同时他的意象怀亲诗在情感深度和思想意蕴方面，达到了较高的艺术水准。在乔力、李少群主编的《山东文学通史》第一章"新文化的曙光"绪论中有一个准确的定位："山东诗人，以臧克家为代表的第一代，是从意象化新诗到形象化新诗转移的一代；以贺敬之为代表的第二代，是将形象化新诗推向极致的一代；以桑恒昌为代表的第三代，则是探索新诗意象化而卓然有成的一代。"（见王传华编著、王川点评：《桑恒昌 一个诗做的人》，团结出版社 2018 年版，第 485 页）

桑恒昌将自己的意象怀亲诗划分为三个阶段，先后结集出版了近百首诗作的三种版本：1990 年 9 月，《桑恒昌怀亲诗》（袖珍本）由山东文艺出版社出版，这本收入了《致父母》《心葬》《中秋月》《寻母千百度》《有梦长过黄泉路》等 18 首诗作的小册子，刚刚出版就轰动了齐鲁诗坛；1999年3月，《桑恒昌怀亲诗集》第二部，由中国文联出版社出版；2001年7月，《桑恒昌怀亲诗集》第三部以大32开版本，再次由中国文联出版社出版。后两部诗集增加了《我年迈的父亲（三）》《母亲的雕像》《陶器》《坟祭》等新作，前后跨度十多年的"怀亲诗"三部曲，将人世间对父母血肉亲情的大情大爱展现给读者，如泣如诉的深情感动了读者。

桑恒昌的意象怀亲诗在读者中备受推崇流传极广，原因在于诗人对创作主体与客体之间关系的恰当处理。诗的创作主体与客体的关系，是现代诗学中一直备受诗人与诗评家关注的问题，而主体和客体的关系，是历来就存在的关于人与世界的哲学命题。"任何文学艺术作品，都可以说是主观与客观相结合的产物，它在主观情感、思想方面，离不开人的存在状态；在客观物质、事物方面，离不开社会、自然界外观的存在状态"（邹建军：《"小我"与"大我"统一论》，《大连民族学院学报》2001年7月号，第58页）。这里所说的任何文学艺术作品都是"主观与客观相结合的产物"，就是指创作主体与客体的产物。诗作无论是直叩内心的小我，还是意兴盎然神游天外的大我，都不能脱离开创作主体和客体的任何一个方面，如何恰当处理两者关系，互为表里服务主题，是作品能否成功的重要因素。

首先，创作主体应该是诗作能够成立的前提。什么是创作主体？创作主体指的是诗人的主观情感、思想方面，离不开诗人的存在状态。主观情感是构成创作主体的重要心理因素，没有强烈的情感驱动，就没有强烈的创作欲望。思想，是创作主体的灵魂，诗人同时是思想家。诗歌创作有较强的自我表现特性，诗人的个人经历，哪怕是一场小小的疾病在心灵上的影响，都会被有形无形地表现在创作中和塑造的形象上。除以上心理条件外，诗人还必须具备实践条件，即熟练掌握诗歌创作的语言技巧。从广义上讲，读者也发挥着创作主体的作用，他们在接受诗作的审美信息时，要通过自己的头脑重新塑造审美意象，唯其如此，同一诗作才会出现不同的审美结论。

　　诗歌是最具个性的一种文学艺术形式，最能够突显创作主体的价值。别林斯基在《俄国文学史试论》中曾说过："感情是诗情天性的最主要的动力之一；没有感情就没有诗人，也没有诗歌。"兰雪在采访桑恒昌时，桑恒昌也说"你推崇灵性写作，我倡导情感写作……我对诗的理解是：从心里疼出来，在心里生长着"（兰雪：《桑恒昌访谈录》，《时代文学》2014年6月号，第97页）。由此可见，桑恒昌在诗歌创作过程中处理创作主体与客体关系时，他强调情感写作，是强调创作主体的情感，认为创作主体是诗作能够成立的前提。在诗歌创作过程中对创作主体的偏爱，是中国新诗自"五四"以来，诗人们一直看重的。

　　中国新诗肇始时期，创造社巨擘郭沫若认为，文艺的本质是主观的、表现的，不是模仿的，他著名的"泛神论"提到"泛神便是无神。一切的自然只是神的表现，自我也只是神的表现。我即是神，一切的自然都是自我的表现"（郭沫若：《沫若文集（10）》，人民文学出版社1956年版，第176页）。文学研究会的朱自清，也有很多关于创作主体的精辟论断。他主张诗人要表现现实，但只有在主体的基础之上，才有可能更深入地表现现实。他说："在解放的时期，我们所发现的是个人价值。我们诅咒家庭，咒诅社会，要将个人摆在一切的上面，作宇宙的中心。我们说，个人是一切评价的标准；记清了这标准，我们要重新评定一切传统的价值。"（见邹建军：《"小我"与"大我"统一论》，《大连民族学院学报》2001年7月号，第59页）这里的"个人价值"当然指的是创作主体的价值。朱自清为俞平伯诗集《冬夜》作序时，也说："选《金藏集》（GOLDEN TREASURY）的巴尔格莱夫（PALGRAVE）说抒情诗的主要成分是'人的热情的色彩'（COLOR OF HUMAN PASSION）。在我们的新诗里，正需要这个'人的热情的色彩'。"（朱自清：《朱自清全集（4）》，江苏教育出版社1990年版，第51页）没有人的个性与自我主体的存在，也就没有所谓的"人的热情的色彩"，他在这里所强调的当然是创作主体的"个性化"。朱自清还有一个对"自我"创作主体与"个性"总结性的认识："'表现自己'，实是文学——及其他艺术——的第一义；所谓'表现人生'，只是从另一个方面说——表现人生，也只是表现自己所见的人生罢了。表现自己，以自己的情感为主。"并且认为："能显明这个千差万殊的个性的文艺，才是活泼的，真实的文艺。"（朱自清：《朱自清全集（4）》，江苏教育出版社1990年版，第51页）

重视创作主体的价值，是1920年代中国作家和诗人的共同追求，桑恒昌倡导"情感写作"是对"五四"时期作家与诗人追求的延续，也是自身生活经历的结果。1941年12月6日，一场鹅毛大雪给干旱饥渴的鲁西僻壤武城县带来些许生机，也迎来了桑恒昌的降生。贫困与战乱，迫使母亲终日过度操劳，年纪轻轻就染上癫痫病。"5岁那年，生疹子出不来，母亲也犯病发起高烧……为了让我出汗，她不顾病魔缠身，竟然好人似的趴到我身上给我焐汗！母亲的体温，救了我的命；我的痛，医好了母亲的病……"（王传华编著、王川点评：《桑恒昌 一个诗做的人》，团结出版社2018年版，第3页）桑恒昌含着泪回忆着过去。然而，母亲的病还是一天一天地加重，每当母亲犯病休克，桑恒昌就紧张地为她掐人中，呼唤大人来抢救，跑到药铺请那位神道的老中医来诊治。每当母亲醒来，都会发现桑恒昌泪人般哭倒在自己怀里，直疼得母亲把乖儿子紧紧搂在怀里，生怕儿子离开自己。在桑恒昌12岁的时候，年仅36岁的母亲撒手人寰。母亲的早逝，给少年的桑恒昌心上打上了"爱与痛"的深深烙印。正是通过"爱与痛"的"母亲情结"，桑恒昌发现了"痛之美"。

正是这种"痛之美",成为了桑恒昌投身诗歌创作的情感原动力。多少年来,桑恒昌日思夜想着早逝的母亲,桑恒昌说:"无论何时何地何人,只要一提起母亲二字,我的眼睛就禁不住潮湿起来。独处的时候,常常因想起母亲而默然怆然。我幼年丧母,过早地失去母爱,孤苦的我,大饥大渴地想念母亲。"(桑恒昌:《永远回忆不完的回忆》,《大众日报》1995年4月27日)他在自己的意识里,还一直陪伴在母亲的病床前。桑恒昌的灵魂始终追寻着母亲,内心强烈的情感冲动喷薄而出,化作了一首又一首肝肠寸断的诗,表达自己对母亲的哀思。如他的《鞋子》:"小时候/穿娘做的鞋子/穿着穿着/就张了大嘴//不苦还叫鞋/疼又向谁说//等我顿悟过来/鞋似乎想向我/说说路的故事/可娘做的鞋子/和娘一样/再也无处找寻"(王传华编著、王川点评:《桑恒昌 一个诗做的人》,团结出版社2018年版,第9页),表达了诗人对母亲深深思念之情,也表现了诗人对人生与命运的深层理解。后来,在《致友人》中,他又将穿着娘做的鞋的那双脚人格化,"……我们曾经用长牙的脚/一步一步啃过来/我们还将用脚上剩下的牙/再一步一步啃下去"(王传华编著、王川点评:《桑恒昌 一个诗做的人》,团结出版社2018年版,第10页)。是母亲当年坚韧的生活态度影响了桑恒昌,生活再苦再难,他也要像母亲那样"一步一步啃下去"。

桑恒昌不甘心把一生含辛茹苦的母亲仅仅掩埋在黄土里,他不知道该怎样安葬母亲自己才能够心安,对于母亲的思念让他寝食难安。一天夜里,伴随着女儿呱呱坠地的哭声,桑恒昌突然醒悟,母亲就葬在自己心里:"女儿出生的那一夜/是我一生中最长的一夜/母亲谢世的那一夜/是我一生中最短的一夜/母亲就这样/匆匆匆匆地去了//将母亲土葬/土太龌龊/将母亲火葬/火太无情/将母亲水葬/水太漂泊/只有将母亲心葬了/肋骨是墓地坚固的栅栏"（王传华编著、王川点评：《桑恒昌 一个诗做的人》，团结出版社 2018 年版，第 8 页）。还有什么葬礼能比这"心葬"更隆重、更坚固、更恒久的呢？还有什么能比将母亲葬在心里，用儿女的肋骨作护墓栅栏更安泰、更福寿、更神圣的呢？《心葬》是桑恒昌用血泪凝注的诗篇，在他的意象怀亲诗中堪称典范。在诗作中，女儿的出生、母亲的谢世，通过时间、空间的错位被搁置在一起，表达了诗人对生与死相生相克、互为轮回的深层思索。

母亲谢世之后，父亲带着桑恒昌艰难地生活，为了供儿子读书，父亲既当爹又当娘，起早贪黑，节衣缩食，终日操劳，人到中年就白了头："正当我需要母亲的时候/母亲离开了我/正当我需要父亲的时候/我又离开了父亲。"（王传华编著、王川点评：《桑恒昌 一个诗做的人》，团结出版社 2018 年版，第 10 页）1961 年初冬，20 岁的桑恒昌告别了体弱多病的父亲，被保送到武汉空军雷达兵学校（后改名为空军雷达兵学院）读书。1967 年，桑恒昌赴西藏在拉萨空军雷达兵 42 团服役。临走时父亲的嘱托一直在桑恒昌耳边萦绕，最终在《致父母》中化成了自己的诗句："……父亲，分手吧/汽笛在喊我的名字/过去都是路领着你走/往后你要领着路走了/心不能小/可是要小心/我分不清/是母亲的语气/还是父亲的声音/……父亲和母亲/用心上的肉捏成了我/我又用心上的肉/捏了一大堆诗句。"（王传华编著、王川点评：《桑恒昌 一个诗做的人》，团结出版社 2018 年版，第 11 页）简洁而又富有哲思的诗句激发着人们的想象。桑恒昌的军旅生活是艰难的，经常挣扎在死亡线上。有次桑恒昌与连长送一批老兵复员去西宁车站，经过唐古拉山山顶时，突然暴风雪大作，漫天飞舞的雪花如尖刀，有的车辆抛锚，桑恒昌下车察看，如果不是连长及时把他拽上车，他就会被暴风雪卷走牺牲。这样的突发事件在西藏经常遇到，但是桑恒昌表现得英勇、坚强，因为,父亲的嘱托、母亲的魂灵,时刻在他身边护佑着他:"青藏高原/冷月边关/……寻找母亲的去处/一路寻到唐古拉山/母亲为啥不走了/路太颠?风太寒/是牵挂儿子/是断了盘缠//有钱舍不得用/凝成不化的雪峰冰川/母亲终不肯再挪动一步/静静地卧成一座大山。"(桑恒昌:《卧成一座大山》,见王传华编著、王川点评:《桑恒昌 一个诗做的人》,团结出版社 2018 年版,第 12 页)无论走到哪里,桑恒昌始终把父亲、母亲牢牢地记在心口,感悟、结晶成感天动地的诗句,"诗人主要是通过自己的身世,来感悟自己的角色,锤炼自己的诗句。因为是从体验出发,由记忆入手,自怀亲诗起步,以表现亲情为出发点,桑恒昌就逐渐在诗坛上找到了自己的位置"(章亚昕:《论桑恒昌》,见《山东文学通史》下册,山东教育出版社 2002 年版,第 439 页)。桑恒昌在诗中表现亲情,而又不仅仅局限于狭隘的血肉亲情,《中秋月》被认为是当代意象怀亲诗中的绝妙之笔,"自从母亲别我永去/我便不再看它一眼/生怕那一大滴泪水落下来/湿尽人间。"(桑恒昌:《中秋月》,《诗刊》1990 年 5 月号)中秋、圆月,带着历史的沧桑;天上、人间,跨越浩渺的宇宙。母亲与大地相融,互为隐喻,无限的时空感凝结在有限的诗行中,诗作由创作主体的情感产生,艺术张力又超越了创作主体的个人情感,进入无限的宇宙客体中,这就使得桑恒昌的诗作增添了一份崇高的艺术美感。

　　主观情感是构成创作主体的重要心理因素,没有强烈的情感驱动,就没有强烈的创作欲望。桑恒昌少年丧母,青年从军,军旅生涯又在条件艰难的青藏高原度过,经常与死神擦肩而过,对于父亲的怀念也刻骨铭心,所有这些经历在心灵上的印痕,都会被有形无形地表现在创作中和塑造的形象上。读者在接受桑恒昌意象怀亲诗的审美信息时,同样发挥着创作主体的作用,要通过自己的头脑重新塑造审美意象,桑恒昌情深意切的诗句引起读者情感上的强烈共鸣,给予他们崇高的艺术美感。

其次,桑恒昌在诗歌创作过程中认为创作主体应该是诗作能够成立的前提,但是他并不排斥客体。在创作主体与客体之间,诗人可以有所偏重,但是不能偏废。作为创作主体的主观情感、思想等方面,离不开人的存在状态;作为客体的客观物质、事物方面,离不开社会、自然界外观的存在状态。所谓社会、自然界外观的存在状态,是指既不局限于某一方面,也不局限于某一层次,而是社会、自然界多方面生活的交融、渗透,是个人与社会、自然与社会、现象与本质、具体与一般相统一的生活,具有整体性的特点。这种统一,达到了意象互生、虚实互藏、水乳交融的艺术效果,令作品蕴含着无穷的回味。

贺敬之读了桑恒昌的诗作,曾提到:"感想是两个字:大,亲。大者,大气也……大美,壮美,奇美……亲者,亲切感人也。"(王传华编著、王川点评:《桑恒昌 一个诗做的人》,团结出版社2018年版,第95页)这里的"大气"应该指的是桑恒昌的诗作超越了创作主体,表达的不仅仅是个人的情感、思想,也表现了社会、自然界外观的存在状态。2012年5月,作家出版社出版了《桑恒昌怀亲诗选》,该诗集收入怀亲诗65首、悼亡诗20首、评论文章15篇。李瑛在数千言的代序《人间最美是真情——〈桑恒昌怀亲诗选〉读后》中写道:"桑恒昌的这组怀亲诗,虽都是从自己的内心出发,思念早逝的母亲,歌唱年迈的父亲,但从社会角度看,却有一种强烈的伦理道德倾向,它的积极的高度的思想性,表现了他对人的观察与对人生、人性的剖析,在现实世界面前,袒露出一颗赤子之心,启示着读者认识自己和人生,并产生一种撼人心魄的崇高美感,给人以深刻教育和启示。"(王传华编著、王川点评:《桑恒昌 一个诗做的人》,团结出版社2018年版,第14页)李瑛评价桑恒昌的诗作,情感由个人内心生发出来,上升到社会伦理道德的层面,超越个人情感而具有一种崇高的艺术美。贺敬之和李瑛对桑恒昌诗作的评价，肯定了桑恒昌在创作过程中对创作主体与客体和谐统一的处理。

自"五四"以来，关于创作主体与客体关系的探讨就从未中断过。"五四"时期，是创作主体个性化的抒情时代，到了二十世纪二十年代末三十年代初，新月派的诗人与理论界继续强调创作主体的时候，就出现了强调表现客观社会现实的另一派，中国诗歌会就是典型的代表。中国诗歌会的诗人们，批判新月派诗人的"风花雪月"，批判象征诗派的"洋化小私情"，他们是在批判过程中表述自己表现客观社会现实的观点的。李金发在1935年11月还说："我绝对不能跟人家一样，以诗来写革命思想，来煽动罢工流血，我的诗是个人灵感的记录表，是个人陶醉后引吭的高歌，我不能希望人人能了解。"（李金发：《诗是个人灵感的记录表》，《文艺大路》1935年11月号）这样的诗学主张遭到了中国诗歌会的强烈反对，他们认为，诗歌必须反映中国当时的客观社会时代精神，他们的诗歌创作往往都是强调客体，而排斥创作主体的。中国诗歌会的诗歌创作过于偏重客体，几乎忽视创作主体的存在，他们的诗作主题价值大于艺术感染力。

郭沫若在"五四"时虽主张"抒写自我"，认为诗主要就是"自我表现"，最彻底的个性文艺才是最具普遍性的文艺，但是他的"自我表现"和象征派、现代派的诗人是不相同的。他认为：个人的苦闷，社会的苦闷，全人类的苦闷，都是血泪的源泉，三者可以说是一根直线的三个分段，由个人的苦闷可以反射出社会的苦闷来，可以反射出全人类的苦闷来，不必定要精赤裸裸地描写社会的文字，然后才能算是满纸的血泪。（郭沫若：《沫若文集（10）》，人民文学出版社1956年版，第106页）即郭沫若认为可以通过"自我"创作主体达到表现"社会"客体的目的。在他这里，创作主体和客体是有机统一的。臧克家认为诗人的感情"是个人的，又是千千万万人的"，诗人应当"走到老百姓的队伍里去，做一个真正的老百姓，把生活、感觉，全同他们打成一片。这样，个人的歌哭，是个人的也是大众的了；个人的诗句，是个人的也是大众的了"（臧克家：《诗人》，《中学生》1947年8月号）。他认为只有情感与生活同构，创作主体与客体相融，个人和时代相通，历史与未来相连，才会让诗人的生活经验、时代感受与人民的情绪产生综合的结晶，这样的诗作才是成功的。

诗人艾青曾说："诗人的'我'，很少场合是指他自己的。大多数的场合，诗人应该借'我'来传达一个时代的感情与愿望。"（艾青：《艾青全集》第3卷，花山文艺出版社1991年版，第633页）诗人以"我"来表现一个时代的"情感与愿望"，这就要求诗人以创作主体表现社会客体，以"自我"表现"时代"与"人民"。贺敬之的观点更加鲜明："诗，必须属于人民，属于社会主义事业。按照诗的规律来写和按照人民利益来写相一致。"（尹在勤、孙光莹：《论贺敬之的诗歌创作》，上海文艺出版社1983年版，第163页）"在诗歌艺术反映现实生活的方法、途径、手段和形式等等方面，理应大胆地、开放式地进行探索、突破和创新，但这样做，不应当是从根本上否定诗是现实生活的能动的、审美的反映这一原则。"（贺敬之：《长跑诗人》，《贺敬之谈诗》，人民文学出版社2004年版，第28页）自诗歌创作以来，桑恒昌在贺老的提携下一步步走来，两人的诗学观一致。桑恒昌的意象怀亲诗始于自身经历，但不止于此，而是上升到社会客体伦理道德的高度，袒露赤子之心，产生崇高的艺术美感，启示着读者的人生。

桑恒昌的诗歌创作不仅仅停留在个人的情感表达中，他是想通过自身的情感表达，表现人类共通的情感，表现出自己所生存的这个社会的存在状态，表现出社会、自然界多方面生活的交融、渗透，表现出个人与社会、自然与社会、现象与本质、具体与一般相统一的丰富生活。

桑恒昌的《重返童年》："沿着曲曲弯弯的小巷，/根，扎进乡情最深处。//淡月下，树上的鸦巢，/一如幽灵出入的古堡。//瓦砾中的蛐蛐，/讲的还是聊斋中的故事。//当年，爷爷抓紧咳嗽的间隙，/把烟锅吸得一闪一闪。//奶奶摇动祖传的蒲扇，/把星星扇得一亮一亮。//沧桑四十年，/什么不曾变？//唯见活着的星星，/狠狠咬住一束阳光。"（桑恒昌：《重返童年》，《语文学习》1999年2月号，第37页）把浓浓的思乡之情与美好的童年回忆交织在一起，读来别有一番情趣。"曲曲弯弯的小巷"把读者引入归乡之路；接下来，选取了四组画面，像"古堡"的"鸦巢"、讲"聊斋"的"蛐蛐"、吸烟的"爷爷"、摇"蒲扇"的"奶奶"，童年的情趣、童年的难舍、童年的温情全部融入到这四组画面之中。这四组极具代表性的画面引起读者无限美好的回忆，童年是美好的，也是短暂的，美好的回忆之后便会陷入无限的惆怅。诗作的结尾哲理性的语言引人深思："沧桑四十年，/什么不曾变？//唯见活着的星星，/狠狠咬住一束阳光。"四十年的沧桑，爷爷奶奶老一辈人早已作古，小伙伴们也已各奔东西，不变的是爷爷奶奶曾经讲过的故事，看过小伙伴们玩耍的星星和阳光，而星星是靠咬住阳光，靠阳光的反光永存天上的。这又引发读者无限的想象，引发对世事沧桑与宇宙永恒关系的慨叹，创作主体自然而然地把个人情感过渡到客体永恒的深层思考之中。

《再致母亲》："总想到您坟上去，/总算有了机会，/您的坟也去世了。//母亲，葬您的时候，/您才三十多岁，/青春染过的长发，/飘在地上。//我已满头'霜降'近'小雪'，/只要想起您总觉得自己还是个孩子。/在儿子的心上，/您依然增长着年寿。//母亲，走近一些呵，/让儿子数数您的白发//母亲，葬您的时候,/您的坟是圆的,/像初升的太阳——/一半在地上,/一半在地下。//您的坟是圆的,/地球也是圆的——/一半在白天,/一半在黑夜。/您睡在地球的怀里,/地球就是您的坟墓呀,/母亲!//不论我在哪里呼喊,/您都会听到我的声音。/为了离别时的那行脚印,/您夜夜失眠到如今。"(王传华编著、王川点评:《桑恒昌 一个诗做的人》,团结出版社2018年版,第27页)一句"母亲,走近一些呵,/让儿子数数您的白发"不由让我想起戴望舒《我用残损的手掌》中的"在那上面,我用残损的手掌轻抚,/像恋人的柔发,婴孩手中乳",诗人在用"残损"的手掌轻抚心中想象的祖国的地图的时候,那种感觉,像轻抚恋人的柔发,像手捧母亲的乳房,触动了读者内心深处最为美好、最为温柔的情感,牵引读者强烈的爱国情感的共鸣!而桑恒昌笔下,同样触动了读者内心深处最为美好、温柔的情感,让已是"满头'霜降'近'小雪'"的儿子"数数您的白发",读到此处,读者无不为之动容。此时的"母亲"已超越了创作主体个人的"母亲"而成为普天下的"母亲",创作主体与客体在对"母亲"的普识情感中统一在一起。

毋庸置疑,这种创作主体个人情感与人类普识情感的统一给读者带来了震撼的阅读冲击和内心感受。曾有一位叫李艳红的读者,丧母之后偶然间读了《再致母亲》,作者与读者的内心形成了强烈的共鸣,她捧着自己蘸着泪水工工整整抄写的一本《桑恒昌怀亲诗》手稿,走进墓地,祭奠母亲,念一页,撕一页,烧一页;烧一页,撕一页,念一页……这件事令桑恒昌闻后感动不已,写下了《焚烧祭文》:"提起母亲/周身的血都变成泪水//……满脸泪痕的小花/和总到最后才消融的/那捧残雪//再烧祭文/早传个信儿/没娘的孩子/都会来抄写//农历十月一日/星满银河/面对母亲的亡灵/烧它个遍地夕阳//太阳缘何天天在找/月亮为何夜夜来寻/莫非它们/也痛失了母亲//那就让日月也抄了/到天上去焚烧祭文。"此时的创作主体已超越自我，成为全人类的代表，"没娘的孩子／都会来抄写"，来祭奠人类的共同的母亲，仅此还不够，"月亮为何夜夜来寻／莫非它们／也痛失了母亲／／那就让日月也抄了／到天上去焚烧祭文"，提升到宇宙客体大空间中，共同祭奠宇宙母亲！在这里，由《再致母亲》中的普天下的母亲上升到宇宙母亲，在这里，作者的每一个字符都是对已故母亲的哀思，是含泪的倾诉，是滴血的回忆。这种痛彻心扉的生命体验，伴随着情感郁积的强烈迸发，蕴含着巨大的艺术张力。

《夕阳，跪下了》第三节写道，"左一脚沧海，／右一掌桑田，／我向母亲跪行而来。／血泡累累的膝盖，／血泡累累的心，／连连问：何时再睡进母亲的怀抱？／让带着体温的乳汁，／将我痛痛快快／痛痛快快地／淹——没！"（章亚昕：《生命体验与文体追求——由怀亲诗入手解读桑恒昌》，《诗探索》1996年5月号，第97页）既是诗人对母亲的深深思念，又让读者联想到青藏高原朝香人，这就让此诗超越了创作主体的个人情感而走向社会，赋予"母亲"这一意象更丰富的内涵，不仅仅是创作主体的"母亲"，也是读者的母亲，也是人类的母亲，也是哺育了众生的大地，也是人们内心的信仰……在这里，"母亲"不仅仅是上面两首诗中"母亲"的象征，又有了更为广阔的内涵：大地、信仰……

在《一位老华侨》中，桑恒昌犹如自语："通往故土的路，／身躯扶着双脚走过，／双脚扶着拐杖走过。／／如今——／手指扶着地图走，／累得发抖；／目光扶着天空走，／辨不准方向。／／所有，／带伤带疼的脚印，／都缩成病榻下面，／那双不会再穿上的／圆口布鞋。／／心如老蚕，至死／也咬住那根银丝。／你奇迹般的等待着，／等儿子从黄帝陵，／取回／炙手可热的黄土。／／撒进冥屋，／放稳灵魂，／便可以／纵睡千年，／横睡万里。"（章亚昕：《生命体验与文体追求——由怀亲诗入手解读桑恒昌》，《诗探索》1996年5月号,第99页)诗人对父亲、家乡的思念与华侨对故土的思念是相通的,诗人与华侨对生死离别的人生体验与感受也是相通的,这就超越了创作主体的个人情感而走入更为浩渺的社会客体层面,由对亲人的思念上升到对故土、祖国的怀念。"那浩茫心远的艺术境界,要求诞生于一个高尚、自由、丰沛和深心的自我,诗格与人格也就历来同时并重。高洁的自我,精力弥满,万象在旁,超脱自如,需要空间供其活动。这就产生了以'空灵'意蕴'实有'的艺术框架,从一个层面确定诗和诗人的自身位置,不是更多地导向外在的知识,而是更多地导向内在的意志。"(杨匡汉:《诗学心裁》,陕西人民教育出版社1995年版,第237页)

桑恒昌是一位"兢兢业业、呕心沥血的诗痴"。"他常说的两句话是:一、诗是要命的,他以为好诗都是用心血煮出来的;二、做不做诗人并不重要,重要的是做一个诗做的人。他自己即是一个诗做的人。人们说他整个就是一首耐咀嚼的诗,越品越有滋味。他不仅把诗写在纸上、书里,也写在广场、舞台上。他走到哪里,哪里就会变成一个诗场,谁进去都会有几分诗意。"(孙基林:《时代的诗意栖居者——齐鲁诗人小记》,《诗刊》1999年第11期)桑恒昌不仅仅是在诗歌创作过程中把创作主体与客体的关系处理得非常好,在日常生活中,作为创作主体的他,与读者、与社会也极好地融合在一起,"他走到哪里,哪里就会变成一个诗场",他带动了人们对新诗喜爱的激情,对新诗的发展做出了重要贡献。

桑恒昌的意象怀亲诗,让主体与客体有机地统一在一起,产生一种撼人心魄的崇高艺术美感,引起众多读者强烈的情感共鸣。但是,桑恒昌始终没有放弃追寻的脚步,至今年近八旬的桑恒昌,依然坚持每日凌晨在微信群中发一首诗,或是新作,或是旧作修改。桑恒昌认为:"人生哪有什么岸,有的只是一片海。

涉海者，只管奋力游去，岸无疑是生命的终结。"（章亚昕：《太阳在彼岸》，《诗人》1990 年 1-2 合刊）"我有时间写诗，没工夫去老。"（兰雪：《桑恒昌访谈录》，《时代文学》2014 年 6 月号，第 98 页）愿桑恒昌创作出更优秀的诗作奉献给诗坛。最后，以季桂起教授写给桑恒昌的一首古诗，结束全文：

春花影里续新晨

季桂起

辞乡久已换童身，
明月长河总系魂。
梦里双亲容宛在，
醒时百念泪沾襟。

诗情漫忆家园景，
哲语深牵客子心。
细雨如思溶故土，
春花影里续新晨。

从边缘出发：范式转换与视野重构
——反思1990年代以后的新诗研究

张桃洲

1990年代被视为中国社会文化发生重大转型的关键时期。社会文化转向给人们的精神带来了巨大的震荡，同时导致了各种文化资源的分化与重组。人们如此描述进入1990年代后的诗歌写作："诗歌写作的某个阶段已大致结束了。许多作品失效了"，于是在"已经写出和正在写的作品之间产生了一种深刻的中断"①。

新诗研究同样如此：在社会文化环境出现迁移的情形下，1980年代确立的某些研究观念和范式，进入1990年代后逐渐丧失了强大的话语优势，其历史势能有被耗尽之虞。对于1990年代以降的新诗研究而言，"边缘化"似乎成了其难以挽回的命运趋势；这不仅是就新诗研究在社会文化总体格局中的处境，而且也是就其在整个中文学科中的位置来说的。不过，另一方面，"边缘"的位置也许恰好为新诗研究提供了难得的机遇，便于它

---

① 欧阳江河：《'89后国内诗歌写作：本土气质、中年特征与知识分子身份》，见《中国诗歌九十年代备忘录》（王家新、孙文波编），人民文学出版社2000年版，第182页。

进行某种蓄积、调整和转变，使自己的新的阶段同前一阶段区别开来。

1. 1980 年代余绪：现代主义研究

进入 1990 年代以后，诗歌创作连同关于诗歌的研究，在社会文化中的功能与地位发生了很大变化。如果说，诗歌在 1980 年代很大程度上参与了那个年代文化氛围的营造（那些充满激情的书写与当时的理想主义文化氛围和审美主义文化观念是合拍的），甚至一度处于社会文化瞩目的"中心"，那么在 1990 年代的历史语境中，诗歌与社会文化的关系开始变得若即若离，直至全然退出后者关注的"视野"，诗歌一度受到"追捧"的"热闹"场面一去不返，其所谓"中心"位置也渐渐被其他文化力量（如影像）所取代。与此同时，商业主义、大众文化的消解和激发，也极大重塑了诗歌的形态和总体面貌。① 这样的状况深刻地影响了新诗研究的取向，后者被迫（或主动）进行转型。

新诗研究在 1990 年代所显示的最大转型，也许是研究者历史观的改变。在 1980 年代的理想主义的思想氛围和诗学情境中，出于对政治化因素干扰的激烈反拨，追问历史"真实"、探寻诗歌"本体"，成为新诗研究的主要目标。同时，伴随着 1980 年代以来的"语言学转向"，此际的新诗研究沾染了浓厚的"自律"色彩和审美主义气息。在这些研究姿势背后，隐含着一个牢固的历史观念：新诗的历史是有着连续的延伸脉络、朝向进化

---

① 关于 1980-1990 年代转型期诗歌的描述与分析，除前面引过的欧阳江河文章外，还有谢冕《中国循环——结束或开始》（《创世纪》诗刊 1992 年总 90-91 期）、朱大可《燃烧的迷津》（收入其同题论著，学林出版社 1991 年版）、陈超《从生命源始到天空的旅程》（收入陈超著《生命诗学论稿》，河北人民出版社 1994 年版）等文。

之路迈进的历史。正是在如此观念的指引下，一些曾经遭受压抑的诗歌潮流（流派）和母题被释放出来，其中最为引人注目的是关于中国现代主义诗潮的梳理和辨析。

值得注意的是，与1980年代诗歌的文化英雄姿态和精英意识相适应，当时的新诗研究一个明显的趋向是批评甚于学术建构。这就是为什么虽然1980年代诗学已经表现出强烈的"语言学转向"（从所谓"诗到语言为止"等提法可见一斑），但有关新诗语言的真正探讨，要在1990年代以后的研究中才得到体现，① 而体系化的中国现代主义诗歌研究论著，也均出版于远离1980年代诗学"氛围"的1990年代中期以后，② 如孙玉石《中国现代主义诗潮史论》（北京大学出版社1999年版）、王泽龙《中国现代主义诗潮论》（华中师范大学出版社1995年版）、张同道《探险的风旗：论20世纪中国现代主义诗潮》（安徽教育出版社1998年版）、罗振亚《中国现代主义诗歌流派史》（北方文艺出版社1993年版）、陈旭光《中西诗学的会通——20世纪中国现代主义诗学研究》（北京大学出版社2002年版）、吕周聚

---

① 这方面较有影响的成果有：张颐武《二十世纪汉语文学的语言问题》（《文艺争鸣》1990年第4-6期）、朱晓进《从语言的角度谈新诗的评价问题》（《文学评论》1992年第3期）、郑敏《世纪末的回顾：汉语语言变革与中国新诗创作》（《文学评论》1993年第3期）、吴晓东《期待21世纪的现代汉语诗学》（《诗探索》1996年第1辑）等。亦可参阅拙作《现代汉语的诗性空间——论20世纪中国新诗语言问题》（《中国社会科学》2002年第5期）。

② 相比较而言，1980年代关于中国现代主义诗歌的论述多为单篇文章，如王佐良《中国新诗中的现代主义：一个回顾》（《文艺研究》1983年第4期）、孙玉石《面对历史的沉思：关于中国现代主义诗歌源流的回顾与评析》（《文艺报》1987年2月14日）、袁可嘉《中国与现代主义：十年新经验》（《文艺研究》1988年第4期）、郑敏《回顾中国现代主义新诗的发展，并谈当前先锋派新诗创作》（《国际诗坛》1989年第8期）等。

《中国现代主义诗学》（人民文学出版社 2001 年版）、王毅《中国现代主义诗歌史论》（西南师范大学出版社 1998 年版）等。这种现象是颇为耐人寻味的。

上述各具特色的现代主义诗歌研究，既体现了 1980 年代重视"本体"研究、具有审美主义特征的氛围的延续，又构成了 1990 年代新诗研究中势力强劲的景观，带动了新诗其他方面研究。以至于有论者总结说："以流派为基础，以现代主义诗潮为中心，以传统与现代融合为理想，集中于审美、观念层面的研究，已经成为新诗研究一个主要'范式'。"① 这番总结堪称准确，其中不乏对新诗研究寻求突破的隐忧。

可以看到，构筑中国现代主义诗歌历史的完整的叙述框架，是这些论著孜孜以求的目的，不过它们各有侧重点。例如，孙玉石试图通过重新阐释由朱自清、李健吾等人创立的"现代解诗学"，将后者申述为一个较完备的理论形态，使之成为兼具问题深度和可操作性的研究方法，来完成他关于中国现代主义诗潮的史论建构；由此，他站在鲜明的"本体"论立场上，提出了以"融合论"创建"东方现代诗"的构想：

所谓融合点，即西方现代主义思潮与中国传统诗歌在美学范畴对话中呈现的相类似的审美坐标，也就是相互认同的嫁接点。在现代诗中这种寻求表现得最突出的是：意象的营造，含蓄与暗示的沟通，意境与"戏剧性处境"的尝试。②

---

① 见温儒敏等著《中国现当代文学学科概要》，北京大学出版社 2005 年版，第 267 页。
② 孙玉石：《中国现代主义诗潮史论》，北京大学出版社 1999 年版，第 467 页。

事实上，寻求中西文化"融合"与诗学"会通"，也是其他大多数现代主义诗歌史著的基本理论出发点，成为众多研究者挥之不去的情结。①此外，强调中国现代主义诗歌的现实指向、本土特征及其"中国性"，也是这些研究的趋同之处。

相较之下，王泽龙的论著更愿意从中国现代主义诗潮中抽取几个关键节点，将中西融合的思路转化为剖析中国现代主义诗歌民族化与现代化的"问题"意识："注重精神世界探索与突出心灵体验的内心化倾向""意象体系的现代化""结构的无序化与语言的陌生化"。②而王毅的论著在构架的个人化努力方面更进一步，该书"没有勾勒'现代'的进化线索，也无意设定中西融合的终极理想，而是从哲学思辨的角度切入，带着鲜明的理论'先见'进入历史，在价值信仰缺失的层面，对不同时期现代诗歌的特点、内在差异及具体文本做出深入解读"，③其散点透视的论述方法给人留下了较深刻的印象。

中国现代主义诗歌研究无疑是1990年代新诗研究中的强势话语，但它的理论依据植根于1980年代的文化情境中。从今天的眼光来看，虽然有人在谈到这一"以'现代主义'为核心原则的经典性叙述"——"经徐志摩、闻一多等'新月'诸子之手，现代诗已日渐由'五四'的歧路，回归艺术的正途；而戴

---

① 比如张同道在其论著的导论中把中国现代主义诗歌的特质确定为"中西文化的宁馨儿"："中国现代主义诗是借鉴西方现代主义诗的产物。因此，它的许多品质是西方的；同时，它依旧归属于中国本体文化，是中国新诗的一支并且是中国古典诗的创造性延伸，尽管这种延伸是以叛逆的姿态完成的。"

② 王泽龙：《中国现代主义诗潮论》，华中师范大学出版社1995年版，第11—13页。

③ 姜涛：《"中国式"的现代主义诗歌：该如何讲述自己的"身世"》，《新诗评论》2006年第1辑。

望舒、卞之琳……折中于古今中外之间,斟酌损益,更已确立中国现代诗的特有面目,并终于在四十年代广泛的国际交流中迎来'西南联大诗歌'的高潮……"① ——时不无揶揄的语气,却也道出了中国现代主义诗歌研究正遭遇的某种困境。正如有论者指出,关于中国现代主义诗歌的谈论因与"现实""传统""民族"的联系,而"得以容身于八十年代的文化、权力秩序中","它的活力和有效性,也依托于八十年代特殊的'抗辩'结构,鲜明体现了当时的历史逻辑",但是,随着历史语境的迁变和"抗辩"结构的消失,有关的谈论则逐渐"沉积为一系列教科书里的常识"。② 或许,在经过了对于中国现代主义诗歌的发掘、整理和强化后,如下的担忧是有一定道理的:"无条件地强调写孤立自我和以语言阅读感受为关注中心的陌生化美学律令,在它完成了对中国现代主义和先锋派文学的辩护后,也致命地狭隘化了中国现代主义可能的发展天地"。③

尽管以现代主义诗歌研究为代表的新诗研究,在1990年代后社会文化趋于纷繁复杂的现实中,日益显出语境错位和内在潜能缺失的不足,但毫无疑问,它曾经在抵制(对政治化的排斥)与收束(回到诗歌本体)的双向运动下形成的诗学自律观念,以及围绕语言(形式)进行的理论探索,具有深刻的美学意义——这,是不容抹煞的。

---

① 赵寻:《八十年代诗歌"场域自主性"重建》,见《中国诗歌评论·激情与责任》(臧棣等编),人民文学出版社2002年版,第338页。

② 姜涛:《"中国式"的现代主义诗歌:该如何讲述自己的"身世"》,《新诗评论》2006年第1辑。

③ 贺照田:《时势抑或人事:简论当下文学困境的历史与观念成因》,《开放时代》2003年第3期。

2. 变动中的新诗史写作

上述有关中国现代主义诗歌的历史叙述，占据了 1990 年代新诗研究中另一道令人瞩目的景观——新诗史写作——的很大份额。而 1990 年代正是新诗史写作的勃兴期，新诗史著的数量远远多于以往任何年代。① 随着 1980 年代整体历史观的趋于破碎，1990 年代以后的新诗史写作呈现出多重的样态。不过，一直到 1990 年代后期，那种带有理想化色彩的递进、整合的新诗史观和结构方式，仍然较为普遍地存在于新诗史著中。②

众所周知，一部新诗史著总是包含了一定的"新诗"观念。

---

① 除中国现代主义诗歌史著外，尚有苏光文《抗战诗歌史稿》（四川教育出版社 1991 年版）、杨里昂《中国新诗史话》（湖南文艺出版社 1992 年版）、吴开晋等《新时期诗潮论》（济南出版社 1991 年版）、谢冕《新世纪的太阳——二十世纪中国诗潮》（时代文艺出版社 1993 年版）、张德厚等《中国现代诗歌史论》（吉林教育出版社 1995 年版）、朱光灿《中国现代诗歌史》（山东大学出版社 1997 年版）、周晓风《新诗的历程》（重庆出版社 2001 年版）、龙泉明《中国新诗流变论》（人民文学出版社 1999 年版）、林焕标《中国现代新诗的流变与建构》（广西师范大学出版社 2000 年版）、刘扬烈《中国新诗发展史》（重庆出版社 2000 年版）、洪子诚和刘登翰《中国当代新诗史》（人民文学出版社 1993 年初版，北京大学出版社 2005 年修订版）、李新宇《中国当代诗歌艺术演变史》（浙江大学出版社 2000 年版）、程光炜《中国当代诗歌史》（中国人民大学出版社 2003 年版）、王光明《现代汉诗的百年演变》（河北人民出版社 2003 年版）、陆耀东《中国新诗史（第一卷）》（长江文艺出版社 2005 年版）以及潘颂德《中国现代新诗理论批评史》（学林出版社 2002 年版）、王荣《中国现代叙事诗史》（中国社会科学出版社 2004 年版）等。

② 例如龙泉明《中国新诗流变论》可算是一个典型，姜涛恰切地指出了其"历时性的线性发展眼光"和"对某种内在演进、辩证发展的逻辑的强调"。见姜涛《"新诗集"与中国新诗的发生》，北京大学出版社 2005 年版，第 5、14 页。

所谓"新诗"观念,就是指新诗历史的书写者如何看待新诗寻求"身份认同"(identity)的过程,把新诗对于"新"的探索纳入什么样的评价体系,其间无疑充满了书写者关于新诗的想象。观念和话语,实际上构成同一问题的两个方面,它们共同决定着新诗史著的材料选取、结构方式、分期依据乃至行文笔调等叙述要素。正如洪子诚指出:"'历史'的重建并非是各种复杂、矛盾因素的陈列,在这一'重建'中,如何确立'选择'与'评价'的位置,来显现叙述者在受意识到历史的拘囿和束缚时对于可能性的思考和争取?"①

应该说,经过整个1990年代的累积和调整,新诗史写作在新世纪伊始方显出一些新的气象。倘若比照一下从1990年代初期(仍受到1980年代观念的强烈熏染)到2000年以后的新诗史著,便会发现其间的变化其实非常明显。

首先,原先看待新诗历史的"线性"思维,逐渐被一种问题式的、力图呈现新诗发展之交错情景的新诗史观和结构方式所取代。例如王光明《现代汉诗的百年演变》就为新诗史的构建提供了某种新鲜的史识,这便是作者在该著的导言里所表述的:"不是要'锁定'历史,把'尝试'的文本正典化,堵塞继续探索的可能,而是想开放探求的过程,观察解构与建构的矛盾,梳理凝聚的素质,反思存在的问题,呼唤艺术的自觉";作者还认为,"与其把一种未完成的探索历史化,不如从基本的问题出发,回到'尝试'的过程,梳理它与现代语境、现代语言的复杂纠缠"。② 这种鲜明的问题意识,解开了以往新诗史著过于看

---

① 洪子诚:《〈中国现代文学三十年〉的"现代文学"》,《文学评论》1999年第3期。

② 王光明:《现代汉诗的百年演变》,河北人民出版社2003年版,第4、20页。

重厘定"座次"的扭结,将研究者思索的触角探入到新诗在驳杂的现代性语境中不断寻求突破的过程本身,从而能够获得较多的新见和发现。

其次,在新诗史写作中引入新的视角和研究方法,重视新诗发展同历史因素的复杂联系。比如程光炜《中国当代诗歌史》开宗明义地提出:"如果把当代诗歌史同时也看作一部形象生动的当代思想文化史,似乎更能给人以某种启示";"如果离开了对当代中国这一政治、经济和文化现状的深入考察,就不能说真正'进入'了当代文学;如果忽略了对各种文艺运动思想准则和价值观念的认识,很难说能够透彻了解这一时期诗歌的主题、题材、艺术形式和审美情趣,以及它的历史发展面貌"。[①] 作者认为,"对当代中国诗歌发展概况的描述,需要有一个审视政治背景、经济状况的开阔眼光,需要辨析文艺与政治、诗人与社会风气、当代诗与外来影响、作者心态与读者伦理观念等之间的关系"。[②] 基于这一认识,《中国当代诗歌史》将探询的笔触指向了当代诗歌生成和发展的复杂性,其论述重点是当代社会进程的某些关键"环节",以及诗歌在这些"环节"的过滤、转述之中所发生的变形。

再次,对以往新诗历史叙述中的"诗意"标准及其所蕴涵的整一的、理想主义的历史观进行了颠覆,重新辨析新诗历史的"非诗意"部分。在这方面,洪子诚、刘登翰《中国当代新诗史》(修订版)具有某种典范意义:其一,该著着眼于新诗的当代转折,譬如1940年代新诗的多样化艺术风格、多种"现代

---

① 程光炜:《中国当代诗歌史》,中国人民大学出版社2003年版,第3、9页。

② 程光炜:《中国当代诗歌史》,中国人民大学出版社2003年版,第4页。

化""方案",如何在1950年代关于"新诗发展道路"的论争和选择中趋于单一;当代诗歌的秩序的确立和新诗"当代形态"的塑造,是如何借助于对"五四"以来新诗的"历史清理"和诗歌"经典"的选定来完成的;不同区域的诗人怎样依照一定的"标准"或"规范"被分隔、改造和整合,从而获得不同的评价、身份与遭际(写作权利、风格的变化)等等。这种对当代转折的考察,尤其包括新诗的某些"传统"如何在当代经过曲折的变异后,以形形色色的变体得以"延伸"和"极致化",渗透到诗人的诗学理念和写作实践中而成为他们的"政治无意识"。

其二,该著十分重视当代诗歌的"生成"机制。从该著对诸如"'经典'的选定和确立""新诗道路的选择""诗人的类型""诗歌的形态"以及"发表方式""阅读方式"等命题的论述,不难看出作者对当代诗歌"生产"过程和"生成"环节的浓厚兴趣。其中最为重要的是制约当代诗歌"生成"的各种制度性因素——不仅指当代政治经济与社会文化等"外部"环境,而且更指上述因素作用下的诗歌的内部机制和秩序本身。该著探讨了制度性因素如何显在或潜在地规约了当代诗歌的形态和进程。

其三,该著并不是一部简单地为当代诗歌作辩护的史著(虽然当代诗歌乃至新诗的生存"合法性"一直遭受质疑),其立意也不在于昭示当代诗歌发展的某些"规律";它更多地以对当代诗歌"生成"氛围与场景的呈现,让人触摸到历史的盘根错节的肌理,同时得以窥见当代社会文化斑驳图景的某些侧面。这种力求还原社会生活、历史场景的原始生态以及诗歌在其间的境遇,借此消除以往历史叙述中过多独断论的做法,体现的正是一种类似于福柯(M. Foucault)"知识考古学"的观念,对于新诗史写作具有深刻的方法论意义。因为,在相当长一段时间里,人们总是对新诗历史的"非诗意"部分（如 1950—1970 年代诗歌）采取严厉的贬斥态度，甚至试图在叙述中抹去它们的存在。可以说，在这部新诗史著之后，人们很难用一种永恒的"诗意"标准，期待、衡量、叙述和总结新诗历史了。

正是在具有问题意识的诗歌史观念的推动下，在1990年代中后期，已有大量对1990年代诗歌进行梳理和辨析的论著和文章，如程光炜的《九十年代诗歌：另一意义的命名》等系列论文、唐晓渡的《九十年代先锋诗的几个问题》、吴思敬的《九十年代中国新诗走向摭谈》、萧开愚的《九十年代诗歌：抱负、特征和资料》等，使得"九十年代诗歌"本身成为一个议题，虽然其中包含了较多争议。围绕"九十年代诗歌"这一议题，还引发了关于"叙事""口语""个人化""历史化""中国性"等话题的讨论。

此外，近些年还出现了数种特殊的诗歌史，如刘福春《新诗纪事》（学苑出版社2004年版）、《中国当代新诗编年史（1966—1976）》（河南大学出版社2006年版）等。之所以说这类诗歌史"特殊"，主要是因为它们采用了"编年史"形式，表面上只是一些史料的展示，实则有效地呈现了历史发展的轨迹。《新诗纪事》"说明"称："资料取舍的原则是既要忠实于历史又要有新的发现，尽可能地展现当时的历史的风貌和上一世纪新诗创作的成就，勾划出新诗演变的曲折轨迹，还原其原本的丰富与复杂。"① 这同时也表明，那种"评价"式的、目的论的新诗史写作越来越遭到摈弃，对历史"细节"和史料本身的看重，正成为人们努力的一个趋向。

---

① 刘福春：《新诗纪事》"说明"，学苑出版社2004年版，第1页。

3. 范式的转换：从批评到学术

倘若说，1980年代新诗研究出于"拨乱反正"的需要，实现的是为某种诗歌形态辩护的历史任务，因而批评的声音胜过建构的举动（由此涌现了谢冕、孙绍振、吴思敬、蓝棣之等老一代批评家，以及耿占春、唐晓渡、陈超、程光炜、王光明、陈仲义、徐敬亚、孙基林、邹建军、张清华等中青年批评家）的话，那么到了1990年代，当种种鲜为人知的诗潮流派、极端的诗歌实验成为人们津津乐道的"常识"，与时代整体氛围的变迁——1980年代激情主义的消散——相关，新诗研究中充满锐气的批评也逐渐让位于内敛稳健的学术探讨。不过，具有严格规范的学术是一把双刃剑，使得步入正常的学术轨道的新诗研究面临着双重的难题：是恪守某种僵化的程式，以认同的姿态构筑一种关于新诗历史与现象的连续性过程，还是对既有的知识化描述保持足够警惕，通过重新追溯、还原和辨析来呈现新诗发展的错杂图景？

无论如何，王光明《现代汉诗的百年演变》所提出的"不是要'锁定'历史"，"而是想开放探求的过程"，其"问题"式的思路会给研究者带来启示。从"问题"出发切入新诗的历史和现象的做法，多少透露了新诗研究观念和范式即将发生变化的一些消息。近些年出现的对新诗与文化（如宗教文化、都市文化、出版文化）关系的探讨，从历史语境、修辞策略、个体心理等方面对新诗文本的解读，虽然是尚待进一步开掘的议题，但已显出可喜的苗头。① 人们意识到，如何在现有研究范式的基础上，提取新的提问角度和拓展更为开阔的研究视野，将成为新诗研究获得更大活力的关键所在。

例如，在目前众多讨论新诗"发生""起源"的著述中，姜涛《"新诗集"与中国新诗的发生》（北京大学出版社 2005 年版）可谓别具一格。该著通过对早期"新诗集"的出版、传播、编撰、自我定位、接受和历史评价等诸多环节的考察，来探讨"新诗的发生与成立"这一命题的社会文化内涵。作者在描述早期"新诗集"的出版、流布和阅读状态的基础上，讨论了新诗"发生空间"的建立，以及对这一空间"自足性"追寻过程中的读者群召唤、诗坛分化、阅读程式的塑造等活动。该著给人印象深刻的是其在研究方法上的创新，正如温儒敏在为该著所作的序中指出：它"绕开那种从观念到观念、从文本到文本的套路，除了对新诗的历史与审美的研究，又特别引入所谓'文学经验研究'的讨论"以及"许多文学社会学的因素"，以此"对以往所获得有关新诗发生'常识性'历史想象提出质询……这种质询不但丰富了对现代文学产生历史过程复杂性的认识，也可能会启发我们反思以往习以为常的研究范式，开启文学史写作的多种可能和新的思路"。②

的确，《"新诗集"与中国新诗的发生》所体现的其实是新

---

① 值得一提的如韩国学者吴允淑从宗教文化角度对中国现代诗人（冯至、穆旦等）所作的个案分析、谭桂林《论现代中国文学的都市诗》（《文学评论》1998 年第 5 期）、鲍昌宝《都市文化语境中的中国现代诗歌反思》（《湛江师范学院学报》2004 年第 1 期）、刘淑玲《〈大公报〉文艺副刊与现代主义诗潮中的京派诗歌》（《江汉大学学报》2005 年第 1 期）等。

② 温儒敏：《"新诗集"与中国新诗的发生》"序"，北京大学出版社 2005 年版，第 1—2 页。

诗史写作观念和方法的更新。在以往一些研究者那里，新诗历史是线性的思潮或文体的更迭史，总是按照一条既定的路径行进着，某一截也许会被定格和压缩，从中抽绎出一种诗学走向、一种理念或规则（如浪漫主义、现代主义或象征主义）；与此相呼应，一些命题被抽象化，成为不证自明的新诗属性的一部分，如抒情与叙事、自由与格律、古典与现代等等，这些命题在新诗中的复杂来源和延续路径却未被顾及。《"新诗集"与中国新诗的发生》在呈现新诗"发生"的历史现场时，"引入一些对外部环节的讨论，譬如发表、出版、读者阅读、诗集编撰和文学史的建构等"，这样，其"研究的客体不仅包括文本本身，而且包括文学体系中文学活动的角色，即文本的生产、销售、接受和处理"。① 这一扩展不仅将新诗研究从一般"内部研究"转向了"外部研究"，而且颠覆了习见的有关新诗演进——开端、奠基、裂变、反叛、深化、高潮等——的想象性描述。在范式转换的基础上，某些针对新诗历史和现象提出的命题、作出的印象式评判或结论，均需要重新审理。

在各种关于新诗的评判中，最具蛊惑力的论断莫过于：新诗"天然"地比古典诗歌低劣，这是因为它未能"继承"古典诗歌而导致诗意流失和成就下滑；对西方资源的误读和过分依赖，造成新诗本土资源的匮乏，以至堕入"非中国性"甚至被"殖民化"的绝境——因此，新诗必须经过古典诗学的滋养才能够实现对西方诗学资源的成功"转化"，否则就会"食洋不化"。有关这一论题的辨析，李怡《中国现代新诗与古典诗歌传统》（西南师范大学出版社1994年版）和金丝燕《文化接受与文化过滤》（中国人民大学出版社1994年版）很见学术功力。前者在

---

① 姜涛：《"新诗集"与中国新诗的发生》，第6页。

详细厘定新诗的"物态化"特征和各种历史形态与传统文化、诗学联系的基础上,指出古典诗歌不只是皮相地作用于新诗,而是潜在地制约了新诗本文的深层结构。该著进入新诗内在的"本文结构",就两方面(文法追求和音韵特色)剖析了新诗与旧诗的关联。后者不仅以大量详实的材料梳理了中、法"两种不同文化背景的群体是以何种方式、在何种程度上达到交流或变形"的历史情形,而且通过对诗人作品的个案分析,考察了中国新诗人如何受法国象征派的促动,对后者进行了从诗体、主题、情调、语汇到音步、跨行、抛词法等技巧的借鉴和挪用,这种个案分析,采用的是由诗的"表皮"而深入"骨骼"的剖解法,堪称精彩和别致。①

而诗人郑敏在其名文《世纪末的回顾:汉语语言变革与中国新诗创作》(《文学评论》1993年第3期)中,将新诗与古典诗歌的上述对立推向了极端。她的论述在海内外研究界激起了不少回应,譬如臧棣就反问:"为什么我们总能在对新诗进行总体评价的时候感觉到古典诗歌及其审美传统的阴影?或者说,用范式意义上的古典诗歌来衡估新诗,其学理依据何在?"他进而提出:

中国新诗的问题,从根本上说,并非是一个是继承还是反叛传统的问题,而是由于现代性的介入、世界历史的整体化发展趋向、多元文化的渗透、社会结构的大变动……在传统之外出现了一个越来越开阔的新的审美空间。所以,从现代性的角度看,新诗的诞生不是反叛古典诗歌的必然结果,而是在中西文化冲突中

---

① 当然,金著前半部分运用大量表格、数据,就中国文学及诗歌界对外国文学及法国象征主义诗歌的"期待视野"所作的分析,也是相当精彩的。

不断拓展的一个新的审美空间自身发展的必然结果。①

当然,"现代性"维度的提出,并不能一劳永逸地解决新诗与古典诗歌的关系、新诗的评价等问题。毋宁说,其意义更多地体现为一种思路的调整,同时也提醒研究者要在研究中不断寻求超越,跳出随时可能陷入的思维板结状态,最大限度地开拓自己的研究空间。

4. 新的议题与新的可能

1999年4月16—18日,"世纪之交:中国诗歌创作态势与理论建设研讨会"在北京郊区的盘峰宾馆举行,这次召开于1990年代末期和世纪末的会议,对中国当代诗歌进行回顾与展望的意图是明显的。在那次研讨会上,后来被划分为"知识分子写作"和"民间写作"的两派诗人、理论家发生了激烈的争论,随后各大报刊上发表了大量围绕相关议题展开讨论的文章。这场被认为是争夺"话语权"、重建诗歌秩序的论争,其背后隐含着1980—1990年代诗歌发展过程中的一些深层问题,表明这二十年间一直存在的诗学分野趋于公开化,曾经有过的诗学共识已不复存在,共享诗歌秩序也不再可能,尽管论争之后诗人和研究者们分享着一个越来越单一、平面化(而非多样化)的社会现实和诗歌现实。

所谓"盘峰论争"是一个不大不小的分水岭,标志着1990年代诗学探索的结束和新的诗歌时代的开启。可以看到,进入新世纪以后,诗歌界的分化日益严重:一面是那些严肃的诗歌遭到了冷落或嘲弄,一面是种种诗歌事件、活动激起了喝彩或口水,

---

① 臧棣:《现代性与新诗的评价》,见《现代汉诗:反思与求索》,作家出版社1998年版,第89页以下。

纷纭喧哗的事件、频繁的活动掩盖了真正的诗学探索。如果说"盘峰论争"前诗歌发展的线索、路径大致还是相对明晰的，不同的诗学立场、取向、风格等等不难辨别，那么在此之后，所有的诗歌场景开始趋于暧昧、模糊不清，一切既定的准则都已失效，诗学立场及分歧变得含混、隐蔽，看不清诗学的焦点、支点和前景，各种欲念、诉求、声音在相互渗透、难分彼此。在此情形下，谈论诗歌面临着异乎寻常的困难，甚至到了无法言说的地步。

此际的新诗研究相较于1990年代的新诗研究，虽说并未发生重大的飞跃和根本性转变，却也出现了一些值得留意和梳理的新趋向。比如，随着中国社会文化更为急剧的变化，以及诗歌在社会文化中位置的进一步变迁和"边缘化"，一种蓦然高涨的抵制诗歌"技术主义"、要求诗歌关注当下现实的呼声，和一种"为诗辩护"、维护诗歌"特殊性"与独立性的表述的冲突形成了。这一冲突构成了新世纪新诗评论的一条重要议题性线索。在新的历史语境下，这一延续了传统写实主义观念与先锋文学之对垒格局的冲突，加入了不少看似新鲜的元素和议题，如"底层写作""打工诗歌"及"草根性""新乡土"等。这引发了关于诗歌与伦理或诗歌自身伦理的讨论，其间涉及诗歌与社会、历史、现实、政治等新老话题，进而引起了将新诗研究朝向一种综合研究的倡导和期待。

关于"底层写作"的倡导自有其社会的和诗学的来由。不过，在一种激昂的写实呼声中，值得珍视的是另一种看待诗歌与现实、诗歌"底层"化倾向的视角："作为诗歌，面向底层的写作不应只是一种生存的呼求，它首先还应该是诗。也就是说，它应遵循诗的美学原则，用诗的方式去把握世界、去言说世界。我们在肯定诗人的良知回归的同时，更要警惕'题材决定论'的回潮。伟大的诗歌植根于博大的爱和强烈的同情心，但同情的泪水不等于诗。诗人要将这种对底层的深切关怀,在心中潜沉、发酵,通过炼意、取象、结构、完形等一系列环节,调动一切艺术手段,用美的规律去造型,达到美与善的高度协调与统一。也许这才是面向底层的诗人所面临的远为艰巨得多的任务。"① 这种辩证的富于反思性的论断,也许更能够彰显处于复杂历史语境中的诗歌的职责。

与那些强调诗歌之伦理担当的呼吁形成对照的是,一些论者秉持着布罗茨基的"美学是伦理学之母"的观点,更加重视诗歌自身的"伦理":"当现实或苦难呼唤自己的形式,呼唤对自己进行命名与言说时,他要遵循的仍然也只能是诗歌自身的伦理法则,一种审美的角度。"② 也有论者关注"诗歌与伦理的诠释关系"③,或者如一行在其《新诗与伦理:对三种理解模式的考察》一文中所做的那样,通过学理性地考察三种理解模式(分别突出"诗是感通"的共同体伦理、"诗是批判"的知识分子道德和"诗是认识"的认知主义伦理)的历史起源、基本内涵和蜕变形态,同时指明这三种模式各自的有效性范围及其限度,提出以对"理解的精神"的阐发而将这三种模式所追求的善贯通,构建一种更具包容性的、基于诗歌内在本性的伦理原则。④ 按照这一理路,有关诗歌与历史、诗歌与社会乃至诗歌与政治等议题,就有重新检讨的必要。在这些方面,陈超的《重铸诗歌的"历史想象力"》(《文艺研究》2006年第3期)、张大为的《当

---

① 吴思敬:《面向底层:世纪初诗歌的一种走向》,《南方文坛》2006年第5期。

② 钱文亮:《伦理与诗歌伦理》,《新诗评论》2005年第2辑。

③ 余旸:《诗歌与伦理之间的诠释性关系》,《新诗评论》2012年第1辑。

④ 一行:《新诗与伦理:对三种理解模式的考察》,《新诗评论》2011年第2辑。

下诗歌：文化意识与文化政治》（《山花》2009年第15期）、张伟栋的《当代诗中的"历史对位法"问题》（《江汉学术》2015年第1期）、王东东的《1940年代的诗歌与民主》（北京大学2014年博士论文）等，对上述议题进行了颇具深度的探究，某种拓展研究视域的企盼即蕴含于如下追问中：

> 在新的世纪，我们的诗歌写作如何在获得自由轻松的同时，保持住它揭示历史生存的分量感？如何在赢得更多读者的同时，又不输掉精神品位？如何既置身于当下世俗的"生活流"中，又不至于琐屑低伏地"流"下去？如何在对个人经验的关注和表现中，能恰当地容留先锋艺术更开阔的批判向度、超越精神和审美的高傲？如何最终实现诗歌话语和精英知识界整体的话语实践之间彼此的应和、对话或协同？①

这无疑是一种"当代性"视域的凸显，势必促成对新诗研究本身从论题到方法的整体性反思，使之在寻求活力中走向开阔："保持着'写作'与'研究'的话语张力，'感受'与'认知'之间的非确定性的平衡，创造出'批评文体'的修辞探索与学术规则之间对抗性的活力，即使在较少受到关注的情形下，这或许仍然是当代诗歌批评最富有魅力的事情。"②

毋庸讳言，当前的新诗研究与诗歌创作陷入了同样的困境：在整个社会文化的创造力和诗人人格衰弱之际，诗歌（以及研究）的文化活力和创造力也呈现出逐渐衰退的趋势，诗歌（以

---

① 陈超：《重铸诗歌的"历史想象力"》，《文艺研究》2006年第3期。

② 耿占春：《当代诗歌批评——一种别样的写作》，《文艺研究》2013年第4期。

及研究）同社会文化的互动关系日趋松散，诗歌（以及研究）对社会文化的参与意识和能力也渐渐丧失，诗歌（以及研究）的格局、空间趋于萎缩和窄小。近年来，一些新诗研究者开始了重新清理的工作，如重返历史现场、重缕理论概念、重拾文本分析、重提本体研究等等。不过，重返历史现场，不是要还原一个静态的所谓客观的过去场景，而是寻索可能被忽略的历史细节；重缕理论概念，不是简单地弄清某个概念的来龙去脉，而是以"考古学"的态度重新辨析概念生成的深层源头和概念与概念之间的错杂关联；重拾文本分析，不是止步于它的自律性和自足性，而是要留意历史氛围、制度策略、文化心理等"外部因素"，渗入到新诗文本的复杂印迹及其对新诗文本样态与体式之形成过程的塑造和影响；重返本体研究，不是重新回到某个局部或总体的本体观念，而是要重新找到本体研究得以生根的语境及二者的新的紧张关系。

诚如洪子诚指出："'边缘'并不完全是有关诗歌地位的负面判断。对于认识这个时代的问题和认识这个时代的诗歌问题的诗人来说，'边缘'是需要身心（包括语言）的'抵抗'才能实现的位置，是有成效的诗歌实践的出发点。"[①] 这也正是新诗研究者应该具有的意识。无疑，对于未来的新诗研究而言，上述论断同样适用。

---

① 洪子诚：《当代诗歌的"边缘化"问题》，《文艺研究》2007年第5期。

生命觉知论:
当代诗歌形式批评理论研究

李志艳

新诗发展已逾百年,其形式问题一直是学术界研究的中心问题之一。追问其深层原因,自然是学术界希望能够加快促成"年轻新诗"的形式建设。从目前的学术研究成果来看,不乏四种路径,以传统为母本、以民歌为借鉴、向西方学习、以实验性诗歌创作来探索。对于当下来说,从语言学的角度来探讨诗歌形式是其主流路径。王泽龙认为:"传统的感性、跳跃的抒情写意思维范式已经不适宜科学主义要求的严密的逻辑理性实证思维的需要,讲究文法的欧化语法体系开始影响现代汉语白话系统,现代汉语白话书面语系统的规范化就是在适应欧化语法体系的价值认同与知识的科学性认同基础上开始建构的。"[①] 当代诗歌的形式建构基本上延续了这个思路,无论是在理论上,还是在诗歌创作上,如梨花体诗歌、乌青体诗、羊羔体诗,乃至于诸多的先锋诗歌都是鲜明的例证。"针对二十世纪八十年代以来叙事性写作对诗歌语言与文体的损耗与复制事实,当代诗歌写作必然要重返

---

① 王泽龙:《科学思潮与现代汉语诗歌形式变革》,《兰州大学学报》2017年第5期。

语言本体与诗学传统。"① 然而在这条主体思路上，当代诗歌的形式建设依然非常薄弱，未能完全形成中国当代诗歌的形式批评理论。

1

  与诗歌形式紧紧相扣的关系制约主要体现在诗性上。何谓诗性，借用文学性的思路来说，就是诗之为诗的根本属性，也可以称之为诗之本体性。与其他文体发展比较，诗性具有文学艺术的一般性与普遍性。

  在诗性探讨上，亚里士多德的思想具有早期西方文学理论的代表性，他在论述诗歌是神性光辉笼罩之下的灵感之作时，强调诗歌的动人力量以及教化作用，由此产生的诗性自然是审美社会学的思想，只不过不得不染上理性论与神性论交互点染的色彩。"神的生活需要诗的点缀，人的生活更需要诗歌来充实。诗可以博得神的欢心，也可以给凡人带来欢乐。""富于想象力的古希腊人从一开始就把他们的艺术观和原始神学结合在一起，用简单、然而却是耐人寻味的方式表达了对美的向往和对神的敬畏。"② 亚里士多德的诗性思想是一种朴素元生的美论思想，他重视生命的觉知感受，同样重视对生命的规训与导引，并将人的原生欲望与精神信仰进行了统一。

  对于诗性认知的转型主要体现在语言学领域，雅各布森的观

---

  ① 董迎春：《当代诗歌：诗性言说与诗学探索》，《学习与探索》2017年第10期。

  ② [古希腊]亚里士多德：《诗学》，陈中梅译注，商务印书馆1996年版，第278-281页。

点自然就具有代表性,他将信息论和语言学融合,提出"诗歌作品应该被定义为一种其美学功能是它的主导的语言信息"。在对传统诗学美学继承的基础上,雅各布森还进一步提出了研究诗性之美学功能的系统结构论思想,"要求对符号的内在结构多加注意。"① 雅各布森想综合种种,企图通过强调诗性的自指功能来护持诗歌的纯粹性,但终不能掩盖其理论本质是信息论与语言学符号学的叠加与综合。另外,所谓诗性,本就是文学性的异名而已,"雅各布森的'文学性',并不是仅仅等同于'诗性',而是'诗性功能'在语言的多功能结构中占据'主导'的、语言六大功能同时都具备并彼此相生互动的语言艺术的特质"。②

与雅各布森分析的、技术的语言学思想相比较,巴赫金的思想倾向于社会的、审美的语言学。他一是强调社会生产和艺术创作之间的关系研究;一是在社会活动程序中强调文本、作者、读者之间的文学关系的建立。诗性(文学性)都是为了呈现一种审美交往,"审美交往的特点就在于:它完全凭艺术品的创造,凭观赏者中的再创造而得以完成,而不是要求其他的客体化。但是,当然,这种独特的交往形式也不是孤立的,它参与统一的社会生活流,自身反映着共同的经济基础并与其他交往形式发生有力的相互作用和交换"。③ 后继而起的后结构主义思潮并未对诗性,或称之为文学性本身提出多少质疑,更为强调的是诗性的生成性与审美活动中诗性产生的去稳定化。

---

① [俄]罗曼·雅各布森:《主导》,见赵毅衡编选《符号学文学论文集》,百花文艺出版社2004年版,第11页。
② 冯巍:《回到雅各布森:关于"文学性"范畴的语言学溯源》,《文艺理论研究》2018年第3期。
③ 钱中文主编:《巴赫金全集》第2卷,李辉凡等译,河北教育出版社1998年版,第83页。

对比起西方诗性思想之强调生活需要、心灵感受、信息传达以及审美沟通等，中国的诗性思想更加突出生命直接的感受体验、自我与他者的圆融一体、审美沟通的流转逍遥、意义表现的兴发绵延。汉之《毛诗序》云："诗者，志之所之也。在心为志，发言为诗。情动于中而形于言。"这已经初步奠定了诗性之根本在于以心为首脑，以情志为根本。南北朝之刘勰《文心雕龙·物色》云："春秋代序，阴阳惨舒，物色之动，心亦摇焉。盖阳气萌而玄驹步，阴律凝而丹鸟羞，微虫犹或入感，四时之动物深矣。"更是在情志的发生缘起上探索了人与天地宇宙的交感关系，以及由此确定了自我与他者的同质性与交互结构，已经较为完善地建构了诗性的发源衍生与言意机制。唐代孔颖达《诗大序正义》云："包管万虑，其名曰'心'；感物而动，乃呼为'志'，志之所适，万物感焉。言悦豫之志则和乐兴而颂声作，忧愁之志则哀伤起而怨刺生。"宋代邵雍《伊川击壤集·论吟诗》："诗者人之志，非诗志莫传。人和心尽见，天与意相连。论物生新句，评文起雅言。兴来如宿构，未始用雕镌。"宋代郑樵《通志》卷七十五《昆虫草木略·序》云："夫诗之本在声，而声之本在兴，鸟兽草木乃发兴之本。"明代袁宏道说诗歌"大都独抒性灵，不拘俗套，非从自己胸臆流出，不肯下笔。有时情与境会，顷刻千言，令人夺魄。"清代钱谦益《牧斋初学集·徐元叹诗序》中云："诗不本于言志，非诗也。歌不足以永言，非歌也。宣己谕物，言志之方也。文从字顺，永言之顺也。"唐宋至清，其间虽有性灵、理学、心学、朴学等思想的竞相灌注，但其间仍不脱离诗性之世界万物的生命同源同质性、以生命体验为中心纽带的适会感兴性、语言表达之状物达情的自然天成。以此为契机和新起点，它将提供给接受者一个崭新的生命交感世界，召唤和容纳接受者的体验和想象，并将接受者文本外在的自身世界勾连起来，形成以生命觉知行动为基础的意义生成轨迹。

进入中国新诗时期，新诗的产生与发展基本维持着三个路径，其一是中国古典诗歌的继续发展；其二是民歌的养料支持；其三是对外来诗歌，尤其是对美国惠特曼诗歌的借鉴与学习。在这之中，诗性本身并没有发生多大变化，只不过诗性的载体与显现维度（即诗歌形式）一直在摸索中变化。这也就自然地分为两派，一派是突出自由，革新目标瞄准的是中国古典诗歌的韵律传统形式；另一派是强调诗歌形式的当代转换，必须在继承中求发展，维护诗歌知识谱系的稳定性与更新度。也正是新诗形式发展的路径不明、变动不拘，以及与中国传统诗词形式的对比反差，造成了中国新诗的发展瓶颈。"新诗在形式上已经失去了诗歌的名分，再无思想上的深度与高度，当代诗歌自然不免有被逐出中国文学王国的危险。"[1]

从以上的分析可以得出一些结论：其一，诗性是诗歌之所以为诗的根本质性，它常等同于文学性，具有先在性和本体性，是诗歌创作与诗歌批评的逻辑基础。其二，诗性在形而下的层面上，整个人类诗歌史对诗性都基本上持有大体一致的看法，即以生命的感知体验为中心，强调情感与想象的协调驱动，寻取与之对应的言意方式，构建融通与新变的审美活动，直至实现相应的文化价值功能等。在这个维度上，诗性的内涵显现出恒常的稳定性，维系了诗性的内在自指与纯粹性，标识着诗性的独立与文学的终极属性。其三，诗性的生命维持是外指性的，一方面它外显为形式；另一方面又受制于人类及其文化的需求与制衡。而新诗之所以面临着不断边缘化、或是"被逐出"的危险，并不在于诗性本体论思想与基本内涵，而在于诗性的基本内涵——形式——人类需求三维之间的矛盾。

---

[1] 周苇风：《新诗的尴尬：中国文人诗歌形式演进的必然结果》，《广东社会科学》2016年第5期。

2

　　解决诗性、诗歌形式、人类需求的矛盾需要重新厘清这三者之间的关系。首先，诗性不仅是诗歌乃至文学艺术的本体论属性，也是人类生命的本质需求。一方面，人类创作出诗歌与文学作品，从而创作出诗性，及其诗性的生成机制；另一方面，诗性作为恒定存在反而成为艺术创作的旨归和人类社会文化的标准之一，进而在反建构人类的基础上影响人类社会。诗性的内在自指与外在关涉的关键点在于诗性与生命的直接通约性。其次，诗性的显现离不开形式，在西方形式主义理论的努力之下，形式与诗性之间本体与征象的关系得以解构，形式既显现诗性，又是诗性本身。再次，由于诗性不能进行自我显现与自我证明，人类明了诗性，获得诗性体验与审美享受必须通过形式路径，而对当代诗歌创作而言，其矛盾的直接关键在于诗歌形式与人类需求的非均衡性。如此，问题的焦点就在于诗性、形式、人类三者之间缺乏直接而内在的生命沟通性，诗歌形式偏离诗性成为无生命的、机械的符号组合；诗性徜徉于远方而无处是归程，抽离了诗性的诗歌形式成为"人工智能"和语言组合的游戏，人类的艺术需求被搁浅与漠视，故而当代诗歌的委顿畸形与边缘化不可避免。为此，提出"生命觉知论"以期求解决这一问题，一方面是得益于中西诗性思想的理论支撑，另一方面是当代诗歌形式困境的根本诉求。

　　何谓生命觉知？必须率先解决何谓觉知的问题。首先是在心理科学领域，对"自我觉知"的研究是一个热点问题，"对自我觉知神经机制的研究多从认知神经精神医学和设计自我觉知人物的脑成像的角度进行，很多研究发现自我觉知更多地激活了右脑，针对具体的人物而激活不同脑区；但复杂的、高水平的自我觉知任务往往涉及内部言语加工，需要左脑的加入"。① 觉知是一个觉知主体的具有脑结构的心理性神经活动，它要求大脑组织的全面性参与，并且与言语紧密关联。其次，以心理科学为基础，在哲学上，人类意识与觉知具有同质性，"意识是'我'于第一人称的、当下体验的那份对某事物的觉知及其自觉知"。② 自觉知是觉知的"反身性结构"，都是生命的主体性构成，"意识是与明显的觉知有关的心智的一部分"，"觉知就好像使某些在'茫然无觉'的黑暗中进行的心智活动及内容被光照亮一般"，而"存在生命的地方也存在心智；在其最关联的形式中，心智是属于生命的，生命与心智共享了一组核心的形式和组织属性，而心智所特有的形式和组织属性是对那些生命不可获取的属性的升级"。觉知"它照亮的是通常称为'心智内容'（mental content）的东西"，"心智内容可谓无穷无尽，它可以是来自感官通道的知觉、言语的思想流、栩栩如生或模糊的意象、不时冒出的各种愿望；此外，这些内容可能出现在不同的心理活动类型中，它们可以是直接的知觉，或者想象，或者期望，或者回忆"。当然"这些内容总或多或少带有特定的情绪和感受的色调。"③ 觉知虽然与觉知内容有着一定区分，但不可否定的是，觉知照亮觉知对象，并且反向照亮自身，它构建生命意志、意识的同时，贯通感官感觉、滋生情绪、分娩意象、出产思想与观念。

---

① 程蕾、陈煦海、黄希庭：《左脑还是右脑？——自我觉知神经机制的述评》，《心理科学进展》2011年第9期。
② 李恒威：《意识、觉知与反思》，《哲学研究》2011年第4期。
③ 李恒威：《觉知及其反身性结构——论意识的现象本性》，《中国社会科学》2011年第4期

再次,觉知在思想文化上的内涵、质性更值得借鉴,"从本性上来说,觉知是好奇的","它具有一种想要流动的天然取向",觉知在顺其自然中更加能够产生觉知的整体性与动态感,而"顺其自然实际上产生了一种比我们的表述还要生动得多的动态内在环境。你必须亲身去体会它真正的内涵"。① 不仅如此,觉知还能从纷繁复杂的外在世界找回自我,回归本性,感受生命的充盈与内在自指,是一种"深入的关照","通过找到我们所不是的,从而将我们的身份从思想、感受、人格、自我、身体和头脑中独立出来,将我们的身份从我们经验的外在因素那里拉回到它的本性中"。②觉知经由照亮觉知本身找回自我,回归人之本性。

如此,可对生命觉知进行一些初步的界定。其一,生命是觉知的主体,是觉知发生进行的前提与保障;觉知是生命的意志与意识性显现,觉知是生命存在与生命活象的必然显现。"觉知如光",勾连觉知对象,照亮觉知自身,是生命外显与内达的必然路径。生命、觉知本身就是紧扣一起的复合性同义语。其二,生命觉知是集感官感觉、生理神经、意志意识的综合性人类本质活动。生命通过觉知与觉知的反身性结构沟通外界世界与内省自我,显现生命的圆润饱满与浑然天成。生命觉知的流动性特点意味着生命觉知的始终在场性,它不仅能够构建艺术创作的元生图景,更能产生艺术构成的基本要素,包括情绪、思想、意象、事件等等。其三,生命觉知的发生运动规律决定了自身的性质特点,包括生命觉知是一种当下的恒常发生状态而产生的即时即地性,它不可复制;生命觉知的连动能力来源于生理神经系统组织的高阶性运动,这使其具有了转换性与生长性;生命觉知是一种

---

① ② [美]阿迪亚香:《真正的修行:发现纯粹觉知的自由》,奥西译,华夏出版社2011年版,第58-59页、第94页。

对内外境遇的能动性反应，必然是易变性与规律性的统一。

回到诗歌创作的问题上来。其一，生命觉知论在某种程度上就是诗性的同义言说，但不同在于，生命觉知论将诗人和诗人创作内在有机地结合起来，也就具备了沟通诗性与诗歌形式的可能性与逻辑条件；另一方面，诗歌依然是语言符号的言说，而"精密复杂的语言能力是我们与生俱来的一种生物属性，它并非源于父母的教导或学校的培养"，"一名学龄前儿童所具备的隐性语法知识远比最为厚实的写作指南或最为先进的计算机语言系统复杂得多，而且，所有健全的人都具有这一特征"①。语言及语言功能也是生命存在的显现，生命觉知的行进运动同样离不开语言的参与与活动性升级。在这个角度上，诗歌形式的显现标志着诗歌文本的诞生，也就意味着作家生命觉知的阶段性活动成果。因此，呵护生命觉知，在本质上就是以生命为中心，在还原人之本性的基础上复返诗性本体；同时又在生命征象明示与文体性确定的条件下通达诗歌形式，诗性、生命觉知、诗歌形式三位而一体。其二，审视智能写作与语言科学写作，解蔽当代诗歌形式困境。二十世纪以来思想界的语言学转向，意味着文学批评的科学语言化时代的到来，将文学本体视为语言的结构组合，这在一定程度上影响了诗歌创作，诗歌创作从生命的灵魂领地里抽身出来，变成语言符号的数学性组合活动，诗歌形式指向语言组合的可能性与有效性，不再表指生命，诗歌形式背离诗性，成为工具论游戏。随着科学技术的进步发展，智能写作逐步兴盛，李培菌提出："将机器生成文本视作一种新的文学写作风格或转变立场，不再只采用人类的评判标准去规定机器生成文本，这将为未来智能写作的技术研究和实际应用提供新的方向。"其中的技术

---

① [美] 史蒂芬·平克：《语言本能：人类语言进化的奥秘》，欧阳明亮译，浙江人民出版社2015年版，第6—7页。

基础是"自然语言理解"与"自然语言生成"。① 智能写作其实是在模拟人类语言知识规律，在文本数据库的支持下所产生的新的生成性生产。但是，智能写作"一是没有创造力，无法创造新的价值判断，只能因循守旧；二是没有个性，只能在原有的数据库基础上进行创造，算得上拾人牙慧了"。② 人工智能截断了生命觉知的原生状态与自然方式，技术化所形成的诗歌形式的新颖与陌生化在本质上是对个人知识背景短缺的戏谑与嘲弄，脱离了生命的诗歌形式只是冰冷的技巧。所以固守生命觉知，就是强调诗歌形式的艺术本位。

3

诗歌形式的创作理论和批评理论一体两翼，为了更好地融通中国古典诗学理论、西方语言学理论、结构主义与后结构主义等思想，针对生命觉知的对象性、运动性等特征，结合当代诗歌的文体特点，提出生命觉知单元、生命觉知偏向、生命觉知群像、生命觉知连动以及生命觉知顿律等批评术语，以希望解决当代诗歌形式理论建构的术语、批评范畴以及系统结构论等问题。

首先是生命觉知单元，它是在单一独立的生命觉知活动中所产生的富含一定审美情绪的对象与载体。其特点是单数性与情感类型的初级形态，它显现生命运动的节点动态与审美体验的瞬时生成，包括两个基本的成分：主体要素，是指生命觉知的对象与

---

① 李培蔥：《对"技术工具论"的反思：中国智能写作价值负载的新思路》，《新媒体研究》2019年第3期。

② 王明宪：《人工智能文学离我们还远吗》，《博览群书》2018年第3期。

载体、辅助成分，是对主要要素的修饰与补充，显现生命觉知的情绪、体验与判断；三个基本的类型：身体觉知，即通过身体之触觉、视觉、听觉来觉知对象，行动觉知，是指通过行为动作来觉知对象，意识觉知，是指对某些既定的观念、信仰、精神等抽象对象在意识领域进行直接觉知。如北岛的《午夜歌手》（节选）："一首歌/是房顶上奔跑的贼/偷走了六种颜色/并把红色指针/指向四点钟的天堂/四点钟爆炸/在公鸡脑袋里有四点钟的疯狂。"在诗中，"歌""贼"属于生命觉知的主体要素，"一首""奔跑的"属于辅助因素，对比起生活中生命觉知来说，诗歌中的生命觉知常常发生偏移，即生命觉知由觉知的主体要素向辅助成分偏移，是为生命觉知偏向，它能引发语言轴上的横组合与纵组合聚变，亦能以核心单位组构起修辞技巧。是以"在房顶上奔跑的贼"一方面主体要素是在"贼"上，另一方面更是以生命觉知偏向"奔跑的"，以表达歌曲声乐的形象效果。在这节诗中，"一首歌""是房顶上奔跑的贼"一方面是身体觉知（听觉）向行动觉知转变；另一方面"在公鸡脑袋里有四点钟的疯狂"，在蕴含了觉知偏向的情况下，"公鸡脑袋里"-"疯狂"是身体觉知（视觉）向意识觉知（概念）转变。当然，觉知偏向一方面指向作者建构，另一方面更指向受众阅读的自我选择性，它不是简单机械的词组组合关系，而是生命本身的一种意动性的偶然契合性抉择。生命觉知单元已经昭示了诗歌形式中的情绪思想寄寓，而生命觉知偏向，则意味着这种情绪思想的基本动向、强度与审美力感。

其次是生命觉知群像，生命觉知越是本色自然，越具有整体性特征，包括对单一事物、事物群体觉知的全面性与丰富性。如鲁西西的《失而复得》一诗："我最爱吃青春，爱情，和诗歌/我就是靠吃这些东西长大的。"李壮的《1522年》一诗："麦哲伦的水手们终于开始欢呼/喝酒、打架、动场刀子，靠了岸/先亲一亲警察那张老脸。""青春""爱情""诗歌"就是一组意识觉知群像;"喝酒""打架""动场刀子"就是一组行动觉知群像。生命觉知群像按照行动属性标准来分主要有两类,一是独立、并列性的,如前文提到的鲁西西的《失而复得》;一是具有连续性质的,或为时间上的先后关系,或为事件意义上的因果关系,或是心理上思想与行为上的实践关系等等,前文提到的李壮的《1522年》中"靠了岸""先亲一亲警察那张老脸"就是时间关系的连续动作。生命觉知群像已经基本建构了诗歌表现的全部对象,并且已经内在蕴含了其间的关系结构原则与方式。这其中需要强调的是,生命觉知群像虽然具有将生命觉知单元通过一定方式、规律,以及某种联系性来构成相应的层级结构,乃至整体系统,但这只是生命觉知群像的无目的的目的性而已,生命觉知群像只突出生命觉知本身,它外化为生命觉知的边界与场域,内显为生命觉知对生命自我的依持与旨归。如海子的《死亡之诗(之三:采摘葵花)》:"雨夜偷牛的人/爬进了我的窗户/在我做梦的身子上/采摘葵花。"该节诗只是通过生命觉知群像的先后迭起显示生命意识觉知的流动性,诗歌从生命本真深处直接外溢徜徉,而至于诗歌其他要素,并不在诗歌创作的诉求之内。

再次,生命觉知连动是指生命觉知的动态性显现,它一方面是通过生命觉知群像的内在关联实现的,另一方面也是通过诗歌叙述来实现的。诗歌叙述是生命觉知连动的话语实践,它的发生逻辑起源于生命的自我表现与社会性交流需求,是生命与文化的共建产物,文化本身亦是生命意识的需求与社会实践,比较起生命觉知而言,它更加具有群生性与话语建构权。如张枣的《镜中》一诗:"只要想起一生中后悔的事/梅花便落了下来/比如看她游泳到河的另一岸/比如登上一株松木梯子/危险的事固然美丽/不如看她骑马归来/面颊温暖/羞惭。"诗中"只要……便……"等一方面构成可供交流的社会文化性句式结构,一方面又是生命觉知的动态发展轨迹，句式结构的复合性，以及叙述视角、叙述聚焦、体式，乃至叙述的迂缓紧急都显示生命觉知的运动状态与属性。"比如""不如"等词语则表明诗歌话语与生活的亲昵性，显示作家的创作态度与诗歌理念，而"比如"之后的两个排比句，亦是对生命觉知连动情绪走势的强化与推进。生命觉知连动的节奏性规律是为生命觉知顿律，表现为诗歌对语句断、联的控制，诗歌句式排列的图貌状态以及音响结构，其目的是为了凸显生命觉知连动的某一特定状态、性质，以及与之相适应的艺术效果、价值功能等。如西川的《夕光中的蝙蝠》（节选）："一只，两只，三只蝙蝠/没有财产，没有家园，怎能给人/带来福祉？月亮的盈亏褪尽了它们的/羽毛；它们是丑陋的，也是无名的。"该节诗中有诸多的短排比，既是生命觉知的重点强调，又是情绪思想的复沓升级。另外，"怎能给人/带来福祉？"和"褪尽了它们的/羽毛"又是非生活化断句，通过句式的硬性扭曲与中断实现生命觉知的阻截与转折，进而产生诗歌的情绪感染与美学意义。生命觉知连动是生命觉知的时间连续性呈现，也是诗歌文本形式的整体模型，而生命顿律则是其内在的结构状态与运动征象。

综上所述，诗性是诗歌的本体论追问，诗性本身决定了它与诗歌形式之间横亘着生命觉知这一层次巨壑，而当代诗歌创作的主要问题则是在于诗性、诗歌形式与当代诗歌的接受要求三者之间的矛盾，重提生命觉知一是为了解决这一矛盾，一是为了能够重新阐释、贯通中国古典诗学理论、西方诗学理论，尤其是能兼容当下诗歌批评的语言学研究。另外，对于文学艺术而言，诗歌具有母体性、先锋探索性和集体通约性，是以探索当代诗歌形式的前定性问题，本质上是为了当下文学艺术的一般性问题。针对于艺术中的智能创作、机械复制创作和杂凑拼合创作，标举诗歌形式之生命觉知论，是对艺术理性的还原与固守。对于读者而言，诗歌文本亦是新的生命觉知对象与空间，将读者从艺术接受的商品消费者身份中解放出来，回复其生命形态本真，重新勘定读者的创造者性质和地位。如此，生命、诗性与诗歌形式，诗人、文本和读者关系皆各安其位，各立其本，当代诗歌也就能更为繁荣。

价值追问与新世纪诗歌的尊严美学

刘 波

新世纪诗歌如何突破纯粹的修辞和技巧而达至思想高度，成为了很多先锋诗人的创作瓶颈。不少人能够顺利进入诗歌之门，但无法在一个更高层次上提升自己的思想内涵，很多时候只是停留在语言实验和情感发泄上，没有一种追求深度表达的精神自觉。这些困扰诗人的难题，也曾引起不少研究者的思考。在我看来，先锋诗人能否达到思想写作的境界，更大的可能还取决于他的价值观，这包括其文学眼光是否足够宽广，其阅读是否在朝向某种精神纵深处拓展，同时还取决于他在精准的语言表达中是否渗透了对这个时代的思索，对自我主体意识的严肃探寻。只有在面对这些问题时，诗人下笔才会自然地延伸到思想性内容上，介入现实，留存记忆。或许只有在保证语言创新的前提下，思想性写作成为常态，诗歌的整体性力量才会得以提升。

1. 我们的诗歌到底与什么相关？

先讲一个著名的故事：诗人阿赫玛托娃当年写《安魂曲》，是因她每天守在监狱外面，要探听到儿子被捕的消息，日复一日，当有一天经历同样遭遇的一位妇女认出阿赫玛托娃，并问她"你能就此说点什么吗"时，阿赫玛托娃"沉默了片刻"，然后

她似乎像没有回答,又像说出了全部答案,"是的",她说,"我能"。对此阿甘本分析说:

> 我常常自问,阿赫玛托娃想要说些什么?也许她拥有杰出的诗才,也许她知道如何巧妙地驾驭语言,也许她可以转译这如此残酷的经历,而它是难以言喻的。然而我认为不是这样。她要说的不是这个。每个人都会遇到这样的时刻,他或她必须说出这个"我能",而这个"我能"指的不是任何的确定性或特定的能力,超越所有知识,这个肯定除了指称直面着最为迫切经验的主体,什么也不意指——虽然不可逃避,然而就在那里它被给予估量:潜能的经验。①

阿赫玛托娃所说的"我能"中包含着难言的精神能量,她没有详细地道明其中缘由,只是以更具肯定性的语气说出,而那些未被说出的部分,则蕴藏着巨大的"潜能"。它可能在现实中被经验消解或磨平了,也可能直接转化成了《安魂曲》。那么,《安魂曲》作为释放潜能的产物,它经受的是一种由身体到精神的痛感,最后必须化成文字。文字形成了诗,内心的焦虑就释放了吗?因为记录下了这一切悲苦,诗人是否就真能"安魂"了呢?大时代、个体与事件,共同构成了我们对诗歌理解的前提:诗人作为具有主体性的独立写作者,他是否能为诗歌确立一种带有永恒之美的文学范式?这既是语言天赋、才华和修辞能力问题,也是思想和立场问题。

因此,在探讨诗歌的思想性问题之前,我们有必要弄清楚:我们和语言之间到底是一种什么关系?有诗人曾以诗的形式作

---

① [意]吉奥乔·阿甘本:《思想的潜能》,见《潜能》,王立秋、严和来等译,沙明校,漓江出版社2014年版,第292页。

答:"语言把我们引向人群,我们再把自己引向语言。/一个来回,语言已不是语言,我们已成为碎片。/再一个来回,语言以动词和名词覆盖我们。"(黄灿然《哀歌之五》)在写作中找到自己的位置至关重要,这也是诗人如何能有效自处的根本。对于诗人和语言之关系这一命题的追问,可能还会引发另一个问题:诗歌到底又与什么相关?它在我们人生的坐标系上处于何种位置?有些人孜孜不倦地写诗,只是一种语言游戏或情感发泄,还是要有更高的精神诉求?这正是很多诗人在写到一定程度和境界时的本质之问。

诗人沈苇对此有着自己的洞察,他认为:"大诗人总在努力修复内心与现实之间的巨大裂痕,以'在场'而非'抽身'的方式获取滋养、力量与气象。"① 真正有主体意识的诗人,他不可能脱离现实和时代,去凌空蹈虚地整合自己的诗歌理想国。诗人并不是完全借助于虚构和幻想来解决语言困境,他还需要保持对生活现场的敏感,对事物本身的审视和内省,对自我重复的反思和警惕,这种意识会推动一个人免受外界的禁锢与干扰,从而拓展自己的精神维度。"池塘干涸/河道里鱼虾死绝/公路像一条巨蟒穿过稻田/印染厂、电瓶厂、化工厂/纷纷搬到了家门口//镇政府圈走我们的地/两万元一亩,不许讨价还价/转身,以十二万元一亩/卖给各地来的污染企业/经济坐上了快车/餐桌上吃的多了些/所谓发展/就是挖掉我们的根/就是教人如何死得更快——/婶婶死于车祸/姑爹死于肺癌/儿时好友死于白血病/最小的表妹得了红斑狼疮……"沈苇在痛彻心肺的罗列之后,从现实追溯到了一种难言的乡愁,"继续赞美家乡就是一个罪人/但我总得

---

① 沈苇:《何谓现实与物质的超越?》,见吉狄马加主编《现实与物质的超越——第二届青海湖国际诗歌节诗人作品集》,青海人民出版社2009年版,第209页。

赞美一点什么吧/那就赞美一下/家里仅剩的三棵树：/一棵苦楝/一棵冬青/一棵香樟/三个披头散发的幸存者/三个与我抱头痛哭的病人！"(《继续赞美家乡就是一个罪人》)这是诗人笔下的现实，他试图写出的真相，其实已经转换成了一道"内心的景观"，他不得不说出，以唤醒自我麻木的灵魂。可能在此方面，诗人与很多观察者有着同样的感受，只不过他以"说出"的方式共鸣于内在的良知。

当下先锋诗人所面临的困境，还是一个既要介入时代，又与其保持距离的关系问题，怎样在中间把握好这个度，就显得异常重要。于坚认为，"这是精神衰败的时代，也是写作的黄金时代"①。所以，在今天的诗歌写作中反观和审视精神的底色，应逐渐成为诗人们重新打捞的写作品质。同沈苇一样，雷平阳也曾写出《我的家乡已面目全非》，他并非刻意要去体验那种悲苦，其所书写的就是一种直觉的呈现，"站在村边的一个高台上/我想说，我爱这个村庄/可我涨红了双颊，却怎么也说不出口/它已经面目全非了，而且我的父亲/和母亲，也觉得我已是一个外人/像传说中的一种花，长到一尺高/花朵像玫瑰，长到三尺/花朵就成了猪脸，催促它渐变的/绝不是脚下有情有义的泥土"。家乡发生变化的不仅有自然之景，更有亲情人伦，这些问题在短期内无法解决，而诉诸诗歌的表达，则是更触及精神内核的选择。当然，在诗歌精神和美学选择的自由中，诗人们要么融入到时代的大合唱里，要么就彻底封闭自我，幻想远方，在"一个人的世界"里作灵魂的私语。这两种极端的方式，都无法让诗人清晰地认清自我和他者，而凭借颂歌与无聊的迎合来保持中立，以求所谓的纯粹性，很容易就会在四平八稳和无关痛痒中走向庸俗。

---

① 于坚：《为世界文身》，陕西人民教育出版社2015年版，第123页。

还有的诗人则近乎脱离于时代，与社会保持绝缘状态，只在自己的想象空间里构筑所谓的"语言大厦"，美其名曰"语言炼金术"。就像捷克作家克里玛所言："不管怎么说，因为我们要求一个作家的真实和诚实，我们将看到发生在他们身上的是一种道德失败而不是一个悲剧。他们的命运揭示了世俗信仰如何耗费了一个作家的特殊禀赋，最终是他整个性格。它令他盲目，使他远离现实。"① 事实正是如此，现在很多诗人就在遭遇这样的现实，世俗的磨砺让他失去了追求卓越的精神高度，继而丧失了理想主义姿态。其实，一个写作者不向外界寻求资源，以期对自我经验作最大程度的消化和转换，这不失为一种立场。然而，这往往会导致自以为是，唯我独尊，缺乏一种开阔的容纳性。那种视野的相对狭隘和自我陶醉的满足感，总会在不经意间暴露出诗人的短视，能让我们一眼就看透他对诗的理解是建立在何种美学基础之上，一旦探索精神开始趋于匮乏，任何创造最终都将是空中楼阁。

在信息传播如此快捷的当下，文学的神圣性都将不再是秘密，诗人带着羞耻精神来恪守理想、维护尊严，有时候越发显得悲壮，这是时代带给这一群体的身份尴尬：言说再有力量，也不过是一个诗人罢了。在很多人眼里，这种可有可无的文字，才称之为诗。这不是人微言轻之理，但也的确透出了诗人这一身份背后的无奈。然而，满眼所见，皆是无力，而我们全力俯仰所感受到的，也是一种迎合式的犬儒、乡愿。确实需要有更多诗人站出来，对逃避者的大合唱说"不"，可躲藏和逃避依然占据了主流。这才有了被各种意识形态绑架的文学，并成为这个时代的精神两极：要么严肃得铁板一块，要么恶搞得娱乐至死。诗歌到底

---

① ［捷克］克里玛：《论世俗信仰的文学》，见《布拉格精神》，崔卫平译，作家出版社1998年版，第168页。

在这中间扮演了什么样的角色？而诗人在所有以写作为精神生活的群体里又承担了怎样的责任？

在当下的消费语境中，诗性正义的言说都不再理直气壮，因为很多诗人本身就是虚弱的，那是身份的虚弱，也是气场的虚弱，自身缺乏抵制诱惑的能力，一切都显得气短。精神之根难以扎在这块仍然苦难重重的土地上，而信仰和文学良知的丧失，最终又让诗人们在崇高被消解后无法回到宁静的内心，要么浑浑噩噩，要么随波逐流，连1980年代先锋诗人的流亡心态都已不再，又何谈思想之力的重现与复兴？但是，我们回头来历数前代的经典时，会发现他们正是那个时代的牵头羊和领路人。"诗歌召唤我们过一种更高的生活/但低处的事物同样雄辩"（亚当·扎加耶夫斯基），所以，很多诗人从精神的远方，又开始回到语言的现实，关于思想性的言说，却在很多诗人笔下像政治禁区一样，变得讳莫如深。对于新诗这样一种相对自由的文体，如果禁区太多，冒险的色彩褪去，美学上自然也就黯淡无光了。

诗歌到底与什么相关？虽然很多诗人也是笔耕不辍，靠惯性维持一种写的状态，但未必都真正深入思考过这个问题。诗人有时还是需要从纯粹的语言游戏中走出来，进入一种开阔的精神境地，探寻自己笔下的文字是否真正联于内心真实的感受，是否与这个时代的现实相关。汤养宗说："一首诗歌是有贞操感的。"（《与某诗人谈心》）我们也可以将其理解为尊严——诗意所要求的文本和诗人的尊严。有些诗人是在用血和泪写作，这对于严肃的文学来说并不夸张，当他以文字通向内心的澄明时，就已经将自己从单纯的语言游戏中解放出来，逐渐走向思想之真的世界。

2. 通向有尊严的思考和写作之路

在对"诗意"的建构中，诗人的理想主义精神很大程度上还是体现为语言的想象,他可以在语言上冒险,调动各种感官,将词语和现实的矛盾张力发挥到极致,而在思想表达上也不可丧失主动权。因为有不少人规避思想的越界,即在"诗性正义"上作自我阉割,不自觉地趋于迎合与复制。这也是很多人的写作里大量充斥官话与套话的原因,让人看不出一种超拔的气势和真正的羞耻感。人的尊严在这样的写作面前,只会变得更低廉、更虚幻。"那种有尊严的诗歌,则是一个民族的精神标尺,它除了趣味、情怀和智慧之外,还涵纳着一个民族的人格范式、道义良知与社会理想。它产生于一个时代的现实情境,又在对于现实暗影的质疑和警惕中,推动这个时代的文明进程。"① 这是追求尊严的诗人所拥有的终极目标,它们的存在,确能从一定程度上规训诗人的写作,而不至于让其失去方向感。

在寻求本能书写的个人场域里,各种修辞都可以自由地运用,当毫无节制的过度书写成为一种潮流时,要用理性来挽回诗意的场面,将会变得困难。有的人就是在快感的刺激下写作,不吐不快,这种状态可以理解,但是,仅仅满足于快感写作,很容易陷入自恋,而无法通向更高境界的想象与认知。因此,在写作中深入地思考,就成为诗人们的常态,否则,懈怠和堕落将不可避免:不是被权力和利益所奴役,就是被自我内心所纠缠。面对人生和时代的细节进行反思,乃诗人启蒙心智的突破口,以此为切入点,找到衡量思想深浅的尺度,并通达一种明朗和蕴藉,这正是真诚者获得诗歌趣味的钥匙。在此,修养和觉悟是不可或缺的心性,就看诗人怎样定位自己的身份。而在责任和义务的辩证关系得以解决的前提下,诗人们更需要保持警惕之心和批判的风

---

① 燎原:《诗歌的尊严》,见吉狄马加主编《现实与物质的超越——第二届青海湖国际诗歌节诗人作品集》,青海人民出版社2009年版,第143页。

度。我在部分先锋诗人的作品里读到过叛逆性的狂欢文字，揭开这一貌似粗野的表象，内里所呈现的还是那不可多得的力量感。这不是诗人的高产所能带来的力量，也不是驱除黑暗的光亮所能还原的自由，它是在一种诗歌信仰里完成的自我改造。少数诗人已经通过富有极致之美的抒写，给予了自己一种文明的底气，即便在表达上再粗犷、用词上再无忌，其文字中对恶的逼视，对善的渴求，仍然会越过那些隐秘法则，从而迈向自我教育和自我启蒙的阶段。

这种以时代为镜像的选择，很大程度上源于诗人强大的内心，惯常的路径走不通了，如同鲁迅所言"走异路，逃异地，去寻求别样的人们"[①]，这可能又是一场关于内心写作的新生和涅槃。一个诗人的诗歌生活，就是在这样一步步的游走中完成的，从激情、晦涩，到克制、明晰，从愤怒、张扬，到宁静、低调，从对"大我"无来由的认同，到对"小我"的真切关注，都可显出诗人思考的路径。而放纵在这条路上到底起到了什么作用？性情的诗人往往可能在愤怒中激活自身潜力，然而，仅仅依靠激情和愤怒，写作要想走得更久远，想必也是困难的。冒险在一个诗人从青涩走向成熟的过程中，有着重要的调节作用，但冒险必须要有度。适度的冒险，会给诗人带来持续性写作的动力，这个动力正是我们看清自我和世界之距离的参照。一旦这个放纵冒险的尺度把握不好，就很难确保有天赋的年轻诗人能写出诸多

---

① 鲁迅：《呐喊·自序》，见《鲁迅全集》第1卷，人民文学出版社2005年版，第437页。

"美"的可能性。"他们过分膨胀的善感性,因此变成了一种麻木。"① 所以,得体的、适度的、有方向感的"思想放纵",是诗歌审美和创作的基石,这并非刻意的颓废之举,而是一种敞开精神空间的语言冒险和思想探索。

一个诗人为自己划定方向,并不是说要朝着一条狭窄的小道倾其所能,而是要在写作上为自己划定一个有历史感的伦理责任范围。这种伦理是自觉的,它可能反主流和反权威,也可能是拒绝合唱的独行者,它们打破了表象的光鲜,而自觉地沉潜于契合终极价值的思考。这样的低调者,我们或许会赋予他一个焦躁时代"沉默英雄"的称号,然而,当他以平常心和独立立场来对待诗歌写作时,却在这样的社会里被视为不正常,这是反智时代的文学现实。很多交流皆满足于聒噪,正常的、平等的沟通被权力所瓦解,真正的思想断裂在常识被抛弃的时代,确实难再弥合。"我们失去了和基本的人类尊严、基本的道德准则之间的联系。"② 当社会遭遇如此现实,这个时代的喧嚣和暴戾,在我们稀松平常的经验里已变得麻木。爱的伦理丧失了,属于文学那部分里能让我们的情感得以持续共鸣的存在,同样开始变得分裂;所有曾经打动我们的事物,在功利面前都失去了感召力。有些人带着无聊的辩护和诡异的反驳,理直气壮地加入"恶"的行列,他们不再隐喻化、沉潜化,而是公开地贩卖虚伪、罪恶和谎言,成为甘愿受奴役的一群,名为自我保护,实则是平庸的帮闲。

因此,回避现实或脱离时代,都不是经典诗人的写作之道。一个诗人的内心拓展有多广阔的尺度,其写作就会呈现出多自由

---

① [英]特里·伊格尔顿:《如何读诗》,陈太胜译,北京大学出版社2016年版,第55页。
② [捷克]克里玛:《幸福的处方》,见《布拉格精神》,崔卫平译,作家出版社1998年版,第101页。

的空间:写作理想有多高,这种理想追求所带来的挑战性就会让诗人怎样重塑一种诗性的品格。一切都随着对自我要求的程度不同,而最终创造出多元的文学风格和丰富的精神底色。"我写诗,是为了理解'尊严'二字的真实含义,为了理解这个世界的温情和残暴,是为了破解古老的汉语秘密。"① 对于读者来说,这更像是一种宣言,而对于诗人李南来说,她以此重申了自己写作的目的,这一目的也是她的权力。对现实和语言的美学创造,是将诗歌在当下合法化的路径。要承认个体创造的现实,文本的景观化是经典的一种方式,可要诗人理解"这个世界的温情和残暴",则是诗歌被召唤的力量。在宿命性中不乏批判的审视,这也许是诗人寻求"尊严"写作最大的政治,他不需要预设什么宏大的理念,只需在主体的实践中靠近内心的真相。

当现实遭遇内心的真相时,很多对现实的批判之声其实是匮乏的,不少诗人内心的失败可能恰恰源于对现实的迎合,而与时代保持距离的凝视,也就成了美好的愿景。但这并不是说愿景不能实现,只是我们价值观的被改写就决定了与某种现实对抗的艰难。而从时代回到自我时,日常琐碎的经验无法构成诗在命运共同体上的展开之意,对生命经验和困境的论证,又成为了写作的精神自觉。一旦越过激昂的赞歌,在情感的节制和词语的隐忍里就会出示另外一种力量。"失败的肉体冒着热气/人老了更易生出偏激的念头/继续把生活简化为欲望的搏斗并在搏斗中/举起白旗//汗水中两个人躺在了一起/汗水中耳语/汗水中奋力抓到一块平地/灯光黑漆如发/说起年轻时,这唏嘘竖一杆醒目的白旗//疲倦依次展开/是生理的、也是心理的//好在我刚刚/学会了从枯枝和废墟中吮吸甘露/饮下床头这杯凉水/向自然的衰老致敬"

---

① 李南:《诗歌不是一切,同时也是》,《诗刊》2013年9月下半月刊。

(《向自然的衰老致敬诗》),这是诗人屈服于时间的"残暴"吗?所有的细节都是向下的,唯有"失败"指向了在肉身之外的精神空虚,而自然伦理所带来的不可阻挡的力量,或许就是对"失败之身"的安慰。他必须接受自然的衰老,这就是处于任何时代的自我的诗学政治,也是那些被遮蔽的生活的参照。要在诗中得真言,真心当为前提。想象并非真言的障碍,或许还是真言的助推力量,将其推向某一种超现实的诗意真言之境。"诗借道语言作用于人世的万千努力中,以徒劳为最美。万千功用中,以无用为最美。这是美的尺度,也是诗作为现象的最本质的东西。"① 陈先发以此回应了他对真相的理解,"徒劳"和"无用"看似同构于"肉身的失败",其实它们在"消极"的意义上正是诗歌的尊严所在,这一精神范式映照出了诗在当下和未来的形象。

  对于有些先锋诗人来说,其诗歌写作已在现代性的参照中确立了某种方向感,他的理性选择最终还是基于自我在时代中的位置以及自身的美学立场。他将人生和世界作为参照,去书写更微观层面的人生,其实也是对过去宏大叙事的反拨。那些根源于悲剧性的情感捕捉,总是可能溢出我们对于世界的想象,而带着审视和终极追问的写作,最后指向的是对尊严的守护。无论诗人是否出于消极自由的抵抗,还是不得不面对不断袭来的虚无感,他所拥有的诗歌写作姿态与立场,在创造的意义上都是对自我的一种考验。尤其是以及物性对接那些喧嚣的现实时,我们所得到的更多还是虚幻的秩序,这时觉醒的力量要求诗人出示历史感,它是衡量一个诗人精神高度的重要标准:个体的创造所叠加起来的,就是自我的救赎。在这样一种时空转换里,对历史和记忆的

---

① 陈先发:《黑池坝笔记》,安徽教育出版社2014年版,第286页。

书写，也就是对遗忘的反抗，对时间流逝的真切记录。

3. 历史意识与精神归宿

在时间意识中，诗歌的纪念碑树立起来了，它构成了这个时代一道独特的景观。因为相对复杂的当代经验，诗歌所呈现的既不是纯粹观念性的图解，也不再是政治意识形态的绝对抒情，它变成了一种多维度的散点美学透视。当此多元时代，我们也不是必须塑造一个至高的诗歌图腾，诗歌存在本身在当下已经成为了最隐秘的"抗争力量"，这验证了我们需要这一挽歌式的形式来对抗表象的繁荣。因此，诗人们在黑暗和苦涩里流连于内在的孤独，可以看作是对尊严写作的应和。鲜明的身份意识已经决定不了他们将出于何种目的来写诗，信仰与宗教也可能就内化在了诗歌所构筑起来的命运中，而这个世界的旁观者也有了主体性，不管他书写的是叹息，还是自我教育的幽闭，都直接关联于他如何写出命运感和历史感。

在多数诗人那里，人生的困惑和疑难时刻都会缠绕在对命运的抗争里，如何将其转化为诗的经验，则是更大的挑战。诗人所遭遇的，也是将经验放到诗艺的视界里，让其充分历史化之后才会重获处于动态中的诗学传统。因此，向历史敞开经验并不意味着对现实的反叛，它只是需要诗人们沉潜下来，重新回到诗歌的内部，以独立立场和美学建构现代性的语言体系，以包容和含纳更多被排除在普遍性经验之外的异质元素。那么，这对诗人们提出的要求，就是诗写到什么程度会是真正的境界和高度？我觉得，至少从修辞上来说，不重复自己，真正写到"每一句就有它的唯一性"（赵野语），方可达至不动声色的内敛之美。而从历史意识的觉醒来说，它一方面不可能完全消解生命的激情，另一方面，又需要在节制激情中深入到历史内部的幽暗性，赋予诗歌以怀疑精神和启蒙的力量。"历史书上有很多空白之页／但目睹者,以一声惨叫作答//草地上的狗、布娃娃和儿童/是从《动漫》书中出来的/房间里和广场上都是雾霭重重/大地抛出死人的头盖骨//那些年,父母每晚都在集中开会/通过朗读社论统一思想/那些年,没人离开洒满阳光的餐厅/留下一道优美的弧线//全国大串联,全国山河一片红/以捍卫各自太阳的名义下的殊死搏斗/敏感的会被屏蔽的一些词语和名字/缓缓地渗入,一个民族的内存或黑匣子//整个国家犹如一台关掉的机器/但有的人发出梦呓般的哀鸣"(刘洁岷《听到什么想起什么》),这是最为典型的有感而发之作,以诗人诗题所言,"听到什么想起什么",但他针对的是历史,而历史是由现实的触动所引起。当诗人调动记忆时,他就是在追寻真相,那苦难和幸福时光纠结在一起,共同构成了一个时代的集体记忆,而现在这种集体记忆进入诗歌成为一种美学,它是否又形塑成了我们所能接受的诗意?这正是很多人所关注的"介入",它在批判诗学的意义上得以成立,这种"拥抱"历史和时代的写作,并不是要刻意走向诗的反面。诗对现实的重塑,已经越过了那些单调的场景转换,而直接触及了历史的真相。

这样的写作正是诗人在内省与反思中的记忆释放,它没有排斥美学的参与,相反,因现实感的增强,可能会让诗歌本身更富有力量,而非不及物的浪漫主义空想。针对历史而言说的冲动,是更为理性的情感流露,它的锋芒既在于词语内部所构成的张力,又在于外部所达到的时代深度。诗人对词语拥有绝对的权力吗?在这个秘密中,他所分享的是语言通往思想之路上的努力,且探索如何更新词语的外延与内涵。诗歌写作最后通向的是思想性,而其达到的也是现实感和历史感交融的精神高度。"必须的拧紧。有截断。//必须有一声短促的惨叫当手指/还未离开琴键。//美貌——必须终止。/日出——必须结束。//一团臭袜子/必须堵住山盟海誓。//你用厄运祝福希望/你用屎尿灌溉爱情。//你剥夺/你摧毁——/锻打出生命。"蓝蓝的这首诗名为《拯救》,当这种宗教词汇出现在诗人笔下时,它不是指向单个的词语,而是直指诗人的生命本身。这样的诗作在思维上极度跳跃,几乎就是由一些脱口而出的词语所构成,而词语本身的自足性就构成了明显的意图,因此诗歌没有悬念,没有拖沓,一切都是那样迅捷,如同人生追赶的场景。或许就是这种表达上的干脆利落,让诗歌显得富有力量,同时也让诗意的生命透出它极富动态感的亮色。

彻悟与混沌在诗歌里如同一对难解的矛盾,它无法构成明晰的层面,因此,诗到底是呈现还是感悟,其实是很难说清楚的。我看到不少诗歌里有了大悟之后的淡然,却更多透出悲苦的无奈。这人生实难写尽,它有太多无法言说的生命之欢与命运之痛,如同里尔克在一首并不起眼的《橄榄园》中所写:"毕竟就是这样。这就是结果。/如今我该走了,我已经失明,/为什么你还要我不得不说/你活着,当我再也找不到你本人。//我再也找不到你。在我身上找不到。/在别人身上找不到。在这石头身上也找不到。/我再也找不到你。我无依无靠。"这一橄榄园有感,是对人生的彻悟吗?可以说是,但这彻悟里有着太多的困惑和疑难,诗人无解,因此他才会写出这思想和精神的冲突。"毕竟就是这样。这就是结果。"诗歌开篇即点明结果,无可挽回了,认命吧!但仍有不甘,内心仍潜藏着隐隐的不服从命运安排之意。

人生阶段性的困惑,又何尝不是诗歌之幸。尤其是内心的冲撞对接了语言的维度后,诗意在词语翻腾的内部逐渐向外呈现,在这个过程中,诗人不仅需要经受伦理和道德的折磨,而且还需在美学上保持一种纯正的趣味,甚至还可能去挖掘更深的"深渊"。在这方面,诗歌有清晰之美,也有混沌之美,端赖于诗人写诗时的美学追求,也联于读者在接受时的美学标准。对诗意的求得,既可在放纵里偶遇,也可以在节制中靠近一种内敛之意。

"云南的黄昏/我们并没谈起诗歌/夜晚也没交换所谓的苦难/两个女人/都不是母亲/我们谈论星空和康德/特蕾莎修女和心脏内科/谈论无神论者迷信的晚年/一些事物的美在于它的阴影/另一个角度：没有孩子使我们得以完整。"娜夜的这首《云南的黄昏》看似一首清晰之诗，其实有其内部的混沌。她和另外一位女诗人的交谈，在内容上是形而上的，但谈论本身就是形而下的现实，哲学、医学、宗教和信仰都成为思考的对象时，如何返回自己的肉身？"一些事物的美在于它的阴影"，似属点题之句，虽是下结论，但那种混沌并非现实所能解释，它涵盖不了更多的人生意外，就像诗人所言，没有孩子使一个女人得以完整。这可能会引起多数人的反感，我们普遍认为，没有孩子的女人是不完整的，然而，从另一个角度来看，没有孩子也可能让她成为一个真正意义上的独立个体。

诗意或许就是"另一个角度"的意外显现，它与我们的现实矛盾，也可能有悖于某种伦理，但它从属于对世界新的理解：没有什么是不可存在的。一切皆有可能，此时对于诗歌写作来说，它就是真理。李南说："我只选择有诗意的生活元素，反过来说，是那些被我诗意化了的生活才能构成我的诗歌。诗歌的气象和诗人的胸怀、修养、审美情趣，对历史、对现实的透视能力都有关，而这一切都有诗人个体生活的印记。"[①]虽然共存于一个时代，但只有将个体置放到诗的情境中，才会有更为独特的体验，这种人生感受不同于符号化的普遍经验，它包含着隐秘而个性的自由。"人到中年，需要掌灯，读懂一本书的精髓/爱过的人，他不肯轻易地说出这一切/只有爱着的人，才离爱情最远"（李南《爱情是灯塔》），每个人的内心都面临着一场自我审判，

---

① 赵卫峰、李南：《本色生活——从外表到内心》，《星星·诗歌理论》2014年第1期。

或者说,"在自己身上克服这个时代"(尼采语)。这是否意味着一种妥协?当所有的精神都纠结于生存时,生存的好坏成了最大的筹码,我们前行的路又在何方?真正的历史意识,也一定有一种面向未来的态度,它可能不完全通过文字本身体现出来,但诗人在写作中所内化的"哲学",需要被这样一层隐秘的意味所浸染。诗歌历史意识的基本逻辑在于诗人接通过去与未来的脉络,这需要相对清晰的把握,而非在"大处清晰,小处混沌"里变得更加混乱。在这样一种现实里,诗人对历史意识的诠释,最终还是基于某种美学和精神的归宿,这种精神归宿在美学上指向了当下性,而对现实的超越,最后落脚在对未来的发现。

我们对诗意的强调,更多时候其实是溢出现实之外的那种飘浮,而回到当下状态时,诗歌的深化又变得艰难。这一悖论可能就包含着诗的创造,它必须借助抵抗的力量重新回到对现代性诗意的守护和确立之中。"一些诗人常常将诗歌视为其精神的定居之地,殊不知优异的诗歌中即使是安然明亮、潇洒出尘的境界,也必须在深处运行着诗人在自由意志与自我反讽间的深层背景"①,诗歌作为主观意志的产物,它是"随人赋形"的,我们如何去还原那些"深层背景",则是开放诗学的最高意义。虽然诗的创造必须对接人的觉醒,但诗歌本身也应是有生命的,它是诗人灵魂出窍的产物。因此,它依附于诗人的肉身存在而有了精神的张扬。是什么在维系着一首诗的诗意延伸?就是诗歌背后的现实——这既是语言的现实,也是诗人所承担的思想现实。

---

① 陈超:《论现代诗作为"交往行为"的合理性》,见泉子主编《诗建设》总第十二期,作家出版社2014年版,第128页。

引领诗歌潮流,借助诗作再发力
——2018年中国的诗歌评论

涂慧琴

2014年,习近平总书记在文艺工作座谈会上强调,"文艺批评是文艺创作的一面镜子、一剂良药,是引导创作、多出精品、提高审美、引领时尚的重要力量。"无例外地,作为文艺批评的一个分支,诗歌批评也是诗歌创作的一面镜子,既观照辨析诗歌作品内容,从中淬炼积极向上的主题思想、探寻新的诗歌语言和表达形式,也透射洞悉诗人的写作母题、诗学思想和审美旨趣,从不同的审美视角发现新的诗学趣味和诗学理念,进而引领诗歌创作表达全新的时代精神生活,向更具诗歌创作实践价值和审美价值的深度发展。近两年来,中国的诗歌批评在坚持对诗歌作品和诗人诗学思想进行批评的基础上,还以综述的形式从宏观上认识和把握年度的诗歌批评,譬如,邹建军和王金黄的《在比较中思考、前行——2016年外国诗歌研究综述》、张凯成的《"视点"偏转、理论思维与研究载体的"当代意识"——2017年中国新诗研究综述》、霍俊明的《2017年诗歌:影响的剖析与内在生存》和《2018年诗歌:从最多的可能性开始》,以及王金城的《2018年台湾诗歌:岛屿日常的诗性守望》无不如此。这样的诗歌批评形式不仅丰富发展了当代诗歌批评的样态,而且具有重要的文献整理和学术参考价值。

纵观2018年度《诗刊》《星星·诗歌理论》《世界文学》《中国诗歌》等书刊及《人民日报》《光明日报》和中国诗歌网刊等，我们发现2018年的中国诗歌批评仍然保持旺盛的生命活力，积极稳健地发展。诗歌评论除刊载于各类刊物外，还在各地开展的诗歌文化交流活动中出现，包括：第二届艾青诗歌节的艾青诗学研讨会、第五届桃花潭国际诗歌周的"新时代诗歌"建设与走向主题论坛、第三届贵州诗歌节的"百年新诗再出发"高峰论坛、第二届成都国际诗歌周的"诗歌的成都　世界的天府——2018成都国际诗歌周"主题成都与巴黎诗歌双城论坛、第五届徐志摩诗歌节的"新月志摩"徐志摩诗学研讨会、第三届上海国际诗歌节的诗歌论坛、第四届武汉诗歌节的"改革开放40年与中国新诗"论坛、第八届中国紫蓬诗歌节的"改革开放与新时代诗歌"诗歌研讨会等。这些活动使诗歌更走进了人们的日常生活，使国际间的诗歌交流愈加频繁，使诗歌批评更面向大众、面向社会。人们紧扣时代主题，根据地方的诗歌传统和诗歌特色，以各自不同的方式表达丰富的诗歌主题，探寻个体内在的诗学精神。总体来看，2018年的中国诗歌批评，既有对百年新诗的研究和反思，也有对新锐诗人及其诗作的介绍、诗歌创作艺术的探讨，还有对外国诗歌译介的持续研究，观照新的诗歌创作潮流，努力构建诗歌批评理论也是一个理论热点。

1. 以"百年新诗"为视角的研究

新世纪伊始，"百年新诗"进入学者们的研究视野。近几年，因新诗在时间的层面上历经百年的发展，"百年新诗"愈发成为研究热点和视角。2018年，"百年新诗"仍然是人们关注研究的对象，然而，人们对新诗的发展历史及从前的新诗研究具有明显的反思倾向，对当下诗歌创作及新诗批评提出了再出发的建议。本文将对百年新诗的研究分为发展因素研究、审美特征研究、新诗困境和未来发展研究三个类型。

(1) 发展因素研究

发展因素研究可分为三类。第一类主要研究外来因素,包括外国文艺思潮、外国诗人及其诗歌作品等对新诗发展产生的影响。陈希和张荻荻探讨胡适文学革命理论的发生时,认为胡适文学革命理论立足本土现实语境,"不避俗字俗语",受启发于美国意象派和新诗运动的以俗语写自由体诗的主张和反传统精神,参照借鉴欧洲文艺复兴的语言革新,主张"创造一种国语的文学",论证白话文学成为中国文学的正宗及其意义。[①] 涂慧琴结合新诗文本,从自然的语言、平民的题材和自由的情感三个方面探讨了华兹华斯诗学理论对汉语诗歌创作的影响,认为即使是在汉语诗歌不断走向多元化的时代,华兹华斯的诗学主张仍然有可被借鉴的价值。[②]

第二类主要研究新诗发展的自有规律,强调诗歌本身优势是新诗发展的内在原因。方长安从时间和空间两个维度辨析、认知和观看"中国新诗",指出在时间向度上,"中国新诗"是特定时间域的产物,烙上时代的特殊印记,富有不同于其他历史时期的诗意,在空间维度里,使所属空间充满自己的符号、韵律和声音,充满自己的感情、现象和思想,认为"中国新诗"的产生和发展具有与自己所处时空相应的文化气象和本质,有别于旧诗

[①] 陈希、张荻荻:《本土语境与西方资源——论胡适文学革命理论的发生》,《鲁迅研究月刊》2018年第8期,第44-51页。

[②] 涂慧琴:《论华兹华斯对汉语诗歌创作的影响》,见《中国诗歌:2018年度诗歌理论选》,人民文学出版社2018年版。

的诗学特征和品质。① 沙克概论了百年期间不同时期，中国新诗的发展特征，指出新诗不断消除焦虑，不断顽强前行，依顺内在规律和社会文明走势，经历了转承启合的艰难发展过程，从诗歌艺术扭向意识形态工具回归到诗歌本身，使其价值观不断趋真和美学度不断提升，最终以优秀精华的诗歌文本丰富了世界诗歌。② 李章斌《重审新诗的"格律"理论》从节奏单位之划分和节奏效果之达成方式入手，辨析闻一多、孙大雨等新诗格律理论倡导者构建新诗节奏的途径及其存在的问题，兼论西方"自由诗"的"非格律韵律"，认为新诗节奏的探索应重新回到节奏的基础，可以"开放形式"中的那些非格律的节奏方式为参照对象。③ 赵思运在史料运用和文本分析的基础上，从新诗作家的早期精神人格和诗学基因、特定历史语境和个体语境、对诗歌生态的反思和调整、共和国时期寻求恰当的个体生命体验表达方式等方面，审察百年汉诗发展轨迹中新诗作家的旧体诗词回潮现象，认为可在新旧两种诗学间建立关联，建立对话生成关系，从而拓展诗歌史和文学史的研究空间。④

  第三类研究是以翻译诗歌为出发点，以诗歌文本为研究对象，探究新诗的发展模式。熊辉紧紧围绕翻译诗歌对新诗文体、形式、抒情方式和创作四个方面产生的作用展开论述，强调翻译诗歌只是新诗的一种创作资源，而译诗因为应合了新诗的理论精

---

  ① 方长安：《百年新诗元问题重释》，《学术月刊》2018 年第 7 期，第 142-149 页。

  ② 沙克：《论中国新诗发展的转承启合》，《宁夏大学学报（人文社会科学版）》2018 年第 6 期，第 56-67 页。

  ③ 李章斌：《重审新诗的"格律"理论》，《中国现代文学论丛》2018 年第 2 期，第 13-32 页。

  ④ 赵思运：《百年新诗史中旧诗回潮现象审察》，《齐鲁学刊》2018 年第 6 期，第 141-144 页。

神才对新诗文体产生作用,认为中国新诗的续写必须从中国新诗观念和中国文化语境出发。① 杨凯和蔡新乐重点探讨闻一多如何立足中国古典传统诗歌格律的"和谐美"原则,借鉴西方诗论中的诗歌"节奏"理论和"音尺"理论,进行英诗汉译批评和翻译实践,指出闻一多双向阐发新诗格律探索与新格律英诗汉译,为困境中的中国新诗注入了新的活力。② 王雪松以蒂斯黛尔的三首原诗为参照物,探讨胡适、闻一多、罗念生和郭沫若在译诗中对意义节奏和情绪节奏的营造,对声音节奏和视觉节奏的选择和建构,认为中国现代新诗人对英语原诗的接受和改变,为我们研究中国新诗节奏的建构提供了有意义的参考。③

(2)审美特征研究

奚密还原历史语境,从语言、形式、美学和文化等方面审视百年新诗的挑战与悖论、建树与流失,探讨新诗的意义,认为新诗和古典诗不可彼此取代,新诗与传统有着树干与树根的关系。④ 张洁宇指出胡适、闻一多、废名和梁宗岱代表了早期的中国新诗在语言、格律、诗风、审美文化和现实历史介入等方面进行的思考和探索,构成了中国新诗本土化探索的历史图景与传统,认为有了"本土化"的视角,写作者更自觉地关注"此时"

---

① 熊辉:《翻译诗歌与百年新诗》,《诗刊》2018年3月上半月刊,第50-58页。
② 杨凯、蔡新乐:《闻一多的新诗格律探索与英诗汉译》,《贵州社会科学》2018年第12期,第41-47页。
③ 王雪松:《蒂斯黛尔与中国新诗节奏的建构》,《湖北大学学报(哲学社会科学版)》2018年第6期,第146-153页。
④ 奚密:《新诗百年:文化场域与美学典范》,《中国现代文学论丛》2018年第1期,第1-11页。

"此地"写作,更关注写作所面对的各种对话性语境。① 曹成竹从歌谣的音韵形式法则、"无形式的形式"和"有形式的形式"的总体形式观、歌谣的文学价值面临的质疑和阻力等方面探讨了"歌谣运动"的语言形式经验,认为歌谣语言的民间转向为中国文学探索新语言形式提供了借鉴和补充,从情感结构和现实内容上充实了新文学,推动了中国文学表达方式和审美内涵的现代转向。②

(3) 新诗困境和未来发展研究

在第三届贵州诗歌节"百年新诗再出发"的高峰论坛上,人们对百岁新诗如何再次焕发活力问题进行了讨论,认为百年新诗"再出发"是一个重要的诗学命题。张德明《面向"新时代"的当代诗歌》从新诗的传统与现代、新诗的自由与格律、新诗的个人性与公共性、新诗的大众化与小众化、人文境界与精神重建等方面反思了百年新诗存在的主要矛盾,且宏观地揭示了新时期诗歌的样态、美学成就和诗学意义。③ 梁晓明《中国百年新诗的先锋性》从田间和一位只有五岁的小诗人朵朵关于"战争"的诗歌入手,以胡适、徐志摩、郭沫若、李金发、废名、卞之琳、艾青、穆旦、余光中、郑愁予、洛夫、痖弦、顾城、芒克、北岛、蔡其矫、昌耀等诗歌或诗歌创作特色为例,从语言的使用和内容的呈现两个方面探讨了诗歌的先锋性,既有对百年新诗写作中先锋性得失的分析,也有对当下诗歌创作如何保持先锋性的

---

① 张洁宇:《早期中国新诗的本土化探索及其启示》,《文艺报》2018年10月31日。
② 曹成竹:《歌谣的形式美学:生发于"歌谣运动"的文学语言观》,《文艺理论研究》2018年第6期,第69-75页。
③ 张德明:《面向"新时代"的当代诗歌》,《诗刊》2018年1月上半月刊,第52-57页。

反思。① 沈健:《语言共和:百年新诗再出发》将新诗百年分为建设性的前期 30 年、亚建设性的中期 30 年和重建星空的后期 40 年三个阶段,以不同时期的诗歌作品为证,分析各个时期的诗歌语言特征,建议百年新诗再出发将"共和"理念贯穿生产与传播过程,形成多元一体的诗学结构。② 马知遥《新时代诗歌和百年新诗的建设》概括了新时代的诗歌特点,紧扣文学审美和时代需求,认为先锋性和现实性可以并行不悖,对传统的继承和创新可以同时进行,日常性和审美性可以得到有机的统一。③ 王金黄《现代三十年中外诗歌关系研究》基于新世纪以来的诗歌批评文献,从中外诗歌译介研究、外国诗歌接受研究以及外国诗歌思潮影响研究三个方面,肯定现代三十年中外诗歌关系研究既取得了一定的成绩,也存在研究对象的不平衡,对台港澳地区、少数民族地区的现代诗人及女性诗人研究不足及雷同,建议对文献资料进行全方位整理、注重对现代诗歌刊物和报纸刊物的研究。④ 甘小盼《现代汉语诗歌的民谣倾向及其启示》一文,从诗歌的语言、形式、叙事、抒情主人公的塑造方式等方面,分析现代汉语诗歌的民谣倾向问题,并对未来诗歌的民谣化问题进行探讨。⑤

---

① 梁晓明:《中国百年新诗的先锋性》,见《中国诗歌:2018 年度诗歌理论选》,人民文学出版社 2018 年版。

② 沈健:《语言共和:百年新诗再出发》,《诗刊》2018 年 4 月上半月刊,第 49-57 页。

③ 马知遥:《新时代诗歌和百年新诗的建设》,《诗刊》2018 年 6 月上半月刊,第 50-56 页。

④ 王金黄:《现代三十年中外诗歌关系研究》,见《中国诗歌:2018 年度诗歌理论选》,人民文学出版社 2018 年版。

⑤ 甘小盼:《现代汉语诗歌的民谣倾向及其启示》,见《中国诗歌:2018 年度诗歌理论选》,人民文学出版社 2018 年版。

2. 以诗歌文本为中心的研究

莎士比亚在《十四行诗第十八首》中曾表达，夏季之美终是短暂，美丽之容颜终将凋谢，唯诗行可留住美丽，使之永垂不朽。苏轼曾回答孙志康说，唯有文字不同草木一起腐烂、腐朽。米沃什也认为，一切没被说出来的，注定会消失。于诗歌而言，诗歌文本是诗歌存在的根本，是诗人情感表达的唯一方式。不言而喻，探讨诗歌的写作和本质必须以文本为中心，研究诗歌流派、诗歌类型、诗歌现象和诗人，亦然。唯有如此，诗歌研究才有据可循。2018年中国的诗歌批评，也遵循此原则。

其一，以文本为中心探讨诗歌的写作和本质。耿占春《诗的修辞与意义实践》分别以昌耀两首小诗《车轮》和《野羊》、包慧怡《关于抑郁症的治疗》、阿米亥《开·闭·开》文本为例，批评集体图式的固化对诗人创造性话语活动的限制，辨析集体图式的固化、弱化和消解的过程，正是诗人的修辞活动与语义实践受限、重构和突破的过程。① 颜炼军从黄遵宪《八月十五日夜太平洋舟中望月作歌》、《史记》、《文心雕龙》、雪莱《天地间的漂泊者》等中外著作中窥见诗歌的宇宙观，反思当前汉语新诗的写作，认为诗人写自身在宇宙中的偶然和无常时，应摆脱琐碎，让个体的情感、经验和命运在简练的词语中获得新的普遍性。② 胡亮结合雷平阳、余怒、陈先发、杨键的诗歌作品，论析他们在生态主义、文化整体主义、新叙事性等方面展开的美学实

---

① 耿占春：《诗的修辞与意义实践》，《诗刊》2018年11月下半月刊，第62-68页。
② 颜炼军：《诗人忧天——诗歌宇宙观的读书札记》，《诗刊》2018年4月下半月刊，第63-69页。

践,以及取得的美学成果。① 姜涛《从"蝴蝶""天狗"说到当代诗的"笼子"》着眼于"新诗"的含义,从胡适《蝴蝶》、郭沫若《天狗》和曼德尔施塔姆《世纪》提炼出新诗发生的两个小振动点,即"蝴蝶"和"天狗",引动臧棣《猜想约瑟夫·康拉德》、张枣《卡夫卡致菲丽丝》等文本中海鸥、鸟、鹤、凤凰等"扁毛畜生",反思"新诗"的"现代性"问题,警惕"现代文艺"的"笼子"现象。② 刘东《回到怎样的"文学故乡"?》聚焦王二冬的《山脉》《独语》《近日》《出济南站》《更多的雨正从远方赶来》和《羊山怀古》,认为诗人依赖固有的诗歌理解开展诗歌写作,被"写什么"而不是"如何写"所定义,没有建构出一个明确的"文学故乡",让回归也变得模糊起来。③

其二,对诗歌流派、类型和现象的研究侧重于文本研究。张桃洲《中国诗歌格律观念与实践的变迁》以闻一多、王独清、叶公超、何其芳、卞之琳等人的文论论述了新诗格律的技术难题,以沈尹默、昌耀等诗文本探讨了新诗语言困境,并以西渡、桑克和朱朱的诗歌力证诗歌探索的可能性。④ 邹建军《唐代诗人寒山的审美创造与当代汉语诗歌》以寒山的诗歌来阐释其诗歌的审美创造及审美特点,并以其作品为例辨析寒山对自己诗歌评

---

① 胡亮:《痛快的例外——关于四家当代诗的札记》,《诗刊》2018年3月下半月刊,第65-69页。
② 姜涛:《从"蝴蝶""天狗"说到当代诗的"笼子"》,《诗刊》2018年8月下半月刊,第60-70页。
③ 刘东:《回到怎样的"文学故乡"?》,《诗刊》2018年7月下半月刊,第11-12页。
④ 张桃洲:《中国诗歌格律观念与实践的变迁》,见《中国诗歌:2018年度诗歌理论选》,人民文学出版社2018年版。

价的奇怪现象。① 断维《词的整体章法与艺术品质》借助于苏东坡、刘克庄、辛弃疾、韦应物、毛泽东、吕本中、欧阳修、李孝光等人文本探讨词的起承转合和上下片逻辑结构的处理问题。② 张文杰在《"文以载道"与民谣的"观风知政":论中国口头歌谣的诗学审美话语与"载道写实精神"》一文中,以《重修汝南县志》《争臣论》《通书·文辞》相关文本为例说明中国的民间歌谣受到传统诗歌表达方式和诗学准则的影响和渗透,并以《尚书·康诰》《诗·卫风·氓》《周易·系辞下》《荀子·尧问》及《论语·阳货》等相关文本说明古代歌谣情感思想的抒发受抒情言志的古典诗歌与诗学理论的影响,对社会现实的批评精神受正统"文以载道"思想的影响,认为当代歌谣诗学价值和文化价值主要在于:它继承了传统歌谣"文以载道"和干预现实的诗学精神,不回避现实,劝谏执政者正视反思弊端,改良社会不正之风,促进社会和谐发展。③ 王辰龙《不夜城与抒情诗》借助明人皇甫汸《对月答子浚兄见怀诸弟之作》、南朝庾肩吾《三日侍宴席咏曲水中烛影》、李白《月下独酌(其一)》等,指出古代书写夜晚的诗歌,涵盖着咏物、羁旅、怀乡等题材,认为桑克、宋琳、西渡等当代诗人关于夜晚的诗歌,整体上体现了有别于农耕文明的当代体验,展现出不夜城困境式的存

---

① 邹建军:《唐代诗人寒山的审美创造与当代汉语诗歌》,见《中国诗歌:2018年度诗歌理论选》,人民文学出版社2018年版。

② 断维:《词的整体章法与艺术品质》,见《中国诗歌:2018年度诗歌理论选》,人民文学出版社2018年版。

③ 张文杰:《"文以载道"与民谣的"观风知政":论中国口头歌谣的诗学审美话语与"载道写实精神"》,《中国美学研究》2018年第2期,第136-146页。

在。① 李海鹏《确认责任、"晚期风格"与历史意识》在肯定薮弦、马骥文和李琬健康的写作心态和责任精神的同时，认为安吾、甜河和秦三澍等诗人，在写作中展现出不和谐性，主要体现在其强劲的生长性上。②

其三，在诗人研究方面，基本借助于诗歌作品来展开研究，因为诗人只有以诗歌作品讲话才是正道。2018年《诗刊》下半月刊"发现"栏目推出了11位诗人及其代表诗作，如张常美与《月色几分》、赵俊与《赶路的人》、刘义与《捕捉时间的语调》、缎轻轻与《万物规律》、立扬与《晨雾》、风言与《触手可及》、王二冬与《自然的逻辑》、橡树与《山城浮动》、铃兰与《草木颂》、马萨与《少年　翻过山去吧》、黍不语与《力量》等等，同时在"锐评"栏目以"正方"和"反方"立场辩论这些诗人的诗作。作为正方，张慧妍依据张常美《小僧》《月色几分》《管中窥》《庇佑》《捷径》和《在火车上》的文本，辨析诗歌的意象、语言和主题，认为其运用了严肃与戏谑交织的语言，描绘了奇幻与现实并存的世界，既有现代性反思的批判维度，也有将传统美学引入现代诗歌技艺中的写作抱负。③ 作为反方，范云晶以"透明"为关键词，紧扣从《小僧》到《在水边》组诗文本，辨析组诗书写向度的单维化、词语意义的单一性以及诗意言说的单声部，认为"语境透明"是张常美乃至当

---

① 王辰龙：《不夜城与抒情诗》，《诗刊》2018年9月下半月刊，第64-70页。
② 李海鹏：《确认责任、"晚期风格"与历史意识》，《诗刊》2018年2月上半月刊，第52-61页。
③ 张慧妍：《戏谑的时空游戏》，《诗刊》2018年1月下半月刊，第8-9页。

下汉语诗人考量的重要诗学问题。① 张执浩从黍不语小诗《释义》解读"黍"入笔,分析诗人笔名的含义,推测生长在江汉平原深处的诗人的性格,从《我不是故意的》读出"沉默""安静之美",认为诗人的写作是从忠实于自我开始的,从《力量》读出声音的发出和传递方式,发掘诗人身上的某种不自知的力量,从《夜晚的母亲》发现细节产生了陌生化的效果。② 作为反方,荣光启从《我的房子》《我不是故意的》《午休》《夜晚的母亲》文本中追问黍不语的"不语"诗学,认为她的有些诗,显得太"寂静",以致缺乏生命体验和生存经验的复杂性,诗人在诗中表现生活态度过于"沉默"和"隐忍",从而缺乏一个年轻人应有的对生命的热情、战胜困难的意志、对虚无的抗争。③

此外,2018年《诗刊》上半月刊"每月诗星"推出泉子、陆辉艳、王琪、严彬、罗铖、臧海英、赵亚东、玉珍、马嘶、张巧慧10位诗人的作品,分别由刘波、卢桢、陈卫、霍俊明、向卫国、吴辰、刘凯健、吴投文、张立群、赵思运10位评论家结合他们的诗歌文本,对他们诗歌的主题、语言等方面进行讨论。

3. 诗歌译介的研究

频繁的国际间诗歌交流活动使诗歌持续升温回暖,进入一个更广阔的公共文化空间。在构建世界文学的图景里,开放性的跨语际、跨文化诗歌交流和传播使诗歌在不同的语言文化语境中重

---

① 范云晶:《"透明"的尺度》,《诗刊》2018年1月下半月刊,第10-11页。
② 张执浩:《在平原深处低语》,《诗刊》2018年11月下半月刊,第8-9页。
③ 荣光启:《"弥漫着大的悲哀":黍不语诗歌的一个问题》,《诗刊》2018年11月下半月刊,第10-11页。

获新生，诗歌译介愈加散发出新活力。2018 年，诗歌译介的研究表现出持续的热力，主要包括以下几个方面：

（1）中国传统文化典籍、诗歌经典在国外的译介

耿强从副文本视角考察"16 至 19 世纪古典汉诗英译"产生的翻译话语，认为汉诗英译最重要的不在于诗歌形式，而是如何忠实传达中国人的情感。① 吴涛通过华兹生在中国典籍英译方面的主要成就来观照其文化翻译方法论特征，指出其翻译方法具有"文学性""中西诗学杂合"，以及"汉学研究"三个特征，认为华兹生中国典籍英译的选材标准、翻译策略、读者接受和文化态度可以为中国文化"走出去"提供有益启示。② 黑宇宇、曹韦再现《声声慢》的古典韵味，从遣词意象、意境情思及音韵节奏三个方面对比分析何冰和贡萨雷斯两个不同译本，诠释中国古典诗歌西班牙语翻译中的审美蕴含。③ 相关论文还有蒯佳和李嘉懿《从关联翻译理论看程抱一的诗歌翻译策略——以〈终南别业〉为例》（《中国海洋大学学报（社会科学版）》2018 年第 5 期）、崔东丹《操控与重写：庞德中国古典诗歌英译剖析》（宁波大学，2018 年）、唐晓伶《华兹生〈白居易诗选〉译介策略研究》（湖南大学，2018 年）。

（2）少数民族诗歌的翻译

努尔艾力·库尔班和姚新勇以尼米希依提《无尽的想念》为个案，进行版本与翻译研究，发现译本存在大量的删节、"漏

---

① 耿强：《副文本视角下 16 至 19 世纪古典汉诗英译翻译话语研究》，《外国语》2018 年第 5 期，第 104-112 页。

② 吴涛：《华兹生的中国典籍英译对中国文化"走出去"的启示》，《昆明理工大学学报（社会科学版）》2018 年第 2 期，第 98-108 页。

③ 黑宇宇、曹韦：《古典诗词西班牙语翻译的审美再现——以李清照〈声声慢〉为例》，《齐齐哈尔大学学报（哲学社会科学版）》2018 年第 5 期，第 149-151 页。

译"和"误译"的情况,认为译者因主客观原因删节、改造原文对美学效果、信息含量,乃至国家认同的功效产生影响。①黄琰结合戴乃迭翻译的《阿诗玛》版本,分析英译版《阿诗玛》所展示的英国民谣诗歌传统风格,认为这种翻译方法充分保留了原诗的民间诗歌风格和少数民族文化。②陈一兰梳理仓央嘉措"情歌"重要的藏文本和汉译本,分析原诗的语言特色,并以3首诗的不同译文为例,说明"情歌"汉译者在认识和选择原文本、传达原诗语言特色、再现原诗风格等方面存在的问题。③

(3) 外国诗歌在中国的译介

《世界文学》推出的外国诗人及其作品有:薛舟译介的韩国诗人金惠顺(2018年第1期)、杨子译介的美国桂冠诗人查尔斯·西密克(2018年第2期)、欧阳昱译介的澳大利亚诗人莱斯·默里(2018年第3期)、贺骥译介的德国诗人玛·路·卡施尼茨(2018年第4期)、树才译介的法国诗人弗·雅姆(2018年第5期)、徐曼琳译介的俄罗斯诗人马克西姆·阿梅林(2018年第6期),以及薛国庆翻译的中外诗人对话《在意义天际的对话——阿多尼斯和他的朋友们》(2018年第1期)。另外,"蓝色东欧""巴别塔诗典系列""俄耳甫斯诗译丛"等值得关注,代表性译本有《颠倒的天堂——立陶宛新生诗选》、胡续东译《花与恶心:安德拉德诗选》、张博译《愤怒与神秘:勒内·夏尔诗选》、曹洁然译《风景中的少年:霍夫曼斯塔尔诗文选》、黄灿然译

---

① 努尔艾力·库尔班、姚新勇:《尼米希依提〈无尽的想念〉诗歌译本及翻译研究》,《民族文学研究》2018年第3期,第76-86页。
② 黄琰:《基于英国民谣诗歌传统风格的少数民族诗歌翻译——以〈阿诗玛〉为例》,《贵州民族研究》2018年第2期,第111-114页。
③ 陈一兰:《仓央嘉措"情歌"原作和汉语翻译问题初探》,《中国藏学》2018年第1期,第117-128页。

《致后代：布莱希特诗》、刘国鹏译《覆舟的愉悦：翁加雷蒂诗选》。王家新最新翻译的《没有英雄的叙事诗：阿赫玛托娃诗选》在出版后引起了业界的普遍关注。

(4) 诗歌翻译理论的构建

基于罗布茨基等人对曼德尔施塔姆诗作的翻译、卞之琳等人的翻译实践，王家新、杨东伟从理论和实践两方面论证诗歌翻译中"声音"的重要性，指出仅仅追求与原作格律形式的"形似"所带来的问题，提出以新的方式传达原诗的"声音"，让翻译对象在汉语中重新获得呼吸，更自由更深刻地传达出来自汉语世界的共鸣。① 文珊、何高大考察闻一多译介十四行诗的诗学动机，结合具体案例，分析他在翻译中对韵式、建行、诗学形象及节奏等诗学元素的处理方法，认为闻一多"节奏就是格律"的诗学观决定了他对格律形式，尤其是节奏方面的处理方式，他进行的十四行诗译介对构建中国新诗格律产生了积极的影响。② 王治国梳理少数民族活态史诗传播的媒介嬗变和翻译现状，描绘活态史诗民译、汉译和外译三种翻译类型，口头相传、文本书写和电子传媒三种传播类型谱系，推导出活态史诗翻译的九种转换机制，认为构建民族志翻译模式和立体景观的数字翻译模式是活态史诗译本体现原诗语言诗性特点、文化表征功能和口头表演特征的理想模式。③

---

① 王家新、杨东伟：《诗歌翻译中的"声音"问题》，《华中学术》2018年第3期，第247-256页。
② 文珊、何高大：《"节奏便是格律"——闻一多十四行诗译介的诗学解读》，《外国语》2018年第3期，第76-85页。
③ 王治国：《少数民族活态史诗翻译谱系与转换机制探赜》，《外国语》2018年第2期，第94-100页。

4. 网络诗歌批评理论建设与诗歌跨界研究

在网络越来越普及、自媒体如博客、微信和公众号等快速发展的新形势下，诗歌创作、传播和接受方式以及诗歌文本的存在样态都发生了很大的变化，大大地突破了传统诗歌生存与发展的界限。这种革命性的变化，无不引起批评家们的高度重视，因此与"网络诗歌"相关的评论，也逐渐丰富起来。批评家们试图从互联网语境、创作主体和诗歌文本等方面，来探讨相关的概念、理论和批评方法，从而构建一种新的网络诗歌批评理论。蒋登科《微信时代：新诗探索的得与失》以诗歌传播方式为切入点，分析微信时代诗歌传播中存在的种种现象，认为诗歌传播方式的变化能够影响写作者的参与程度和诗歌本体的发展，微信公众号只有推出优秀的作者和优秀的作品，才能获得持续发展的活力。① 杜雪琴《互联网语境下的诗歌艺术变革》将诗人成长和汉语诗歌的创作置于网络语境中，列举在新时代语境中我们应关注的问题，对正在到来的网络诗歌艺术变革充满了信心。② 赵卫峰《网络时代的诗歌制度或潜规则》界定了在新的时代条件下诗歌制度的含义，认为在网络传播环境之下，更多的诗歌创作会清晰彰显当代中国的诗歌制度。③

在信息技术日新月异的时代，随着诗歌写作方式和传播方式发生巨大的变化，与诗歌相关的跨界研究也渐渐形成为一种趋

---

① 蒋登科：《微信时代：新诗探索的得与失》，中国作家网 2018 年 10 月 25 日。
② 杜雪琴：《互联网语境下的诗歌艺术变革》，见《中国诗歌：2018 年度诗歌理论选》，人民文学出版社 2018 年版。
③ 赵卫峰：《网络时代的诗歌制度或潜规则》，《星星·诗歌理论》2018 年第 5 期，第 7-17 页。

势,新的诗歌理论即将生成和发展起来。苏文健《人工智能(AI)时代,诗人何为?》(《中国诗歌:2018年度诗歌理论选》,人民文学出版社2018年版)、凌逾《网络时代的图像诗创意》(中国诗歌网,2018年8月20日),以及《星星·诗歌理论》2018年第1期的三篇文章:夏吟和曾子芙《自媒体诗歌的负面生态效应》、孙慧峰《自媒体时代诗歌的读与写的问题》和陈朴《自媒体时代诗歌传播的现实情况》等文,都是这方面的重要尝试。

总的来说,2018年诗歌理论批评在探索中不断前行,在回望中不断创新。批评家们紧贴诗歌文本内容和文体风格,紧跟时代发展的节奏,着力追求更符合文本实际与时代新变的诗歌批评与诗歌理论体系。然而,"万物皆有裂痕",本年度诗歌理论批评也不例外。其"裂痕"主要体现在以下方面:一是批评家们对诗歌文本研究远远多于对诗歌理论和诗歌历史方面的研究;二是同一期刊物过于集中研究某一诗人及其作品,例如,对康若文琴的研究,同一期刊物刊登的文章多达20篇,共计145页。限于篇幅,笔者在此不一一展开论述,唯愿批评家们齐心协力,在不久的将来建立起生态的诗歌理论批评。

新媒体时代当代诗歌的生存与问题

覃 莉

2019年,一个全新的5G时代将向我们走来,高速度、泛在网、低功耗、低时延的技术特征,标志着一个传媒时代所可能发生的变化,全社会的每一个角落,都将处于世界性的网络之中,世界上的任何一角和一切事物,都不可避免地受其革命性的影响。由此出发,探讨当下诗歌存在与发展,学界有着各自不同的论述,各种不同的声音。有学者认为,新媒体语境下的诗歌,已呈现出一种"优伶化"的趋向,向泛娱乐化的深渊高速坠入(罗小凤:《论新媒体时代诗歌的"优伶化"现象》,《当代作家评论》2018年第5期)。也有人认为,新媒体时代条件下的诗歌,呈现出一种新的大众化面向,不失为中国古典诗歌式微形势下另一个新的发展契机。甚至也有人认为,我们已经开始进入了又一个诗歌书写的黄金时代。众声喧哗中有忧虑亦有欢欣,有困难亦有生机。一方面诗歌的传统遭遇到了巨大的挑战,另一方面也因信息技术的发展获得了新的表达与更大的发展空间。的确,新媒体时代条件下诗歌的书写在改变,好比美国诗人帕洛夫所认为的,"在科学的时代,人们同计算机之间的交流导致的计算机焦虑,这对文学艺术的影响是显而易见的。计算机介入诗人和读者的生活,不仅改变了诗歌文本的形态,而且还导致诗人创作诗歌和读者阅读诗歌时同文本的互动"（帕洛夫：《激进的艺术媒体时代的诗歌创作》，上海外语教育出版社 2013 年版）。从诗人到文本，从文本到读者，以及传播的介质等等，它提醒我们论述当下诗歌书写在当代意义时，必须结合其所处的更为广泛的网络空间，来思考诗歌所面对的一切，艺术所面对的一切。

1

美国后现代文学批评家凯瑟琳·海尔斯在《我们如何思考：数字媒体和当代科技》一书中，提醒我们人类和计算机正在以复杂的方式，越来越紧密地被捆绑在了一起，技术正在从根本上改变我们的沟通和交流方式，好比数字媒体已经在神经学上所发生的影响一样。在这里，略读、浏览、"高效阅读"以及通过机器运算法则的分析，都被视作如往常一样的是一种真实可靠的阅读。海尔斯要求我们必须认识这三种阅读，并且要理解每一种的局限性和所具有的可能性。今天，从 PC 到移动端的兼容，无论是诗歌的创作还是诗歌的阅读，都已不能脱离互联网而存在。诗歌与网络的互动，最早追溯至 1990 年代互联网上各种诗歌论坛。至 2001 年，博客的开发促使众多诗人、官方或民间的诗刊都逐一地登录互联网。再到 2011 年后，当移动终端的微信等上线，诸如《诗刊》《星星》等传统纸媒、诗人等也纷纷开设公众号，加之新媒体技术的影响，诗歌的传统观念一再地遭遇到巨大的挑战，而诗歌的存在的方式已非传统观念所理解的了。诗歌的生存方式和存在形态已经发生了很大的变化，两者完全不可同日而语，甚至每一个人的生存方式和生存状态也发生了很大的变迁，我们有更多的人生活在虚拟世界之中，而不是在现实世界之中，诗人创作与读者阅读时的文本互动，通过新媒体而相互发生的作用也有了很大的不同。在数字媒体时代条件下，诗歌传播的途径从单一走向多元化。其一，随着受众阅读覆盖范围的扩展，新媒体下的诗歌已经无可挽回地迈向了一条普及化与大众化的道路。据清博大数据 2018 年年度报告显示，《诗刊》社公众号上发布的篇数为 1039 篇，原创篇数 221 篇，其阅读总量达到 1182W+，篇均阅读量为 1W+，其中，2018 最热度的文章《"诗魔洛夫去世/洛夫代表作选"》获得 10W+阅读量。这篇文章的微信传播指数 WCI 为 940.19（微信的热门排序标准是按 WCI 指数，指数越高，排名越高）。仅以传统诗刊的微信公众号不断攀升的关注度、粉丝、订阅号等等可窥知，一般被看作是最传统也是最矜持的"高雅"艺术——诗歌，在与电子媒体相互作用之下，正在打破小众圈的藩篱，再次融入大众视野，回归普通人的公共生活。诗人徐敬亚在其编选的《2017 诗歌年选》"序言"中，认为在新媒体时代条件下，当代诗歌正在以前所未有的方式，逼近普罗大众：

1. 专门的诗歌 APP 软件：如《诗》《诗库》《原创诗》，是上了档次的诗，相当于化了妆，相当于进了图书馆、博物馆，你可看可不看。

2. 诗歌类公众号：此类诗数量无限大，没人能统计总共有多少个诗歌公众号，所有的诗刊、诗报、诗歌团体都有自己的公众号，如《诗歌周刊》的《诗日历》，是最早出现于微信的诗歌日刊。一些著名诗人也经营着自号，如《大卫工作室》。这相当于过去的纸质诗刊，你可关注可不关注。

3. 朋友圈里的诗：几乎所有的上网诗人，都在自己的网络平台上发表过自己的诗。这类诗相当于个人诗刊。同样，你可进入也可不进入，鸡犬相闻，相当于你被邻居包围。

4. 微信群里的诗：不断被拉入各地、各种诗歌微信群，现已成为众多诗人不断遭遇的拉郎配。几十人、上百人的大微信群，相当于大型的临时诗群。

5. 直接发给你的诗：这是一种最新手抛型礼物，一种无端无成本的电子赠品，同时也是一言不发的阅读邀请。这种强迫阅读李白杜甫碰不到，聂鲁达和金斯伯格也碰不到。（徐敬亚、韩庆成编选，《2017年中国诗歌年选》，花城出版社2018年1月版）

在新媒体时代的新环境里，人们获取各种资讯的方式，已从原来的报纸、杂志、电视、广播，到现在向数字新媒体转变。所谓"你可看可不看""你可关注可不关注""你可进入也可不进入"，甚至是"一言不发的阅读邀请"，每个人都有了更多元的选择。

其二，诗歌网络传播具有及时性与互动性等强大的特征，诗人可瞬间完成作品的发表，而接收者亦能即时参与实时互动，新媒体在改变诗歌的传播生态的同时，推进了话语表达的多元、开放、自由与创新，人人都成为传播者，在虚拟的网络空间呈现出了一种真正的、前所未有的"大众狂欢"。以福柯的话语理论诸如"说话者的身份""使用话语的地点"和"主体的位置"构成了话语权观察，新媒体技术在一定程度上可摒弃身份、内容、渠道等束缚，摆脱传统的概念关系，相对自由地根据自己的哲学与道德立场，选择和创造自己独一无二的陈述方式。（吴猛、和新风：《文化权力的终结：与福柯对话》，四川人民出版社2003年版，第206页）具体表现在，第一，诗歌入门门槛降低，在新媒体语境里当代诗歌打破现实实体世界与虚拟空间。这与美国现代派诗歌代表之一的华莱士·史蒂文斯所认为的，诗歌是学者的艺术的观点相去甚远。从"知识分子写作"到"民间写作"，青年诗人厄土认为，自媒体等媒介形态的变化，也让诗人个体的力量得到最大程度的释放。(刘静:《当诗歌遇上新媒体》,人民网-人民日报海外版,2013年5月7日)第二,"碎片化"在新媒体语境下成为一种重要的趋势,但也因之引发争论的升温。一方面,如《诗刊》主编李少君在《中国与西方年轻诗人写作状况》的诗人对谈会上谈到,社交网络给诗歌繁荣带来的巨大推动,网络诗歌的繁荣,给现代的汉语诗歌带来一股巨大的"口语化"倾向,同时涌现了大量的"草根诗人",这是一种应该值得肯定的积极面向。也有批评者认为,诗人个体化的表达显现出了网络"亚文化"特征,即个性极致化的非主流演绎,正在消解从前的"主流叙事"。另一方面,诗人、批评家也不得不正视"碎片化"对诗歌的写作模式、传播模式以及阅读模式的重大影响。网络让现在的诗歌写作、诗歌阅读和诗歌传播发生了巨大的变迁,是从前的诗人所不能理解的。

其三,在新媒体时代条件下,纸介文本、影像文本与网络的跨界互动,使得诗歌文本从文字符号的纸质作品,不可逆转地向媒体作品发展。这种除了文字之外还需要供人"看"的影像与让人听的媒体,即为海尔斯所言的媒体交互作用阅读实践,其主题包括了"印刷转化为数位""声音图形文字间的转换"等。譬如,"为你读诗""读首诗再睡觉"等微信公众号,结合文字、音频、视频等多种形式,变得炙手可热起来。在清博大数据2018年度报告中,"为你读诗"微信传播指数 WCI 高达 1206.61,它的影响力超过了 99.99% 的公众号。事实上,这种集文字、图像、影音等诗歌媒体作品的转变,还可以进一步解释为"再媒体化"现象。大卫·波尔特在《再媒介化:理解新媒体》一书中提出的"再媒体化"现象,亦即创作者会"以一种媒体,再现另一种媒体"。波尔特在研究新媒体如何仿真旧媒体方面,归纳出了以下四种范式:

1. 摹仿。例如将一本百科全书的内容直接输入计算机。
2. 改良。例如将前述百科全书加上数字超链接和搜索功能。
3. 挪用。将旧媒体作品的片段，植入数字作品中，原始意义产生变化，但仍具突显旧媒体存在的效果。
4. 完全整合。旧媒体的表现形式完全融入数字作品，与数字所擅长的仿真形式（如互动）相结合。（见李顺兴：《数位文学的交织形式与程序性》，《中外文学》第39卷第1期，第167-204页）

在波尔特的研究中，这种"旧"媒体存在于"新"媒体的现象，呈现出超媒体性。超媒体性不断地提醒用户媒体的存在，即指在文本的意义生产过程中，其所依附的媒体始终"如影随形"显示着自身的存在。通过再媒介化，从而把新媒体艺术中的艺术创作与它本身的原初语境相分离，并在一个虚拟时间、虚拟地点重构一个新语境，这就是"重置语境"。艺术传播和媒介技术带来的语境的分离和重构，也从根本上改变了艺术创作必须反映生活的传统观念。（杜安：《非物质文化遗产的"再媒介化"》，《传媒观察》2016年第6期，第37-39页）换言之，当下诗歌的这种视觉影像化的喻形表达，通过重组、重构、挪用、引用、转录、复制、拼贴，以及可视化、可生声化等复合范式，革新了中国诗歌的写作方式，发展出了许多前所未有的新东西，是我们不得不面对的一种艺术现实。

2

当代诗歌在新媒体环境下获得了新的生命活力，互联网信息技术改变了诗歌的生态环境，包括诗歌从属的文学场域，极大地影响了诗歌书写、传播、接受与审美机制。就像法国社会学家皮埃尔·布迪厄的"场域论"提醒我们的,外在环境里政治、经济、或科技的变革对文学的影响,虽然可能不直接反映在具体的文本里,但是透过它们加诸"文学场域"的结构、场域内部规律的根本性影响,就会产生出一种强大的折射效应。在当代诗歌的"文学场域"内,存在着不能自主的原则和自主的原则之间的斗争,这两种截然相反的正当性原则彼此竞争,前者受制于文化资本以及传统文学的影响,后者可以完全地实现"为艺术而艺术"的自主性。

一方面是"市场",按照处于权力场(文化资本)的暂时统治区域的外部等级化原则,根据商业成功(比如发行量、阅读量、粉丝量、点赞量等)指数进行衡量的暂时成功,或社会名望标准。当前"官方的、机构的、学院的等等,诗歌节、诗歌奖、诗歌研讨会等等,文化搭台、诗歌唱戏、资本捧场、政绩总结等等,诸般活动繁盛之相,从形式到本质,从手段到目的,无一不和市场经济下的其他'行业'界面合辙押韵"(沈奇:《"后消费时代"汉语新诗问题谈片——从几个关键词说开去》,《文艺争鸣》2016年第7期,第110-114页)。实质上,"文学场"也是一种"权力场",诸如作家、读者、批评家、编辑、出版商等等,他们正是代表着不同的文化权力与资本,"文学场"成为了他们相互之间的斗争场所。

首先,单从国内诗歌奖设置的数量来看,基本上呈现逐年递增攀高走向。据统计,2005年十九项、2006年十九项、2007年三十四项、2008年二十六项、2009年三十四项、2010年三十二项、2011年三十九项、2012年三十六项、2013年五十项、2014年六十五项等。(刘佳:《从新时期以来的诗歌奖透视诗坛现状》,西南大学,2017年)作家刘震云认为,数量居高不下的文学奖项,会让人身处"注意力经济时代"中,而不堪重负。著名评论家白烨并不支持如此多文学奖的存在,他说:"现在存在的各类文学奖,有的可能是通过中国作协的系统正式申报备案的,也有可能没有经过什么申报手续,自己就办起来,上级还未来得及追究的。从严格意义上说,这些未经申报和审批、资质本身有疑问的奖项,因为涉嫌违规运作,很难长久和持续。"同时,诗歌奖创办者的身份,从官方传媒机构到民间诗刊,从地方政府到企业基金会,不一而足,构成了多种多样的外在形态。商业资本等在"文学场域"中日益凸显重要性,而加注之上的奖项命名方式亦是热闹非凡,在新媒体语境下已被炒热的"名",甚至超过了诗歌本体。针对相关诗歌奖项引发不同争议议题,邹惟山教授一言蔽之"评奖太多、奖项太多、获奖太容易、评审太随便了。久而久之,奖项也越来越不值钱了",同时,他建议评奖需要分级而行,要有资格审查、报备制度,要讲程序,要评一组诗或一本诗集;不能随意以名诗人来命名诗歌奖,评委应当多样化等;让每一次大奖的评选起到典范作用,在这一点上,向国外学习是十分必要的。(邹惟山:《国内文学评奖的依据和规则是什么?》,桂子先导,2019年2月21日)的确,以西方各国桂冠诗人选拔为例,基本上都有着源远流长的传统,尤其英国相对规范的桂冠诗人制度,为斯图亚特复辟王朝时期由詹姆士一世确立,延续至今,并且名声远播,影响甚大。

其次,每年各大诗社、诗刊、诗歌网站组织编选"年度诗选",都试图在文学场内树立一定的标杆作用。基本上,各种年度选本都趋同时代"主流"大势,不少诗人、诗群、诗作等,几乎完全重叠、重现在各大年度诗选本中。不过,年度选本又因选编者的主观性,即出自各个机构、刊物、主编的选择标准与审美倾向等,编选本也各有不同,自成一格。目前,国内各种诗歌年选蔚然成风,多数是以官方机构或民间诗刊与纸质媒体组织编选出版,每年的年度诗选编各有传承,从编委会、选稿模式,到选稿标准、选稿倾向性等。鉴于年度选本的繁盛，本文篇幅有限，仅以两个相对稳定年度选本做比较分析。比如，中国诗歌研究中心、中国诗歌学会先后与广州花城出版社合作出版，从《中国诗歌年选 2002—2003》到《2017 中国诗歌年选》，持续十多年编选年度诗选，历任主编中徐敬亚、周所同、李小雨为当代诗人，王光明为大学教授，因各自个体身份的不同，而体现了不同的编选风格。结合新媒体发展时间节点观察，2004 年出版的《中国诗歌年选 2002—2003》主要还集中在纸质诗刊作品上，主编王光明在"编者话"中，提出了该选本的选诗三大原则，即广泛阅读，精中求精；以质取文，不以人取文；题材多样，风格多样。《2012 中国诗歌年选》，编者从上百种诗刊中精选出可读性强而又诗意盎然的作品三百余首，但主编李小雨也在"序言"中遗憾地提及，"因所选资料并不完全，也未涉及网络、博客上的大量诗歌，这个遗憾，只能待明年年选去弥补了。"《2013 中国诗歌年选》，编选诗人诗作，除去以往常见的实力诗人以外，开始新增了众多 80 后、90 后及网络诗人。而《2016 中国诗歌年选》主编，则强调向普罗大众靠近，选本中的诗人和作品，倾向培养和发现新人新作，此外有意识地关注到少数民族诗人的作品。与之相对比，《中国诗歌》对当代网络诗歌创作的关注度更为集中，从 2010 年开始，编辑部一年一度不断地编选网络诗歌年度选本，将体现当代诗歌的创作面貌、展现网络诗歌的繁荣景象作为网络年度选本不变的宗旨，成为《中国诗歌》的一个传统。其网络诗歌选本从最初的网站精选、论坛精选、博客精选、微博诗选，再到微信公众号诗歌精选、微信诗歌群精选，紧扣我们所处的互联网时代发展脉搏，加之选本通过人民文学出版社出版，从其出版流通情况来看，在圈内影响程度由此十分可观。不可否认，各种年度诗选的选编和出版，像是一份年度成绩单，也是一次年终报告。当代诗歌年度选本既要有质量的保证：必须是好诗，作品需经得起时间的考验，同时也需具有相当的影响力，反映出诗的真理与本质。因为其中包涵的荣誉、竞争力与权威性，都会对当代诗歌产生强大的折射作用。至今，我们可以透过不同的年度编选本，看到编辑每一次的良苦用心，每一份有分量的选本，都有其存在的史料价值。但是，年度诗歌选本从一开始就不可避免地受到外部市场机制、媒体等的制约，虽然它坚持内部的自主创造性原则，却依然常予人诗歌圈小众的印象，换言之，从整体上来看，诗歌年度选本的学术与艺术影响力在式微，是一种不争的事实。

另一方面，在当下消费主义思想盛行的时代里，诗歌亟待被回归到生活本真当中，回到诗意的根本处。荷尔德林认为，诗人要在黑暗中走遍大地，为人类寻求真理，诗歌应将人生的真理植入其中，为人类创造"诗意的栖居"。如果单纯从自主原则出发，从"为艺术而艺术"的诗歌纯文学的角度考察当代诗歌，往往会将问题简单化。然而，在布迪厄的场域批评中，传媒与政治、经济等诸权力构成的是一个宏观意义上的权力场，那么，诗人个体进入这个权力场，就可视为微观意义上的建构。在批评家帕洛夫看来，诗歌似乎是我们认为"反"媒体话语的各种不同文学体裁中最为遥远的一种。（帕洛夫：《激进的艺术 媒体时代的诗歌创作》，上海外语教育出版社2013年版）身处目前的大数据时代，刘大先指出，大数据停留在现象关系的总结和归纳的思维模式，必定会瓦解深度模式和想象力，杂多的信息洪流于是冲垮了文学的复杂性和丰富性。因此，书写文学必须反大数据思维，反对均质化、简约化和美学平均主义。（刘大先：《新媒体环境与文学的未来》，《文艺评论》2017年第4期，第20-26页）事实上，文学场域内的内部自主原则，要求诗人不应消极地向"大众"让步，正如北岛所指出的那样，媒体网络泡沫式的写作是一场语言的灾难。翟永明则直言，目前的（诗歌）写作，比任何一个时代都更困难，因为诗是反抗一种无所不在的束缚的语言。这种束缚，过去更多的来自固有的体制，而现在除此之外，还有来自时代、媒体、高科技发展、商业以及语言本身有形和无形的掌控。（翟永明：《诗是我们反抗一种无所不在的束缚的语言——中坤国际诗歌奖获奖感言》，《名作欣赏》2011年第4期，第102页）

如何应对新媒体时代下的新的挑战，更理性、辨证地看待当下诗歌的传承与发展，是我们当下必须面对的、刻不容缓的功课。对比上一个世纪，艾略特作为现代派的代表诗人，在面对传统叙述已无法表达现代化进程中现代人复杂的思想情感时，他在继承传统的基础上，从理论与实践上进行了大胆的创新。他在《批评的任务与功能》中开宗明义，"现存的不朽巨著在它们彼此之间构成了一种观念性的秩序，一旦在它们中间引进了新的（真正新的）艺术作品时就会引起相应的变化。在新的作品出现之前，现存体系是完整的；在添加了新的作品后也要维持其体系绵延不绝，整个现存的体系，必须有所改变，哪怕是很微小的改变"（见艾略特著、周煦良等译：《托·史·艾略特论文选》，上海文艺出版社1962年版）。而今，面对本世纪"数字化革命"带来的时代性的、根本性的变革，我们必须有所思考，有所探索，有所行动。近代以来的中国，几乎都处于大时代的变动之中，也正是由于变动才造就了今天的中国文学和中国诗歌。艾略特都有这样的胸怀与境界，而我们今天的中国难道不再有艾略特这样的诗人和批评家了吗？批评家海尔斯认为："科学和文学范式之间发生的容留、抵制和汇合表明，对于混沌的重新评估的文化反应是分裂的和多层次的。变化不是作为单一的整体出现的，而是作为局部动荡的复杂的漩涡出现的。没有看到骚乱、鼓动、激烈争论是普遍性的，就是没有注意到潜在的文化激流之中有很重要的变化这一事实。"（凯瑟琳·海尔斯著、杨纪平译：《文学与科技的链接者》,《时代文学》2014年1月下半月刊,第218-219页)前代批评者的真知灼见,有助于我们开放性地进行思考,观察与探索出当代诗歌的更多可能性。虽然我们还处于一个不明确的时代,但网络对于我们的影响却是无处不在,无时不在。它不仅改变着我们的诗歌和文学,而且改变着我们的自身,我们的思想,我们的观念,我们的言语,我们的行动,我们的一切。因此,我们不仅要关注这个时代的诗歌,更要关注这个时代的诗人和读者,关注我们所生存的环境,关注我们人类的历史、当下和未来。最近十年以来中国诗歌的变化,也许在一百年以来都是少有的,我们每一个人都身处其中,改变着我们的诗歌写作方式、诗歌形态和诗歌传播。内在与外在的统一、内容与形式的统一、自我与他者的统一,也许是未来努力的一个方向。

民间歌谣资源对当代诗歌的建构作用

李 皓

从"五四"以来,新诗在百年探索中取得了不少成就,为当代中国诗歌的多元发展奠定了深厚的基础。但是,与诗歌繁盛发展的唐宋时期相比,当代诗歌的经典作品却无法让人满意。如何构建当代诗歌的总体命运,如何生产当代诗歌的经典,如何推动当代诗歌的发展,成为当下诗歌理论研究的重要课题之一。历史的经验告诉我们,借鉴中外已有的多方资源,是推动诗歌建设的可行路径之一。从中国诗歌发展的历史进程来看,民间歌谣作为中国新诗发展的重要资源之一,"从一开始就参与了新诗寻求文类合法性、探索风格多样化和更新文本与文化形态的过程"(张桃洲:《论歌谣作为新诗自我建构的资源:谱系、形态与难题》,《文学评论》2010年第5期,第156页),诗歌对民间歌谣的借鉴,也延续到当代诗人创作中,并在语言形式、审美意识、人文精神等方面产生重要影响,为中国新诗经典化的理论和路径提供了许多有益的启示。

1. 民间歌谣对新诗发展的历史影响

新诗是当代中国诗歌的重要组成部分,其诞生与发展经历了一个漫长的历史时期。在这一过程中,民间歌谣对其产生了重要影响,已有不少学者对歌谣与新诗的关系予以论述。许霆在论著《中国新诗发生论稿》中指出,文人与民间是新诗发生过程中的两条重要线索,并依据历史时间脉络进行了详细的梳理。民间歌谣对新诗的影响,可以追溯到十九世纪末"诗界革命"。早在这一探索阶段,诗人黄遵宪就开始尝试学习弹词、粤讴中的歌词的形式,创作出形式自由的"杂谣体"(也称"新体诗"),并借以反映社会、批判现实,为后来近代"歌体诗"的出现奠定了基础。进入辛亥革命时期,歌谣入诗的趋势在中国再次兴起,主要体现在两个方面:一是"学堂乐歌"的编辑出版与广泛流传,二是在南社诗人的倡导下发起的"歌体诗"创作。"歌体诗"又包括歌行体、歌词体和歌谣体,歌行体的代表诗人有秋瑾、马君武等,他们用通俗自由的诗歌形式宣扬革命精神,推动了旧体诗词向新诗的转变。

在二十世纪中国新诗的发展历程中,自"诗界革命"以来形成的民间传统得以延续,民间歌谣作为重要的创作资源,出现在"五四"新诗中。歌谣运动兴起后,以刘半农、沈尹默等人为代表,一些诗人借鉴歌谣的形式与风格,以情感的自然流露为审美追求,用质朴的语言创作了大量的白话诗,表明其"平民"的立场。"五四"新诗取法于歌谣,最根本的在于它契合了"五四"文化中平民化、世俗化的一面,其表达形式和思想内容,都突出了这一新的时代精神。比如刘半农的《相隔一层纸》:"屋子里拢着炉火,/老爷吩咐开窗买水果,/说'天气不冷火太热,/别任它烤坏了我。'//屋子外躺着一个叫花子,/咬紧了牙对着北风喊'要死'!/可怜屋外与屋里,相隔只有一层薄纸。"以白话口语入诗,语言通俗,不事雕琢,其创作目的也是为艰难营生的平民百姓而发声。尽管"五四"新诗对歌谣的借鉴,未能从根本上解决诗体建设的问题,但"歌谣运动"倡导者们的诗歌观念与创作实践,掀起了新诗引入民间歌谣资源的第一次浪潮。

第二个歌谣入诗的思潮形成于1930年代,中国诗歌会提出"新诗歌谣化"倡议,以蒲风、杨骚、穆木天等"左翼"诗人为代表,配合其革命运动而创作"大众的""启蒙的"诗歌。张桃洲指出,中国诗歌会"是1930年代在推行诗歌歌谣化方面最不遗余力、且产生了广泛影响的群体"(张桃洲:《论歌谣作为新诗自我建构的资源:谱系、形态与难题》,《文学评论》2010年第5期,第159页)。诗歌会的诗人们不仅在理论层面对新诗歌谣化进行阐释,同时也将这一方法大量运用于创作实践,比如曾提出要以"活的歌谣"形式来创作新诗的穆木天,在《外国士兵之墓》中以通俗的语言形式,表现了对战争与人性的思考:"没有人给你来送一朵鲜花,/没有人向你来把泪洒,/你远征越过了万里重洋,/现在你只落了一堆黄沙。//你的将军现在也许在晚宴,/也许拥着美姬们在狂欢,/谁会忆起这异国里的荒墓?/只有北风在同你留恋。//故国里也许有你的母亲,/白发苍苍,在街头行乞,/可是在猩红的英雄梦里,/有谁想过这样的母亲和儿子。//现在,到了北风的夜里,/你是不是后悔曾经来杀人?/那边呢,是杂花绚烂的世界,/你这里,是没人扫问的枯坟。"新诗"歌谣化"的主张和实践,在这一时期产生了深远的影响,但由于只注重以歌谣的形式来推动新诗的大众化,而忽视诗歌语言的锤炼与情感的真实,那个时期诗歌创作的缺陷也是相当明显的。

1940年代兴起的"新歌谣"及1950年代的"新民歌运动",因"民族形式"的提出而在当时得以迅猛发展,政治色彩也更加浓厚。在1940年代的新诗"歌谣化"潮流中,一大批诗人参与其中,是几次热潮中"持续时间最长、留下成果最多、'政治化'和'艺术化'结合最深入、作品最为丰富复杂、留给后世总结教训的学术空间最大的一次"(陈培浩:《歌谣与新诗:一个有待问题化、历史化的学术话题》，《长沙理工大学学报（社会科学版）》2016年第1期，第59页）。李季于1946年发表长诗《王贵与李香香》，以陕北民歌"信天游"的形式，写土地革命时期两位青年农民的觉醒，风格突出；阮章竞创作的《漳河水》，也具有鲜明的民歌特点，如"漳河水，九十九道湾，／层层树，重重山，／层层绿树重重雾，／重重高山云断路"。这两首诗都是新诗"歌谣化"运动的代表作，成为1940年代民歌体创作的典范。1958年，毛泽东在一次中央工作会议上指出："我看中国诗的出路恐怕是两条：第一条是民歌，第二条是古典，这两面都要提倡学习，结果要产生一个新诗。现在的新诗不成型，不引人注意，谁去读那个新诗。将来我看是古典同民歌这两个东西结婚，产生第三个东西。"（毛泽东：《建国以来毛泽东文稿》第七册，中央文献出版社1993年版，第124页）在这一诗歌观念的主导下，"新民歌运动"轰轰烈烈地展开，民歌体成为当时最重要的诗体，但由此导致的对诗歌艺术的长期忽视，也对中国新诗的发展产生了不利的影响。

充分利用民间歌谣的资源进行自己的创作，是中国新诗形成和发展过程中一个重要的特征。歌谣本身作为民间口头文学样式，具有直面社会的现实性与直接性，情感的表露往往一览无余。在二十世纪新诗"歌谣化"的建构过程中，这一特征表现得尤为明显。由于大多数"歌谣体"新诗粗浅且模式化，存在重政治性轻艺术性的缺陷，当代诗界与学界对此一时期的诗歌创作，少有肯定。但不可否认的是，歌谣有其自身的创造性与鲜活性，如何让歌谣真正成为有益于新诗发展的重要元素，值得我们不断地进行探索。

2. 民间歌谣是当代诗词创作的重要资源

尽管民间歌谣在当下不再对诗歌创作产生巨大影响，学界对于目前民间歌谣创作关注也不多,但"歌谣入诗"的创作传统并未完全断裂,它仍是不容忽视的一条创作支脉。在当代诗人中,就有毛翰、邹惟山、李子(曾少立)、如果(刘如姬)等人,在主流诗体之外延续民间歌谣的传统,并在克服歌谣入诗弊端的尝试中,有所突破,有所发展。

首先是新诗创作对民间歌谣形式的运用。毛翰曾借助网络平台发布电子诗集《天籁如斯》,其中的诗歌融合了大量的文字、声音与图像,被称为"超文本诗歌"。值得注意的是,配乐的特点使《天籁如斯》中的一部分诗歌表现出明显的民谣体的审美特点,而《归字谣》更是直接采用了民间歌谣的形式:

寄你一枝二月兰,二月兰乡是家园。山中的杜鹃水边的燕,相问游子何时还?
寄你一枝湘妃竹,湘妃夜夜歌如哭。五月的龙舟六月的浪,湘妃望断天涯路。
寄你一枝重阳菊,重阳最是伤心日。老父的白发老母的泪,不孝的儿女长别离。
寄你一枝陇头梅,梅花三弄雪花飞。又是一年风光老,天涯游子你归不归?

这首诗以"二月兰""湘妃竹""重阳菊""陇头梅"四个不同季节的植物来表现时间的更替,与《十月怀胎》《妹想哥》等民歌用正月至十二月为时间线相类似;"湘妃夜夜歌如哭"一句与娥皇、女英为舜帝而哭的传说有关,"五月的龙舟"则与端午民俗活动相关,表现出浓厚的民间文学色彩。复沓手法在"寄你一枝……"句式中的运用,以及"兰"与"园""竹"与"哭""梅"与"飞"的押韵,突出地表现了民间歌谣的形式特征。尽管"游子"形象在古典诗歌中极为常见,不论是《游子吟》中"慈母手中线,游子身上衣",还是《天净沙·秋思》中"夕阳西下,断肠人在天涯",都已成为脍炙人口的经典名句,但它并不是一个"过时"的形象,我们现实生活中由于学习、工作、婚姻等因素远游在外的群体越来越多,诗中"归不归"的反复吟唱,恰恰真切地传达出盼望游子早日归家的情感。邹惟山在研究民间文学的同时,也创作了不少具有民间歌谣特色的作品,如组诗《清明 2019》中的《一半是春天,一半是秋天》:"一半是春天一半是秋天/一半在天上一半在人间/从少年到老年我的一生/从内在到外在我的山川/……/就是一个青龙谷的孩子/虽然也一直追寻着神仙/春天和秋天在身体流动/一半是海水一半是火焰。"这首诗节奏分明,在歌谣的韵味和情调中表现了对人生的诗性思考。此外,还有《这个春天,我想起一个人》等诗作也表现了同样的特色。

在新诗之外,当代旧体诗词的创作,也有对歌谣的积极借鉴。曾引起广泛关注与讨论的李子词,既呈现传统诗词的创作技巧,又表达现代生活的思想内容,具有鲜明的个性。李子词中的部分作品,其实也带有民歌、民谣的创作特点。如《南乡子》:"正月是新年。大叫三声黄状元。凳板翻腾龙旋舞。晴天。看客屋场围大圈。　九响赶龙鞭。赶得龙江上水船。千里归来今日好。团圆。十面青山起灶烟。"① 作者在这首词后,附有如下的注释:"凳板龙:南方多地的民间舞蹈,以板凳接龙而舞。赣州龙南县山歌《凳板龙》:正月里来是新年。灶下台上香肉连。脱了身上龙凤裙,大叫三声黄状元。龙凤裙,黄状元。大叫三声黄状元。黄状元实为王状元(王十朋),系方言讹误。"民间歌谣中有一类专门反映习俗的作品,而《南乡子》这首词正是由反

---

① 本文所提及的李子词及其注释均引自《李子词选》,见"北京李子的微博",http: //blog. sina. com. cn/s/blog_ 53c443730102x1x7. html。

映赣州地区年俗凳板龙的山歌化用而来。山歌中"大叫三声黄状元"一句，以极强的画面感将民俗事象的独特性突出出来了，词中直接借用此句，正是对民歌突出直观感受的表现力的认可。而相较于山歌以重复"龙凤裙""黄状元"来表现韵律，词作则精心设置韵脚"年""元""天""圈""鞭""船""圆""烟"；同时以"十面青山起灶烟"来表现"灶下台上香肉连"，突出了诗性美的一面。还有像《长相思》："丫山高。云山高。锄药扪蛇木客巢。山山闻鬼鸮。　青龙挑。黄龙挑。一担营生山路遥。烟深九里坳。"这首词在形式上更接近民谣，表现了对山民艰难生活的同情与关怀。从艺术效果来看，李子词对歌谣形式和内容的借鉴是比较成功的，他在雅与俗之间转换自如，既表现了歌谣的节奏与韵律，又使词的审美性得以发挥。青年诗人如果的诗词，语言细腻，自然清新，她有意识地学习童谣的创作手法，形成了一些童谣色彩浓厚的作品，如《浣溪纱·夏之物语（选二首）》："垒个沙堆就是家，采兜桑葚味堪夸。红红脸蛋笑开花。/天上一窝云朵朵，河边几个脚丫丫。手中闲钓篓中虾。//拾起蛙声入梦乡，童谣荡过老桥梁。儿时脚印一行行。/风语叮咛花骨朵，星眸闪烁夜橱窗。银铃街口响丁当。"（披云、如果、林杉、我今停杯：《断裂后的修复——网络旧体诗坛问卷实录（三）》，《新文学评论》2015年第3期，第163页）整体而言，民间歌谣对古体诗词的渗透，使其获得了一种贴近当下的自然亲切感。

　　最后是民间歌谣对当代诗歌创作的"思维导向"。民间歌谣在当代诗词中的传承与新变是诗歌形式层面的呈现，而歌谣所蕴含的"民间意识"则贯穿在诗歌的内容与思想层面，深刻影响着当代诗词的写作。"民谣对社会文化现象的直接、快捷的反映，对社会文化现象保持着清醒的批判意识，针砭时弊，始终采取独立民间姿态，准确地反映了一个时代的社会文化变迁，以及民间普遍的社会情绪"（刘晓春：《当下民谣的意识形态》，《新东方》2002年第3期，第62页），这种关注社会文化与社会情绪的特点，影响着当代诗词"到民间去"的创作精神，使诗人们关注和书写普通人的生活与情感，对平凡个体的命运予以关怀。在书写民间生活的诗人群体中，由乡村进入城市的"打工群体"表现出了鲜明的特色，他们关注的是自己身处其中的民间世界，真实地"解剖自我"，表现自己的情绪。比如迎客松的《架子工》："他们身怀绝技／人人都会赶钢管上架／会指认空中的云朵／喊出自己的故乡／一群中规中矩的人／横平竖直，把城市升向高处／落地之后／他们就是失去武功的人／茫茫然，苟且于杯盏／酒正酣时，摔出一声唱腔。"（《中国诗歌》2018年第五卷，第66页）诗歌描写高空作业的架子工人，中规中矩地按照图纸搭建钢管，用娴熟的专业技能使城市拥有一栋栋拔地而起的高楼，但是在远离故乡的城市，他们的精神是空虚的、没有着落的，只有在觥筹交错间寄寓一颗"茫茫然"的心灵。诗人用一种冷静客观的笔锋，深刻揭示了乡村民工在城市中生活单调、精神匮乏的生存状态。在《木工》中，诗人写木工每日重复着钉钉子、拉电锯的机械劳作，"他有用不完的钉子／每天摸出一打／东一颗，西一颗／南一颗，北一颗／／他有一把锋利的电锯／一寸光阴一寸金／时光尖叫，落成碎屑"（《中国诗歌》2018年第5期，第66-67页），他的生命在重复、繁重的工作中慢慢耗尽，以至于"他最后的杰作／在一截木头上／盖棺钉论"。直到生命的最后时光，木工也未能摆脱宿命，这颗钉子将他的一生都牢牢地钉在了木头上，为他的生活盖棺定论。迎客松的《架子工》与《木工》两首诗，对打工人群的工作生活进行刻画，其简洁、冷静的语调背后，蕴含着诗人对这一类身份特殊的人群的深刻关切：他站在民间的立场上，看到了乡村与城市发展不平衡的矛盾下，来自底层的、背井离乡的非原住民原乡意识的撕裂，对他们在城市生活的艰苦与精神的匮乏给予人性关怀,而这正是民间情怀在诗歌中的延续。

对新文学创作而言,"从民间文学的角度为新文学寻找资源,可以为当代文学发展提供平民精神、质朴情感和创新艺术形式的参考,增添文学创作中的人文精神;在对民间文学和作家文学关系的历史思考中,唤起'眼光向下''走向民间'的关照情怀,使读者能从当代文学作品中读出更深厚的亲切感、乡情感、质朴感和自然感"(王文参:《"五四"新文学的民族民间文学资源》,民族出版社 2006 年版,第 11 页)。而对于当代诗歌来说,民间歌谣作为一种重要的创作资源,在诗歌形式的创新、人文精神的彰显、自然情感的流露等方面,都发挥着不可替代的作用。

3. 民间歌谣与当代诗歌的经典化问题

诗歌的"经典化",在诗歌选本、文本批评与文学史论著中,都是一个重要的问题。罗振亚认为,"经典诗歌是意味和形式共时性的审美体现",百年新诗在发展历程中,由于社会环境的复杂,诗歌多重质轻艺,没有协调好人生与艺术的关系,创作主体的精品意识缺乏;同时因为"诗歌本体观念的褊狭以及随之而来的艺术表现中情感和理性的失衡,也限制了许多诗作难以触摸到经典的边缘"(罗振亚:《百年新诗经典及其焦虑》,《文艺争鸣》2017 年第 8 期,第 46 页)。反观当下的诗歌创作,能称之为经典的篇目屈指可数,一些流于口语化、鄙俗化的诗歌甚至引发读者对诗人的反感和疏离。诗歌能否走向经典化,当然与构建经典的时代及方式等外部因素密切相关,但成为超越时代的经典,更重要的在于文本本身对中国诗歌史所做出的贡献。在这一过程中,诗歌的写作也许可以回归到历史经验中去,汲取民间歌谣的营养,寻求一个有效的发展方向。

(1)歌谣的审美本质与诗歌的美学追求

邹建军教授曾经指出，新诗的经典性首先来自于诗美的创造。一首经典诗歌，一定有其独特的美感，有能够打动读者的地方，而这种美感应该是建立在真情流露、自然抒发的基础之上的。"为赋新词强说愁"的创作不会让人产生共鸣，更不能给人以心灵的震撼，而民间歌谣"如十五国风，出诸里巷妇女之口者，情词婉曲，自非后世诗人墨客操觚染翰，刻苦流血所能及者"（蒲泉、群明编：《明清民歌选》（甲集），古典文学出版社1957年版，第1页），源于其在内容表达上的"真"，即一种缘事而发的感性表达。民众把对日常生活的感悟寄托在歌谣中，在语言形式上表现出质朴自然、俗中见雅的风格特点。诚如冯梦龙所说，"但有假诗文，无假山歌"。从这一角度而言，新诗创作的审美追求与民间歌谣是相契合的。周作人在《歌谣》中称："民歌与新诗的关系，或者有人怀疑，其实是很自然的，因为民歌的最强烈最有价值的特色是他的真挚与诚信，这是艺术品的共通的灵魂，于文艺趣味的养成是极有益的。"（周作人：《歌谣》，《晨报副刊》1922年4月13日）回到当下的诗歌创作，这一观点依然是合理的，诗歌应该向民间歌谣汲取营养，在审美意识层面突出情真意切。同时，民间歌谣在灵活多变的句式中，既有张扬大胆、酣畅淋漓的表达，也有巧妙运用修辞、含蓄绵长的特点，同样值得我们的诗人们借鉴。刘半农的《教我如何不想她》一诗就是运用歌谣美学特征的典范之作，既表现了歌谣的真情，又具有诗歌的韵味：

"天上飘着些微云，地上吹着些微风。啊！微风吹动了我头发，教我如何不想她？月光恋爱着海洋，海洋恋爱着月光。啊！这般蜜也似的银夜，教我如何不想她？水面落花慢慢流，水底鱼儿慢慢游。啊！燕子你说些什么话？教我如何不想她？枯树在冷风里摇，野火在暮色中烧。啊！西天还有些儿残霞，教我如何不想她？"诗歌开头以天上的云与地上的风起兴，由自然风物引向情感的表达,这正是民间歌谣的显著特点之一。由于歌谣与民众的日常生活息息相关,因而创作者们总是将眼前看到的情景或是日常生活中的常见事物纳入其中,并借此表达其情感。全诗在"啊!……教我如何不想她?"的句式中回环往复,"洋"与"光""流"与"游""摇"与"烧"的押韵也表现了歌谣的节奏美。尽管句式简洁、用词朴质,但却流露出真实自然的情感,毫不做作地表达出对恋人甜蜜的思念。

当代诗人在诗体探索的过程中,也自觉地寻求歌谣所表现的真实的美感,延续"求真"的美学原则。近年来,在诗坛引起热烈讨论的诗人余秀华,其作品就是诗人自己生命体验的自然书写。刘年在《诗歌,是人间的药——余秀华和窗户的诗歌编后记》中写道:"是不是从内心里来,能不能到内心里去。——这是我看诗歌的标准。……诗歌就是唯心的,唯良心和真心是从。……真,是余秀华和窗户的诗歌唯一相似的地方。'真诚、真实地展示内心',这是窗户的诗歌观点。'诗歌是灵魂的自然流露',这是余秀华对诗歌的理解。"(蝴蝶的博客:《诗歌,是人间的药》——刘年,http://blog.sina.com.cn/s/blog_98e0a1650102uz3i.html)无论从编者还是诗人的角度来看,诗歌总是和真实的内心紧密联系在一起的。余秀华的诗歌写自己生活了半辈子的横店村,显得自然纯粹,如"恰巧阳光正好,照到坡上的屋脊,照到一排白杨/照到一方方小水塘,照到水塘边的水草/照到匍匐的蕨类植物。照到油菜,小麦/光阴不够平整,被那么多的植物分取/被一头牛分取,被水中央的鸭子分取/被一个个手势分取/同时,也被我分取/我用分取的光阴凑足了半辈子/母亲用这些零碎凑足了一头白发"(《横店村的下午》);写身体的残缺也毫不避讳,如"我的身体倾斜,如瘪了一只胎的汽车""我的嘴也倾斜,这总是让人不快"(《与一面镜子遇见了》);写爱情里的渴望与痛苦,则真情流露,如"从前,我是短暂的,/万物永恒。/从前,他是短暂的/爱情永恒/现在,我比短暂长一点,爱情短了/短了的爱情,都是尘"(《那么容易就消逝》)。这种"求真"的创作追求,使余秀华的诗歌最自然地表现了诗人的生活与情感,在"血肉模糊"中"发出光芒的情意"(《你没有看见我被遮蔽的部分》)。

因此,不论从诗歌的审美本质还是诗歌创作的成功经验来看,取法于歌谣的情真意切,都是诗歌走向"经典化"的可行路径。

(2) 歌谣的格调与新诗的体式

新诗的创作走过了百年时光,但直到当下,诗体的建设仍然处在徘徊与摸索中,诗无常体成为新诗的一大困惑。新诗不讲究格律,其情感而非语言层面的内节奏,也是其他文类的优秀作品所具有的共同品质,这其实与诗体的形成有一定的关系。因为所有的文体在内涵上都具有双重性,"从表层看,文体是作品的语言秩序、语言体式,从里层看,文体负载着社会的文化精神和作家、批评家的个体的人格内涵"(童庆炳:《文体与文体的创造》,云南人民出版社1994年版,第1页)。文体作为文学艺术的形式载体,存在深层的社会文化价值,在"五四"特殊的社会文化语境中,新诗所象征的精神是自由的现代精神,因而新诗体也是平易的、不事雕琢的。当新诗的开创者们"熟视了散文的不修饰的美,不需要涂脂抹粉的本色,充满了生活气息的健康"(艾青:《艾青全集》第3卷,花山文艺出版社1991年版,第64-65页),便不愿再遵循韵文的规律来创作。所以有学者说:"文学的文体从来都不是一个简单的技巧问题,文体显示出一个时代的精神面貌。"(白海珍、汪帆:《文化精神与小说观念》,河北人民出版社1989年版,第138页)

在推动新诗复兴的时代语境中,如何重建诗体是当代诗界的热门话题。吕进认为,"提升自由诗,成形现代格律诗,增多诗体,是诗体重建的三个美学使命"(吕进:《三大重建:新诗,二次革命与再次复兴》,《西南师范大学学报(人文社会科学版)》2005年第1期,第132页)。提升自由诗要以外节奏作为定位手段和制约形式,现代格律诗的成形,需要产生规律性的韵式和段式,这都与诗歌语言的音乐性相关,而歌谣优美的格调,在音乐性方面能给予诗歌一定启示。这从《诗经·国风》中就可以窥见一二,如《关雎》的双声、叠韵使全诗朗朗上口,十分悦耳。民间歌谣的形式丰富多彩,常见的有:以整齐的五言或七言组成的四句头,由四、六、八句组成一节或一首,每句四顿,其中一、二、四句押韵;节奏、韵律与四句头相近的五句子,由七言五句成一节或一首;两句一对,每句十个字,在第三、六、十个字停顿的十字调;两行一节,多为七言四顿,句子长短可伸缩的信天游与爬山调;大体押韵、上下两节句式和节奏均衡对称的花儿等。这些民间歌谣有的格律节奏严谨,有的则相对活泼自由,其形式的运用与歌谣的内容和情感相适应。阮章竞以歌谣形式写成的《乌拉山麓下》与《清晨》就呈现出完全不同的情感风貌:"白草茫茫天昏昏,/黄河呜咽千万年;/天舒地展无边际,/春风飞花日/从不到草原!""多谢风雷刷净天/晨空如蓝棉/启明星欢笑,/半躲月牙边。小鸟啾啾两三群,/顷刻千峰被喷成金。"(《阮章竞诗选》,《中国诗歌》2017年第九卷,第126-128页)前者广阔辽远,后者则清新自然。

  诗体的重建是一个漫长的过程,如何确立新诗的外节奏与音乐性还需不断进行探讨和尝试。对于诗歌的经典化而言,传诵是其中一个重要的过程,无韵的新诗在语言形式和口头传播的层面上,也有向歌谣学习的必要性。当然,新诗的经典化问题不能仅仅依靠借鉴民间歌谣的美学追求与体式特质来解决,歌谣对于诗歌而言也有其自身的局限性。歌谣作为新诗发展过程中一种重要的文化资源,创造价值的同时,也会产生一些重要的弊病。对于当代诗歌的建构与复兴而言,歌谣资源仍然具有很大的空间。

新诗选本、诗歌传播与当代"选学"

邹建军

中国新诗的产生已经有超过一百年历史,新诗的传播也就有了超过一百年的历史,而新诗的选本及其"选学",也就成为了一个可以讨论的问题。在中国古代社会形态之下,也许谈不上什么真正意义上的文学传播,然而,在现代技术条件与人文环境之下,文学传播却成为了一件相当重要的事情。在超过一百年的新诗传播过程中,"新诗选本"到底有哪些,分别发挥了什么作用,产生了什么意义?从中国新文学发展的历史来看,诗歌的传播与接受主要就是依托丰富多样的个人诗集和各式各样的诗歌选本,其动力在于科举考试必然的诗赋内容与传统儒家建功立业的思想,在中国形成了相当长远而深厚博大的诗教传统。一般而言,在近代以前,中国一直不存在现代意义上的文学期刊,当然也就不存在现代意义上的文学纸媒,那么,也就没有所谓文学作品的正式发表。在这种情况下,诗人们个人创作的文学作品和诗歌作品,只有依靠民间手抄本的方式进行传递,也许附着于某些书法作品,也许就是个人诗集的他人刊行,如苏轼诗集在生前就由朋友出资印行,这才发生了震惊中外的"乌台诗案"。然而,中国古代诗歌的传播,最为重要的、产生重大影响的,还是选集或全书的编辑,如有名的《唐宋八大家文选》《全唐诗》等大规模选本，以及后来的《千家诗》和《唐诗三百首》之类的选本。在中国古代，这样的著作多半是类书或全书，"四书五经""四库全书""资治通鉴"之类的名著，就是这样产生并形成起来的。然而，就诗人个人的力量与技术条件而言，这样庞大的文学与学术工程，在短时间内是难于完成的。如果没有政府的提倡和众多人员的积极参与，简直就只能是望洋兴叹，而难于有所作为。

在"五四"新文化运动中，作为一种在中国从来没有过的新文体，新诗为了流行与发展起来，在1920年前后，就有了三个重要的选本：《新诗集（第一集）》《分类白话诗选》和《新诗年选》。自此开始，在每一个历史时段，几乎都有新诗的选本问世，有的还产生了比较大的社会反响。根据新诗产生一百年的历史事实，不难发现一种有趣的现象：新诗选本不是太多了，而是太少了；不是太丰富了，而是太单调了。因此，今天我们提出新诗的选本、新诗的传播与接受，及其与此相关的"选学"问题，并不是没有意义和价值的。本文主要讨论以下四个问题：一、现有的新诗选本存在什么问题？二、未来的新诗选本当如何进行？三、什么样的新诗选本更容易在世界范围内流传？四、新诗的编选是一门重要的学问吗？以下试作展开分析与深入讨论。

1. 现有的新诗选本存在什么问题？

在一百年以来的中国诗坛上，虽然已经有了许多新诗选本，却并没有完全满足读者的阅读需要。我们现有的新诗选本，大致可以分为以下七种类型：第一，年度选本。如最早的《新诗年选》，自1980年代开始，长江文艺出版社、人民文学出版社和广西师大出版社所出的一年一度选本中的新诗选本。这种所谓的"年选"，是包括了文学创作的所有重要文体，如小说、戏剧、散文、翻译、文论等，只是其中包括了一本新诗。笔者没有编过

"新诗年选",但编选过三年的《外国文学作品精选》(长江文艺出版社)。虽然先驱者们很早就开创了"新诗年选"的传统,然而在1920年代、1930年代直到1950年代,由于中国处于战乱年代,这样的"年选"没有能够坚持下来。到了1980年代特别是1990年代,由于人们阅读兴趣的需要和商业利益的驱使,才重新恢复了这样的传统。最近二十年来,具有相当影响的新诗年选,一般认为有这样三套:一是原《人民文学》主编韩作荣主编、由长江文艺出版社推出的中国年度文学作品选的"诗选",一是《作品》原主编杨克主编的《中国新诗年鉴》,一是由中国作家协会霍俊明主编的中国年度文学作品中的"诗选"。这三种"年度诗选",几乎都坚持了十年以上,有的达到了二十年时间,为中国新诗的传播做出了重要的贡献。十分可喜的是,《中国诗歌》编辑部自2018年开始,每一年编选六本年选,分别涉及了"新发现""年度诗歌精选""年度诗歌理论选""年度实力诗人诗选""年度女性诗人诗选"等,实际上是对中国"五四"早期所开启的"年度诗选"的扩大,也是对"年度选本"传统的一种坚持和延续。第二,供教学用的史料性选本。在1970年代与1980年代之交,在中国改革开放的初期,上海教育出版社就出版了一套《新诗选》,似乎有四册之多,主要是为高等学校的文学教学需要而编选的,是一种史料性的选本,不供一般读者的阅读。华中师范大学出版社出版《中国当代文学》三册,同时也有配套的文学作品选,只是没有专门的"新诗选本"。这样的选本笔者也曾经参与过,武汉出版社曾经出过一套《新编中国现当代文学作品选》(2002年),其中的第四卷《当代诗歌、散文、戏剧卷》中的《当代诗歌》部分,就是由笔者编选完成的。这一类选本应当还有许多,我们一时也难于统计,因为在整个1980年代和1990年代,基本上不存在统编的教育部教材,各地各高校许多所用的教材都自编自用,教育主管部门对此也是相当鼓励的。中国地域过于广大，高校也有很多，现在无法全部统计中国现当代文学作品选有多少种，其中的诗歌卷有多少种。自1980年代以来，比较权威的高校文学教材：一个是北大钱理群等所编的《中国现代文学三十年》，一个是复旦陈思和所主编的《中国当代文学史教程》，一个是华中师大王庆生等所编的《中国当代文学》，在相关的中国现当代文学作品选中，都有诗歌这一部分，基本上都是新诗。不过，可以肯定的一点是，这类供教学用的诗选或文学作品选，除了在高校供大学生阅读之外，受到社会大众喜爱的，几乎是不存在的。第三，供社会大众读者阅读的选本。著名诗人臧克家先生曾经主编过一本《中国新诗选》，如果按发行量来说，受到了广大读者的欢迎，因为那个时候全国上下就是"一本书"。人民文学出版社曾经从上个世纪七十和八十年代之交开始，每年要出版一本名为《诗选》的作品集，形成了一个重要的诗歌系列，也产生过比较大的反响。那是一个缺少文学读本的时代，只要有可以阅读的东西，大家就会不约而同去购买。本人与已故陆耀东先生，也曾经编过一本《世界百首经典诗歌》，由长江文艺出版社出版，产生过一定的影响。这一类供大众读者阅读的全本诗选，总体上来说还是太少太少，编得好的、产生过重要影响的更是不多。第四，专题类新诗选本。如《中国现代爱情诗选》《中国十四行诗选》《中国现代格律诗选》《中国校园诗选》等。有的以题材而分，有的以主题而分，有的以文体而分，有的以历史发展阶段而分，有着与其他选本不一样的追求。相对而言，在中国新诗的历史上，这样的选本还是比较丰富的，也是受到读者欢迎的，只是门类不齐，题材偏于一端，也有一些重复的现象。第五，"大系"之类的新诗选本。如《中国新文学大系》之诗集、《中国新文艺大系》之诗集、《中国抗战时期国统区文学大系》之诗集、《中国延安文艺作品大系》之诗集等。这样的所谓的"大系"，往往是政府部门每到一个重大的历史"纪念日"为了某种政治的目的所搞的工程,虽然并不是为了收集新诗作品本身,而是为了收集所有的文学作品,但新诗作品作为文学作品的一大类,其结果在实际上就成为了一种比较全的"新诗选本"。与此相关的,还有一种十年诗选系列,如某一个省或市的十年诗选、三十年诗选、四十年诗选、五十年诗选、六十年诗选、七十年诗选,或者全国的十年诗选、二十年诗选、三十年诗选、四十年诗选、五十年诗选、六十年诗选、七十年诗选,或者湖北省、四川省、河南省"百年新诗选"之类的。这样的新诗选本也特别多,一时无法进行全部统计。这种选本,就是为了保存某一个地区在某一个时段的诗歌作品,以全面性、史料性为主,为了纪念某一种盛大的节日,基本上不是为了诗歌艺术本身,当然,在编者来说也有一个选择的过程。也许这就是一种"中国特色",体现了政府部门的历史意志与文学情怀,成为了中国作协以及各省、市作协工作的一个重要部分。第六,中国新诗史上的作品重选,并且往往由一个名家来主持,如周良沛主持的《中国新诗库》一共十卷,每一卷十本,一共100本。还有香港傅天虹所主持的"中国新诗金库",是一套规模巨大的个人选本集合,将当代许多中国诗人的作品,都纳入其中。这是一个庞大的工程,据说有数百本之多。然而,这样的诗选系列,并不适合于大众读者的阅读兴趣,主要还是个人诗集和诗选,一本一本地集合起来,并且还在继续往下编。第七,主要是供大众读者阅读的选本,如《新诗三百首》《妈妈教我读新诗》《中国现代新诗五百首》《中国新诗一千家》《中国青年诗人三百家》之类的选本。在此方面,蓝棣之、张永健、赵国泰、黄邦君等是重要的选家,他们编选过一些有影响的选本。然而,从总体上来说,从中国广大读者的要求来说,这样的选本还是不够多,同时,许多选本也选得不精,有的选本读者也不是太多,完全不能与中国历史上《唐诗三百首》这样的经典选本相提并论。文学最重要的本质是审美,文学也产生于审美的需要,供大众阅读是第一功能,供文学批评是第二功能,供学术研究是第三功能,供历史积累是第四功能,因此,编好供大众阅读的新诗选本,是时代的需要,是历史的责任,而我们的前人和同时代人,没有很好地完成这样的任务。

　　从总体上说,这样一些新诗选本,在中国各个不同的历史时段,虽然发挥了一定的作用,然而远远不能满足新诗读者的需要,也不适应新诗传播的历史要求。主要存在以下几个方面的问题:一是新诗的选本还是太少。从总体上来说,中国自古以来就是一个诗的国度,写诗的人很多,读诗的人也很多。就文学的各种文体而言,读诗的人要远远大于读小说、看戏剧的人,当然阅读诗歌的人,也多于阅读散文和读论文的人。自1990年代以来,有一种"写诗的人比读诗的人都要多"的说法,我认为这样的说法,简直就是胡说八道,他们没有任何统计和研究,就在那里乱讲一气,讽刺写新诗的诗人。在中国,传统诗词是中华文化的精粹所在,相比于其他文体而言的确是如此,所以这种说法几乎就是一种定论。在中国古代文学所有的文体形式中,没有哪一种文体可以像诗词作品一样,与中国古人的思想情感和道德情操如此密切地联系在一起。道教是打开中国传统文化的一把钥匙,而中国古代诗词和道教之间,也存在着一种直接的联系。历代以来,中国文人从小不读诗的情况,基本上是不存在的。在中国民间有一种说法,"熟读唐诗三百首,不会写诗也会吟",这样的说法不是没有根据的。在中国新诗兴起之后,读新诗的人虽然不如读古诗的多,然而从总体而言,读诗的人仍然是很多很多,说明中国自古代开始所形成的读诗传统,没有任何的改变。因此,相对于诗词的读者而言,古典诗词选本是相当丰富的,然而,关于新诗的选本却一直不多,甚至可以说,百年以来我们并没有编出过发生重大影响的"新诗选本"。事实就是如此,当然也是有原因的。二是现有的"新诗选本"过于单一。现有的"新诗选本",主要是从历史资料着眼而编的,而少有从一般读者的需要出发而编的,特别缺少面对社会大众读者的选本,而专门针对大学生和中、小学生的"新诗选本",更又是少之又少。在我国,正式出版的诗刊诗报,虽然只有十来本,然而民间自己所编发的诗刊和诗报却是数不胜数。根据我目前所了解的情况,几乎是在每一个省、县、市、区,人们都办有自己的诗刊或诗报。既然民间力量办有这么多的诗刊诗报,而其他地方的读者又少有机会读到,就需要有更多的、各式各样的、丰富多彩的"新诗选本"。《诗选刊》是当前中国唯一的一家诗歌选刊,虽然有的人对于它的编选存在很大的意见,然而其发行量还是比较大的,说明社会大众是需要这样的新诗选刊的,人们需要一些有鉴赏能力的批评家,来为他们从浩如烟海的作品里选出优秀的作品,让更多的读者可以直接进行审美阅读。《中国新文学大系》《中国新文艺大系》这样的选本,完全是为了历史文献和学术研究而保存一些作品,反映一个历史时期的全相,大众读者是没有办法阅读的。从根本上说,这样的"全书式"的"选本",编选者也不是为了大众的审美阅读。就社会发展而言,供广大读者阅读的选本是第一位的,其中的原因不言自明,然而与此相关的问题,也值得花费力气去进行研究。就目标读者而言,各类读者都需要自己的选本,供研究生、大学生、中学生、小学生阅读的,都可以有不同的选本。就诗体而言,每一种诗体都可以有自己的选本,如散文诗、抒情短诗、小诗、格律诗、自由诗、白话诗、叙事诗、长诗、史诗、民谣体等等,根据有的学者的研究,如果细分的话,新诗的文体可以分出一百种以上,然而,一百年以来,我们也只有几种文体的"诗选"而已。我们现有的"新诗选本"过于单一,从此可见一斑。三是针对各民族读者的选本太少。中国是一个统一的多民族国家,除了汉民族之外,还有五十六个少数民族,许多民族也都有自己的语言或文字,因此,以汉语为工具的新诗作品,如果没有以翻译为前提的多种文字选本,那其他民族的读者如何读呢?认识汉字的读者可以欣赏,而不认识汉字的少数民族读者如何欣赏呢?反过来说,少数民族也有不少的诗人,他们所创作的作品也有不少是属于新诗作品,从理论上来说,也存在一个将少数民族文字译为汉语出版的问题。据我所知,最近一百年以来,汉语新诗的少数民族文字译本是相当少的,成为新诗历史上的一个重要缺失,而许多诗界人士,对此还是没有基本认识。所以,就中国国内而言,各民族都应当有自己的语言和文字的新诗选本。当然,有的民族汉化得很厉害,只有自己的语言而没有了自己的文字,但有自己的文字的民族也还有不少,如维吾尔族、哈萨克族、蒙古族、回族、壮族、朝鲜族和满族等,可是我们有没有编选过这些民族文字的中国新诗选本呢?四是新诗选本的艺术质量不高,所以读者也不会很多。像《千家诗》和《唐诗三百首》这样的选本,在中国现代以来几乎是没有的。诗刊社所编的《诗选》和臧克家先生所编的《中国新诗选》这样的选本,主要是为高校中文系的教学工作服务,为了保存一些历史上的新诗作品,其实不太适合于高校的教学之需要,所以,过了几年就少有人再用作教材。后者虽然主要是为了普通的读者,然而其所选的新诗作品时代的、政治的色彩过于浓厚,其生命力大概也不到十年。真正的新诗选本,不论是供教学用的选本,还是供大众阅读的选本,都要以艺术审美为标准,把艺术上有创造性的作品选进来,而不能只是从政治出发,也不能着眼于特定时代的要求。一个时代有一个时代的诗歌,一个民族有一个民族的诗歌,然而诗歌作品的生命力不在于它的时代性和民族性,而是在于它的个体生命性和审美创造性,这是经过改革开放的历史过程才取得的一种学界共识。因此,只是从时代特色出发来选诗,或者从政治需要出发来选诗,是一种没有历史眼光的选择。五是没有研究而乱选一通,为了一个并不存在的所谓流派而选,其实只是几个人作品的集合而已。如有一本《七剑诗选》,选编了广东的七个诗人的作品,一看便知是一种个体的随意集合,取了一个名目而已,并不具有一种实质意义。前不久在一个微信群里所传的《二十世纪中国十大诗人诗选》,在所谓的十大诗人中,有的诗人与其他真正的大诗人在一起,简直就是一个笑话。当然有几个还是可以算成十大诗人的,然而,有的诗人根本就不可成立,因为他们的作品根本不在一个档次上,更为重要的是所谓的"十大诗人",也没有一个明确的标准。"十大诗人"是由谁评选出来的呢?是根据什么而评出来的呢?从历史上来看,能够进入文学史的作品,还是艺术为上、美学为上的,在艺术形式、艺术体式、艺术语言等方面有着诸多高妙的东西,才会为后来的读者所认可,才可以进入正式的文学史。就现有的选本而言,也许只有洪子诚的选本、谢冕的选本、蓝棣之的选本等,可以经得起历史的检验。最近读到一本由骆家、金童主编的《新九叶集》(广西师范大学出版社,2019 年 3 月版),选取了李笠、金童、高兴、树才、少况、黄康益、骆家、姜山、李金佳九位当代诗人的作品,虽然是借用了现代的"九叶"派之名,但也有一些根据,并且有着新的思想和艺术追求。然而,从总体上来说,在中国新诗史上,真正有追求、有水平的选本,实在是少之又少,而真正的选家,也是少之又少,这也是一种历史的事实。当然,最重要的问题还是缺少供大众读者阅读的经典新诗选本。其原因在于,首先,一百年来中国战争年代比较长,而真正的和平年代比较短;其次,中国新诗与中国古诗之间发生了断裂,古诗的选学没有延续到新诗的选学,新诗的编选没有理论上的支撑;第三,缺少真正杰出的选家,很少有人愿意从事新诗的编选工作,编选新诗在任何单位都是不算成果的,当然就不会有多少人来从事这个方面的工作;第四,"商业化"与"市场化"因素在新诗的出版和新诗的编选中发挥了重要的作用，主要是一种负面的作用。新诗的读者面本来就不广，在所有的文体里面，也许只有文学理论在读者中的被重视程度，要弱于新诗，因此，它的价值就不是可以由市场的大小来决定的。然而，由于我们的新时期以来，一切以经济工作为中心，一切以资本为中心，让整个社会趋于商品化和浮躁化，能够欣赏诗的人也越来越少，这给新诗的传播在客观上造成了一定的困难。可是，这个工作却十分重要，因为它影响到新诗的传播，同时也影响到新诗的阅读，新诗的教育和新诗的社会地位。没有优秀的选家就没有真正的选本，而没有优秀的选本，我们的广大读者读什么呢？即使是古诗，人们也多是读选本，而不是读诗人的个人诗集。

2. 未来的新诗选本应当如何进行？

既然我们已经明确了现有的新诗选本和新诗传播所存在的问题，那么，对于未来的新诗选本应当如何进行与需要哪些讲究，就有了一个基本的认识。首先，对于诗歌选本对新诗传播与接受以及对于创作所产生影响的重要性，要有起码的认知。在当代中国，由于网络平台的建立，涉及的面越来越广，参与的人越来越多，写诗的人也就越来越多，从总体上来说新诗作品也就写得越来越好。如果我们随机而问周边的人，许多人都会说自己喜欢诗歌，时时会写上那么几句表面上像诗的东西。然而，有一种现象值得我们特别注意，那就是在上个世纪九十年代以前，往往一首重要的诗作在报刊一经发表，就会出现万众争相传诵的盛景，洛阳纸贵的情况也时有出现，可是到了新世纪之后，似乎就再也没有出现过类似的情景。其原因是多方面的，主要是因为在文化消费的多样化形态和社会生活的娱乐化倾向背景下，诗歌特别是新诗，对于现代社会生活中的人们而言，不再像从前那样重要了，他们也不像从前那样来关注诗歌的创作与发表了。同时，这也与新诗选家的严重缺失有关。在每一周都发表数以千计诗歌作品的情况下，读者如何来进行阅读选择？可以说每一个人都没有什么好的办法来进行选择。而我们的选家，如果没有用心尽力地做好新诗的编选工作，那人们也就无从阅读到最新的诗歌精品，只能是拾到篮里都是菜了。而为什么会是这样呢？中国的学界、批评界和读书界，对此从来没有足够的重视，似乎有的人认为诗歌的阅读特别是新诗的阅读是无足轻重的。我们的图书出了很多，然而主要是为了评职称而出，似乎从来都没有为广大的读者着想，许多书成了出版之后，就没有人读的死书。我们的诗刊也出版了不少，然而，现在的一本诗刊有多大的发行量呢？据说也就是几千本，发行量上万本的诗刊是很少的了。为什么没有像上个世纪八十年代，一本诗刊可以发行数十万本呢？最近一些年来，个人的诗集也出得不算少，然而，有多少人购买这些诗集呢？所以，在这种情况下，选本对于新诗的传播与接受，就显得特别重要。甚至可以这样说，没有优秀的新诗选本，也就没有了新诗的传播，也就没有了新诗的接受，或者说新诗在社会大众中的传播。也许有人会说，现在网络如此发达，每一个人都有手机，而有了手机就可以看到网上所有的诗歌作品，然而如果没有由专家所进行的选择工作，那么多原创性的作品，我们如何才可能阅读？我们可以阅读哪些？这的确也是一个问题，并且是一个极其重要的问题。其次，要有一大批真正有经验的诗歌选家的出现。选本的后面是选家，没有高水平的选家，也就没有优秀的选本，因为一般对于诗歌没有修养的人，是鉴别不了什么是好诗而什么是坏诗的。你首先要懂得诗，要能够欣赏诗，特别是新诗，因为你要选的是新诗而不是旧诗。能够欣赏旧诗的人，不一定能够欣赏新诗，因为新诗是另一种语言、另一种节奏、另一种形式和另一种结构。据我的经验，旧体诗人往往是不懂得新诗妙处的，因为他们根本就不喜欢这样的新诗。自"五四"以来，有多少持旧有观念的人，漫骂自由体的新诗呢？甚至有人在一开始就认为不能用白话来作诗，认为诗体本身就不是自由的，因此"散文诗"这种说法，也是不能成立的。只有了解新诗产生的历史必然的人，只有了解新诗的艺术特点的人，才有可能成为新诗的知音，成为真正的新诗选家。如果不懂诗而又要去选，那就只有乱选一通，把真正的好诗丢掉，把不好的诗选了进来。这样的选本，还有可能流传吗？还有人愿意接受与肯定吗？所以对于新诗选本而言，选家自身的素质与修养是特别重要的。什么样的人选什么样的诗，有什么样的选家，就会有什么样的新诗选本。无论是学者选诗，还是诗人选诗，首先是要懂得诗，特别是新诗。不是说学者就一定对于诗有所研究，不是说诗人就一定会懂得诗的本身，这个问题比较复杂。一个真正的选家，除了修为和素质以外，还要有独到的艺术眼光，要体现出独立的审美观念。再次，任何时候都要从审美的角度进行选择。我们有不少的选本，没有过多久就已经过时了，就没有再版的可能了，原因就在于选者没有独立的审美眼光，没有把那些在艺术上有特点和真正创造性的作品选出来，而总是从政治出发、从时代出发来考虑作品的价值，什么样的主题，什么样的题材，什么样的思想，什么样的情感，首先关注的是政治正确，其次才是关注艺术上的创新，甚至根本就不关注艺术上的创新。这样的选家所选出来的选本，很快就会时过境迁，当然也会很快就失去读者。文学是作家审美的产物，诗歌是诗人审美的产物，而它们之所以有传世价值，首先就在于它们的审美个性和审美创造性，这样的审美个性是其他作品所不可代替的。真正优秀的新诗作品，无论对于诗人个人而言还是对于整个诗坛而言，都是独一无二的存在。如果一个作品政治色彩过于浓厚，一个作品时代色彩过于鲜明，基本上是没有艺术生命力可言的。近代以来的许多诗人及其创作，在此方面留下了深刻教训。在郭沫若的早期诗集中，《女神》虽然有深厚的时代精神，也有一定的现代意识,诗人的情感和思想主要还是通过独立的形象和独特的意象来表达,所以其中不少的作品具有相当的可读性,也有一些不可读的作品,如果我们现在来选其中的十首代表作,也是不太容易;《瓶》之后的《前茅》和《恢复》等诗集,不论是当时还是在现在,大部分作品则是完全不具有可读性,因为它们在创作的时候就已经没有了诗人的个性,更没有了诗人气质。这些作品离当时的政治太近了,时代的痕迹过于明显,许多作品就是所谓的时代精神的传声筒。贺敬之的作品,也存在同样严重的问题,比较好一点的是《桂林山水歌》,及少年时代在延安创作的一些散章,而后来的《放声歌唱》《雷锋之歌》《十月之歌》《八一之歌》等,现在来读许多读者就会觉得相当困难。是由什么原因造成的?就是审美个性不足,艺术创造性不强,没有体现出诗人独立的思想,不存在诗人身上的高度个人化的东西。相比之下,郭小川的许多诗歌作品,虽然也有明显的时代印记,然而由于在艺术上有比较个人化的东西,所以如果现在我们来进行选择,还是有一些可选的作品,也许并不只是《团泊洼的秋天》之类的作品。文学首先是审美的发现与审美的创造,这是我们当代中国诗人对于文学的基本认识,对于诗歌的认识,就更是如此。有的人认为文学的本质是伦理的,文学的首要功能是道德教诲,既不符合文学史的事实,也不符合现有的文学基本理论。如果我们编新诗选本的人没有这样的认识,则绝对不可能成为真正的选家,那所谓什么优秀的新诗选本,就只能是一句空话。第四,分类而选是一个可行的办法。在今天,我们如果再选《二十世纪中国诗选》《中国现代诗选》《中国新诗选》这样的选本,并不是说完全不可以,然而这样的笼而统之的选本,已经不再适合于一般读者的阅读需要,也不太适宜于中国新诗的大众传播之目标。如果将之作为学生的教材阅读之读本,当然也是可以存在的。如果我们现在再来编选《新诗三百首》《中国现代新诗三百首》《中国当代新诗五百首》这样的选本,是不是可行的呢?我认为这样的选择也不是不可以,然而不太容易操作。中国新诗史上浩如烟海的新诗作品,你如果没有读完全部,你如何选其中的五百首或三百首?如果编选了这样的选本,别人就会问你的标准是什么?估计许多人都无法回答,也无从选择。并且,从历史上来看诗有多种多样的形态,各种不同形态的新诗作品中都有优秀的作品,如果选题太大太宽,则很难进行具体的选择,没有办法进行这样的操作。然而如果将所有的作品进行分门别类的细分,则可能会更加精细,也就容易选择得多。如《中国散文诗三百首》《中国当代爱情诗三百首》《中国现代小诗五百首》《中国现代格律诗三百首》《中国现代十行诗三百首》《中国现代长诗一百首》这样的选本,不仅容易选择一些,并且也让大家有再次选择的机会,这样的选本也更容易在社会上流行。再就是按诗歌流派选,如从前已经出现过的《九叶派诗选》《七月派诗选》《湖畔派诗选》《新月派诗选》《象征派诗选》《朦胧诗选》《先锋诗选》《后朦胧诗选》等。当然,这样的选本首先所具有的不是大众阅读的意义,而是文学史的意义,然而这样的选本似乎也可以受到读者的喜爱和好评。因此,我认为分流派选和分文体选,都是具体的、可行的、有效的方法。第五,以一个地方命名的地方性选本,是可以大量存在的,而在从前这样的选本是少有出现的,当然也就是远远不够的。特别是同处于一个地方的诗人,往往由于共同的地域、特定的自然地理环境和人文地理环境,而形成了自己的共性,他们创作了许多具有相关性的新诗作品,这就为一种诗选的编选提供了基本的条件。最近十年以来,《未名湖诗选》《珞珈诗派》《桂子山诗选》和《山东大学诗选》《湖北大学诗选》等的出版,标志着一种新的地方性诗选的出现,体现了中国诗歌发展的新潮流。改革开放以来,中国高等教育的高速度发展,成为世界范围内引人关注的重要现象,在人类历史上是一种奇特的现象,虽然中国的高等教育还存在这样那样的问题。每一个大学几乎都有自己的文学社和诗社,许多高校都开办了属于自己的诗歌节,并且一年一度地开展下去,成为了一个高校文化与文学传统的品牌,这就为高校诗歌选本的编选,提供了基本的条件。同时,还有一些其他性质的地方性诗歌选本,如《成都新诗选》《上海新诗选》《湖北百年新诗选》等,也体现了一种地方性诗歌的兴起。如果每一个地方都有自己的诗歌选本,每一座名楼也有自己的诗歌选本,每一个地方文化景观也有自己的诗歌选本,那就会形成中国新诗选本的全新面相,让中国各个地方的诗歌艺术生命力发挥出来,并且与这个特定的地方密切相关。未来的新诗选本的方向,当然也是多种多样的,根据中国古代诗歌选本的经验,也根据当代读者对新诗阅读的需要,笔者提出了以上初步的设想,也许可以提供一些新的视角,也许可以提供一种新的思路。最为主要的,还是要符合大众阅读的需要,就必须有所追求、有所讲究,不能再像从前那样的无序而乱,要有一整套的计划和形式上的讲究。随着中国国际化的加强和中国地位的提高,同时也随着科学技术更加强大地进入人们日常生活的方方面面,人们的生活方式与审美观念会极大地改变,人们的艺术趣味与艺术取向也会随之发生变化,那么,未来的新诗选本的取向与结构就要随着发生变化。任何人也不可能真实可靠地预测人类的未来,但可以肯定的一点是,任何时代的人们都是需要诗的,特别是需要新诗的,而只有不断地创作才可以提供更多的优秀新诗作品,所以就新诗的选本而言,其重要的基础还是源源不断的新作品的出现,同时,也需要新的诗歌理论的产生及其指导。理论来自于作品,有了新的作品就需要有新的理论来解释,因此,未来的新诗选本可能性是无限的,新的创作、新的理论和新的审美趣味的出现,都会产生重要的推动和影响。

3. 什么样的选本可以在世界范围之内流传？

什么样的选本可以在世界范围之内流传？这是一个不容易回答的问题。因为世界上有许多国家，不同的国家往往具有不同的语言，有的国家还有多种各不相同的语言，因此，诗的传播首先要解决语言的问题。诗人总是采用自己的母语写作，虽然也有用外语写作的诗人，但情况当属特殊。英语是世界上最为通用的语言，然而就中国而言，用英语从事诗歌写作的人，总还是在少数而又少数，在英国用汉语写作的人，也同样还是少数之少数，这就足以证明诗人总是喜欢用自己的母语从事诗歌写作的判断不虚。从前曾经有一个用世界语写作的作家，然而后来证明他的文学作品是存在问题的，那样的作品要进入世界的文学史，基本上是不可能的。诗歌文体具有高度的本真性，从内到外都相当透明和纯粹，这是一种最不可藏拙的文体，也许只有用自己的母语，才能最大程度地表达诗人的世界观察和人生感悟，才能形成自己的语感与美感，如果用其他国家的语言写作，反而让诗歌作品成为了一种工具性的东西；如果用不是母语的语言从事诗歌写作，也许就不会具有内在的本质发现，也没有真正的个性化的诗歌表达。因此，什么样的诗歌选本可以在世界范围内流传，就与所用的语言发生了重要关联。也就是说，语言的选择是影响诗歌选本流传的重要因素。要编选出在世界范围内流传的诗歌选本，也许以下重要因素是需要我们郑重考虑的：第一，要将优秀的选本译成世界上各种不同的语言，并且要有优秀的诗歌译者。首要的条件是要有优秀的选本，而优秀的选本要由真正的选家，根据自己的审美理想，自由地选择出具有一流水平的作品，采取一定的顺序与适当的体例，以体现诗歌艺术的最高境界。优秀的译者首先也是懂得诗的译者，不然只能译其意而不可得其形，形与神不统一的译诗，自然也是存在问题的，不可能有更多的读者。而什么样的译者才是优秀的译者?我认为译者首先要是一位诗人,也许只有自己也从事诗歌的写作,才可能真正地懂得诗的好与坏。就当代中国而言,卞之琳、查良铮、王家新、汪剑钊这样的译者及其作品,显然是得到高度肯定的。当然,也有像杨德豫、楚至大这样的译家,并不以诗闻名,但也有许多优秀的译作。在当代中国,译诗而兼写诗的诗人,本来就是相当缺少的,所以,未来要有更多的这样的译者,更多这样的诗人,将诗人身份和译者身份统一起来。基本原因在于诗的翻译和其他文体的翻译大不相同,从前有诗是不可译的说法,或者所谓诗就是译者所丢失的东西的说法,说明诗是一种很奇妙的东西,非一般人所能理解。既然如此,那译诗也就是相当困难之事。第二,要尽量在所在目标国,去出版这样的新诗选本。因为世界上懂得汉语的绝对人口虽然不少,但相对作品却很少。中国自己的人多,世界上的华人也不少,然而其他各国懂得汉语的人则相对较少,那么,根据他们的阅读习惯,将好的选本译成目标国所采用的语言,则是很有必要的。如将中国新诗选本译成日语在日本出版,或者译成法语在法国出版,或者译成英语在英语国家出版,或者译成德语在德语国家出版,或者译成俄语在俄语国家出版,这样也许会取得更加显著的传播效果。当然也不一定,主要看外国读者对中国诗歌感兴趣的情况,同时也与中国的国际地位有着直接的关系。中国文化走出去战略,实施近十年以来,虽然取得了一些效果,但并不显著,主要原因在于其出版社的可信度和发行渠道的宽窄,并且是不是真的在外国出版发行了,而没有流于一种形式。有的著作说是在外国出版了,但在外国的书店是没有见到的,在网上也是没有可购空间的。诗集的翻译也同样是如此。有的诗人说自己的诗集译成了几国文字,但在那个国家是没有见到的,在各大图书馆也是不见收藏的,其影响力十分有限。第三,可以请新诗译作出版的目标国的译者进行翻译,也许其传播效果就更加显著。因为如果由我们自己的译者进行翻译的话，可能会因为不了解对方的实际需要和审美习惯，而产生一些重要的失误；如果请译作目标所在国的著名诗人或译家进行翻译，也许就会产生最为直接的效果。因为他们了解这个国家的传统与习俗，人们有着什么样的爱好和什么样的审美趣味；当然，如果我们已经编好的选本，也许他们也不太满意，那就只有请他们自己来选择，或者中外诗人和译者同时来完成这样的工作。但这样的工作不容易操作，因为对于他国的译者我们一般不熟，有的只是认识一些，那么也只有拾到篮里都是菜了。第四，充分利用现在发达的网络，将一本或多本优质的新诗选本，在世界上进行充分的、广泛的宣传，以让更多的外国人士对中国新诗作品进行阅读与了解。文学作品的力量往往是相当强大的，体现在思想和艺术等多个方面，诗歌作品就更是如此。我们现在阅读和了解世界上各国的最新文学发展，基本上也是通过网络，特别是一些作家的专题网站和相关的数据库，因此，有计划地建立一些英语、法语和德语、日语等的新诗专题数据库，对于诗歌的传播是特别重要的。网络是连接整个世界的重要渠道，特别是连接西方发达国家，因此，以我为主进行自主的世界性传播，就正好可以向西方国家传播中国最优秀的诗歌作品。从前由于交通和通讯的限制，我们与外国的交流与对话是相当有限的，最近一百年来有了很大的改变，特别是当飞机、高铁和高速公路发展起来之后。在这一历史进程中，网络的建立与发展起到了决定性的作用。有了网络，我们就有了手机与手机之间的交流，就有了微信与微信之间的交流，一切的交流都是直接的了，一切的信息都是同步的了。那么，新诗的国外传播就有了广阔的空间，就有了无限的可能。越来越多的人认识到，不了解和利用网络就落后于时代的要求了，诗人与译者也同样是如此。正是网络让我们成为了新的人类成员，成员与成员之间也形成了一种全新的结构，成为了一种平等对话的关系，而不再是从前的以从属性为主的权力关系，这就直接影响到了新诗的传播与生产的问题。第五，我们在进行选诗工作的时候，要特别注意人们喜欢读的是一些什么样的诗歌作品？中国人喜欢的作品，外国人就不一定喜欢；中国人不喜欢的作品，外国人未必就一定不喜欢。最近半个世纪以来，西方人所译的中国诗歌之倾向，就足以说明这个问题。在日本十分流行的寒山及其作品，在中国就没有引起足够的重视，而为什么中国人不喜欢的诗人寒山，在日本和美国却产生了那么大的反响，获得了在中国从未有过的高度评价，这就是一种在传播中产生的重要现象，成为了比较文学变异学研究的重要对象和主要内容。在西方国家的诗歌艺术节上比较活跃的中国诗人，在中国国内不一定就是一流诗人，有人认为主要是受政治因素的影响，其实也未必都是如此。因此，在编选诗选的时候，就要考虑人类共同的东西，就是钱先生所说的"东海西海，心理攸同"的问题。在思想上具有创造性，在艺术上具有创造性，在形式上具有独特美感，也许是我们选诗的一个重要标准。从前我们的文学评论界总是强调要有意义，而现在我们首先强调的是要有意思，只要有意思而没有意义，也没有什么关系；而如果只有意义而没有意思，则可能就没有思想与艺术的感染力。也许这就是一个新的艺术标准。如果强调文学作品首先要思想正确，那外国人不会管你这一套意识形态的东西，显然二者之间就会形成一种严重的错位。因此，什么样的诗选可以在世界范围内流传，这不是一个伪命题，而是一个值得思考的重要问题，也是一个具有比较文学意义的命题。世界如此之广大，人类如此之多样，不同的人类群体有不同的莎士比亚，不同的读者有不同的林妹妹，因此，什么样的新诗选本可以让世界各国读者喜爱，也是因人而异，不可一刀而切。从理论上来研究这个问题，从实践上来落实这个计划，也许是未来中国学界与批评家不得不关注的。从理论上来说，一个作品的传播范围越广泛，阅读的人越多，那么它的价值量就越大，相反它的价值量就越小。因此，新诗作品的世界性传播，就成为摆在我们面前的重要问题。不过，从理论上来说是可行的，而从实践上来说是不易的。之所以提出这个问题，是因为现在的世界是一个统一的整体，每一个国家的生存与发展，都会与其他国家发生这样那样的联系，必须要有世界主义的思想，才可以融入世界而取得更多的发展机会。中国新诗的发展也同样是如此，没有更多的读者就不会有更大的影响，有了更大的影响才可以有更多的思考，更多的关注。唐代诗人寒山的诗歌，如果只是在中国一部分僧众里流传，那其影响力是相当有限的；他的诗流传到了日本与美国，引起了世界性的关注，才在中国重新被发现，重新被重视，重新焕发出全新的活力。"世界"是我们思考中国新诗命运包括新诗选本时不得不关注的一个角度。

4. 诗歌选择与诗歌编选是一门重要的"选学"

说诗歌选择是一门重要的学问，也许存在着不同的意见。如果我们说《文选》是一门重要学问，《全唐诗》是一门重要学问，《四库全书》是一门重要学问，"四书五经"是一门重要学问，也许不会有什么反对的意见。为什么说新诗的选取与编选，也是一门重要学问就不行呢？之所以出现这样的情况，说明人们对于新诗的重要性没有足够的认识。新诗是中国新文学中最重要的文体之一，新诗代替旧诗已经是重要的历史趋势，已经有了超过一百年的历史，任何人、任何力量也不可能逆转。从理论上来说，旧诗的学问有多大，新诗的学问就有多大，因为新诗和旧诗都一样是诗人的审美创造，只是形式与体式上的不同而已。从前传说孔子编定《诗经》，为什么选三百零五篇，并且将所有的民间诗歌分成十五部分，其中就存在诸多的学问。而为什么到了新诗这里，其编选与传播就不是一门学问了呢？有人认为研究新诗也不是学问,甚至研究现当代文学也不是学问,文学批评也不是学问,这就把对于当代问题的研究,排除在了真正的学问之外。这样的学术取向是存在明显的偏差的,是一种不良学风的表现。苏轼当年反对太学体,而倡导一种新的文风,不是没有道理的。是太学体有学问,还是新学体有学问?历史已经证明苏轼、欧阳修、王安石、曾巩的诗文,是真正的大学问,而太学体是早已经过时了的东西,因为它没有生气,绝大部分作品失去了创造性的意义。因此,我认为新诗的编选也是一门学问,并且是一门很大的学问。其原因主要如下:第一,选诗要有审美眼光,而审美眼光的获得是要在阅读了许多文学作品之后,甚至在欣赏了许多艺术作品之后,才有可能性。如果选家没有基本的诗歌艺术鉴赏力,也就没有了对于诗歌作品的发现力,那他如何得知什么诗歌作品是优秀的,而优秀在何处呢?同时,他也就不知道什么作品不好,而不好在何处。审美判断是一件说起来容易而做起来难的事情,没有十年二十年持续不断的努力,是不可能真正具备的。作为选家的批评家的审美,与作为诗人的审美是一样的,同样都是审美过程与审美方式,为什么第二次的审美就不是学问了呢?第二,选诗要有真正的历史眼光,而历史眼光也不是与生俱来的。没有长时期的阅读与研究,没有对于古今中外的全面阅读与了解,特别是对于新诗作品所产生的历史背景和文化背景有所了解,从哪里来的什么历史眼光呢?而如果一个选家没有历史眼光,也就是没有基本的文学史视野,就难于判断一个作品在历史上的地位,那要选出优秀的诗歌作品,自然也是不容易的,甚至是不可能的。第三,选诗要有时代眼光,而一个选家如果没有对自己所生活的这个特定时代的了解,或者对诗作产生的时代背景没有基本的了解,那他就没有办法理解这个时代所产生的作品,就不可能有时代眼光,当我们面对郭沫若的早期诗作,罗念生的早期诗作,你就没有办法进行具体的分析与研究。因此,我们要从大量的作品中选出优秀作品，也是不容易的，其中就体现了关于时代构成与变迁的学问。第四，选家要有比较眼光，而比较眼光的获得，要有对中外古今的全面了解。了解古代的文学作品，有利于理解今天的文学作品，了解外国的文学作品，有利于了解中国的文学作品，而古今的比较和中外的比较，没有足够的积累是完全不可能的。对于中国新诗的认识，也同样是如此。任何比较文学的具体研究，都需要很强的文学和学术功底，这就是一门很大的学问。如此看来，新诗的编选当然是一门很大的学问。更为重要的是，新诗是一种新的诗体，从外在的形式到内在的思想，从文体的构成到节奏的产生，从语言到词语，从句式到标点，都与古诗完全不同，因此，以古诗的学问解决不了新诗的问题。新诗也不同于外国诗，虽然新诗是从外国诗而来，从胡适到郭沫若，从刘半农到闻一多，所有的事实都一再地表明新诗来自于外国诗歌，而与中国古代诗歌几乎是完全断绝的，然而中国新诗也不同于外国诗，因为它是用汉语写作的，并且是用现代汉语写作的，所以用英语诗歌的理论，也不能完全说明新诗。批评新诗和研究新诗，要有一整套新的理论和话语，不然的话就只能是缘木求鱼。因此，选择新诗和研究新诗同样是一门全新的学问，这门学问，我们可以用"新诗选学"来概括。

"新诗选学"是有关新诗的学问，有其前期的基础，也可以有理论上的说明。中国最早的新诗选本，也许是《分类白话诗选》，后来又有《新诗年选》。在1930年代，还有规模很大的《中国新文学大系》诗选。建国之后，有了许多的诗选，如臧克家的《中国新诗选》、诗刊社所编的《诗选》，后来有邹荻帆先生所编的《中国新文艺大系》之诗选，各种分类的、分派的、分省的、分时段的诗选，也有许多，三十年诗选、四十年诗选、五十年诗选、六十年诗选、七十年诗选也都有，近年又有多种多样的"百年诗选"等。然而，这些名目繁多的诗选，几乎都没有成为大众阅读的对象,像《唐诗三百首》《千家诗》和《唐宋八大家文选》这样的经典选本,在我们的国度仍然没有出现。这就成为了一个重要的问题,并且影响了中国新诗的传播,在中国国内的传播,也包括在世界上其他国家的传播,但首先是在国内的传播,其次才是在国外的传播。其原因是多种多样的,但有一个内在的原因,就是"选学"的缺失。首先,我们没有优秀的选本;其次,我们缺少有眼光的选家;再次,我们没有新诗的传播学;第四,我们没有如何自由选诗的环境。改革开放四十年来,我们有了一个相对和平的环境,我们有了许多新的诗人,我们有了经济上的基础,我们也有了一些学术上的积累,我们也有了更高的国际地位,然而我们没有看到真正的选家与高质量的选本的出现。我们本来可以在这个方面做许多的工作,然而我们仍然没有对于新诗文体的真正重视。最为重要的原因是,我们没有建立起自己的"选学"。什么叫"选学"?所谓中国新诗的"选学",就是关于新诗选择与新诗编选的学问,就是如何编选各种不同的新诗选本,如何编选符合不同群体阅读要求的新诗选本,如何编选出适合于不同目标的新诗选本,如何编选出在世界范围内传播的新诗选本,这就是新诗的选学,是一门重要的关于新诗本身及其传播的学问。从本质上来说,它与新诗创作没有很大的关系,它是在新诗作品完成之后,对于现有文本的"二度创造",属于新诗的传播与接受研究的范围。然而,首先,它与新诗的历史、新诗的特征、新诗的形式、新诗的语言、新诗的标点、新诗的结构、新诗的意象等,存在密切的关联性。其次,它也与选家的素养、心理、思想、境界存在着直接的关系。第三,它也与我们所处的时代和环境产生了直接的联系。因此,新诗的"选学"与古诗的"选学"虽具有同一性,然而也具有很大的差异性。"选学"的建立,需要大量的诗歌选编实践,也需要借用其他学科的理论,同时需要将其放在当代中国国民素质教育的大框架里来观察。国民教育读本中的新诗,也许是我们需要特别注重的问题。国民教育是一个历史性的课题,而在国民教育实践中,诗歌教育是一个重要的内容。然而,中国的诗教传统虽然深厚,但由于中国古诗传统的断裂,新诗的诗教没有受到重视,真正有效的诗教也就处于有名无实的阶段。因此,中国新诗要得到发展,就要建立起自己的地位,而要建立起自己的地位,就要重视新诗的传播与接受实践,同时也要重视相关的研究。中国新诗是中国人民一百年的精神历史,也是一百年的审美发现的历史,但是许多人并没有认识到这一点,反而瞧不起新诗,包括新诗的所有方面,这是中国批评界和学术界的历史性缺失。所有这些问题的解决,都需要新诗"选学"的建立与完善,而目前才处于初级阶段,需要我们以及我们的后人做出很大的努力。"选学"的不受重视,与我们从前对传播不重视、传播学不发达有很大的关系。最近四十年来,新闻学的发展虽然受到了很大的限制,但传播学却有了很大的发展,然而,在文学传播学中,似乎没有人将新诗的传播作为重要的研究对象。新诗代替了中国的旧体诗词,成为了诗坛的主流,历史的总体趋势是任何人也阻挡不了的,因此,重视对于新诗创作、新诗批评和新诗传播的研究,也是一种必然的选择。如何选择为大众所喜爱的新诗并进行推荐?如何选取多种诗体的诗作单独成册出版?如何编选供各种不同的学校学生所阅读的诗选?如何才能让一本诗选成为畅销书与常销书?在网络时代,如何利用网络平台及时地编选和向大众传播个体诗人的诗作、流派的诗作?如何编选出超越时代的经典选本,并且让它在世界上以多种文字出版发行?这都是我们的"新诗选学"需要思考与探索的问题。

关于中国新诗诗体建设的几个问题
——与叶橹先生共同探讨

乔延凤

叶橹先生和我有过很好的合作：在我办《诗歌报月刊》的过程中，他给过我很多的支持与帮助。

最近，他的一篇《关于诗歌诗体问题的思考》的文章，在诗歌界引起了热议。我仔细地阅读了这篇文章，他以高龄而关心着中国新诗发展的精神，令我感动，但对他文中的一些观点我有不同的看法，现提出来，与他共同探讨，以期对中国新诗的未来发展和中国新诗的理论建设，起到积极的建设性作用。

叶橹先生《关于诗歌诗体问题的思考》一文，内容提要如下：

本文主张用"现代诗"概念取代"新诗"概念，认为"诗体建设"是一个"伪命题"，现代诗的诗体应该经常处于流变状态之中，"诗体流变"不在于为它寻找一种类似于古诗词格律的外在形式，而应该是诗性范围内的语言功能的控制和发挥。现代诗是没有固定形式可循的，它的形式是在每一首诗的写作意图和写作过程中得以实现的，诗体是不断流变的，而诗性是永恒的。

这篇文章否定了新诗诗体建设，认为这是个"伪命题"；同时，也对中国新诗的未来发展，提出自己的看法和主张。

关于诗体建设是"伪命题"的问题

世界上万事万物皆是内容与形式的统一，古今中外，概莫能外，不具形式的事物是不存在的。

诗歌作为一种文学样式，同样如此，诗体是一个诗歌形式的概念。

诗体形式这一概念，按照不同的标准，又有不同的分类，此概念有大小之分；我们这里论及的是大概念、大形式，即诗歌区别于其他文体、其他文学样式（如散文、小说、传记文学等）的文体形式。

说诗体建设是伪命题，这是将诗歌排除于万事万物之外了，这不是一个科学地把握诗歌的内容与形式之间关系的认识。

不具诗歌形式就不是诗，徒具诗歌形式而不具诗歌审美价值，就是劣诗。

作为文学艺术王冠上明珠的诗歌，更是一个十分注重形式的文学样式；中国新诗百年，诗体问题一直为诗歌界所关注，一直没有停止过探讨、实践，又一直没有实际形成。新百年开始，亟须把这个问题提上议事日程，怎么能够说这是个"伪命题"呢？

叶橹先生为此提出了要用"现代诗"的概念，来代替"新诗"的概念，以为这样就可以免谈诗体建设这个实质性的话题了。其实，现代诗作为中国新诗之一，它本身也应当具备诗体形式，否则，无约束写出来的，有的连诗都不是，还谈得上什么"现代诗"、诗意诗美呢？以"现代诗"概念取代"新诗"概念，避开诗体问题，不过是一厢情愿罢了。新诗发展的客观的需求，是回避不了的。

否定诗体建设，否定诗歌形式问题的存在，是对形式的流变与形式的相对稳定性、独立性，以及对诗歌内容与形式之间的辩证关系缺乏正确了解。

内容与形式，既是对立统一，又是你中有我、我中有你，它们有着密不可分的关系。

内容与形式是一种化生关系，诗的创作过程中，客观外物主体化、主观精神客体化，就决定了诗歌内容与形式的这种关系。

在诗的诞生过程中，就已融入了作者的主观精神，诗是主客观的统一。

我国诗歌史上，诗体一直客观存在着，旧的形式还存在，新的形式就又诞生了，这就是一部诗歌形式史。

中国是诗歌传统十分悠久的国家。《诗经》《楚辞》以来，三千多年了。

《诗经》《楚辞》，既是我国诗歌的源头，也是我国诗歌体式的源头；追根溯源，就可梳理出中国诗体演变的脉络，见到一幅诗的内容和形式与时代一同发展的图景。

《诗经》中有风、雅、颂之别，《楚辞》内也有章句变化，但它们都是诗歌，皆具诗体形式，皆符合诗的要求。它们在诗的大形式、大诗体上，从来没有发生过认识上的问题。这些，都值得我们好好研究，以形成对诗歌发展规律性的认识。

人类从动物演化而来，永远也摆脱不了动物性；源于原始歌舞的诗，同样也永远不能脱离音乐性，不能脱离诗的非线性表达形式。

中国诗歌格律的出现，实质是对诗离开歌、又要体现出歌的要素（声音、调子）的一种自然要求和对失去的弥补。

词的产生，与诗的一咏三叹、非线性表达也有关。小令中采用词语重复的方式，中长调词牌，一般取双调，这些，皆又回归到了诗歌的一咏三叹、回环往复、缠绵不尽、非线性的表达上来。

新诗中，深谙此道的诗人们，郭沫若的《凤凰涅槃》、戴望舒的《雨巷》、徐志摩的《再别康桥》等等，无不承继了我国诗歌表达的这一方式，作品被广为流传。艾青的许多诗作，也是这样；他之所以要提出诗歌散文化的主张，仅是为了反对诗歌创作中的形式主义倾向，使诗回到自然表达上来，因写旧体诗词的人，有的只是僵守形式，缺乏诗质，形式与内容脱节，徒具形式而不是诗；艾青的这一主张也带来了一些负面影响，以致一些人分不清诗与散文的界限了。

　　诗歌的内容与形式是一种化生关系，既有可以区别的一面，又有你中有我、我中有你的不可分的一面。

　　诗歌表达，用一咏三叹、非线性形式，看似一个形式问题，实际上又与诗歌的音乐性、诗歌的内容相连：回环往复，即形成旋律，这是音乐性；一咏三叹又能道出感情，这就和内容相连了。

　　《诗经》里的风、雅、颂，既是诗体，也是内容，形式与内容是统一在一起的。风、雅、颂的作者身份不同，而作品在大形式、大诗体上，又是一致的，所以被分别称为风诗、雅诗、颂诗。

　　《楚辞》与《诗经》形式也不一样，但都具诗歌大形式、大诗体，这些都值得我们今天好好研究。

　　其实，只要真正明白了什么是诗歌形式的关键，就能够运用自如地进行诗歌创作，创造出符合诗歌大规范又出新的作品来。李白、杜甫、白居易、李煜、姜夔、柳永、苏轼、辛弃疾、李清照、曹雪芹……他们的诗，无不具备诗体形式，又富于变化；词作中，有的作者由于精通乐理，往往不依已有的词牌填词，而是自己制作曲调去填词，这种叫自度曲。姜夔、柳永等都写过不少自度曲；词形式中出现的减字、摊破、近、慢等变化，也是在大形式、大体例相同的情况下，诗人们具体运用而产生的。这些，都值得我们今天好好地分析、研究。所以，只要把诗之所以为诗的大形式、大文体，弄明白、把握好，我们就可以运用自如，有所创新。

诗体建设是一个形式规范的问题、一个合理约束的问题，没有形式的规范、约束，只能放任自流，造成诗坛的混乱，非诗泛滥，使诗歌脱离大众、离开读者，失去诗歌生存的社会空间。

诗歌的发展有其内在的规律，遵循这种内在的规律，是我们研究诗体建设的基础。

中国新诗"五四"之后完全摆脱形式规范的束缚，有其草创的、革新的一面，但随着时间的推移，中国新诗的弊端已经逐渐显现了出来。

失去了诗体规范的自由新诗，只剩下了"自由"，长期失范，由于没有诗歌应有的形式约束，以致非诗泛滥，失去了广大读者，被边缘化，这已是客观存在的事实。

诗歌创作是个主客观统一的过程，客观外物主体化，主观精神客体化，这个过程我们不能简单化地对待；同样，我们谈论新诗诗体，也不能简单对待，而应该慎重处之。

诗歌形式、诗体都是客观存在的现实的问题，绝非什么"伪命题"。

关于用"现代诗"取代"新诗"

叶橹先生的文章中提出以"现代诗"来取代"新诗"概念。

他所说的现代诗，是指我国受外国现代派影响出现的新诗，上世纪四十年代的"九叶"诗派和新时期以来出现的大量受外国现代派影响产生的新诗，都属于这样的现代诗。

当前，我国现代诗已经形成了广泛的影响，八九十年代以来，出现了一批优秀的现代诗，这是现代诗的主流，但不容忽视的是，由于缺乏诗体的规范、约束，也出现了不少问题，这些问题如果我们不及时正确地引导，不可避免地会产生负面影响，成为新诗继续前进的阻力和障碍。

一些不具诗歌形式的分行文字，一些颓废诗、色情诗、垃圾诗……败坏了现代诗的声誉，亟须我们正视之。有关精神领域的问题，我们这里不作讨论，而诗歌形式上出现的问题，正是因为缺乏诗体约束所造成的，这就更需要强调诗体建设的重要性。没有诗体建设，没有形式的约束，只能使诗坛的无序更雪上加霜，难道这不正是诗体建设重要性、迫切性之所在吗？

用"现代诗"取代"新诗"概念，"现代"是从时间上来作界定的，并不涉及诗体，现代用格律体写的诗，算不算"现代诗"呢？这里已造成了概念的混乱。何况即使是"现代诗"本身，它也有一个诗体规范、形式约束的问题，难道"现代诗"就没有诗体形式了？

所以，用"现代诗"的概念来取代"新诗"的概念，是一个解决不了根本性实际问题的主张。

况且这个主张还会助长当前诗坛上一些不良倾向，因为一些人正是打着"现代诗"的旗号，在诗坛上招摇，使得非诗、劣诗泛滥。

总之，"现代诗"这个概念，既代替不了整个新诗，也说明不了它不需要诗体规范。

关于现代诗形式永远处于流变之中

为了反对新诗的诗体建设，叶橹先生不仅主张用"现代诗"概念代替"新诗"，更提出一个现代诗形式永远处于流变之中的说法。

　　他的用心，就是以"现代诗形式永远处于流变之中"，来否定诗歌形式的存在，否定诗歌形式的相对稳定性和独立性。

　　其实，诗歌的内容与形式，是一种化生关系。诗歌作品在创作的过程中，融入了作者的主观精神，是主客观的统一；而形式、诗体，又具有相对的稳定性，独立性，一经产生，它便会形成长久的影响，这是客观存在的事实：我国旧体诗歌的各种形式、诗体，就一直影响至今，这就是个最好的说明。

　　曹操用四言体写《短歌行》、用乐府旧题写《步出夏门行》，毛泽东诗词用旧体形式写的诗篇影响广泛，这些旧体新用，都充分说明了诗歌形式的相对稳定性和独立性。

　　诗体建设是一个形式规范的问题，是合理约束的问题，诗体长期失范，对新诗的未来的繁荣发展都不利，有害。

　　中国新诗还有很长的路要走。有的理论工作者在报刊上发文，说中国新诗的诗体已经形成了，这就是自由体，叶橹先生在此文中则说新诗的诗体建设是个"伪命题"，理论界的这种混乱，也给整个诗坛雪上加霜。当今的诗坛，看似一片喧哗，实则是非诗泛滥。这种状况，应当引起诗歌界、诗歌理论界的重视，不能再继续这样下去了。

　　事物的发展变化，内因是依据，外因是条件。

　　这就要求我们对中国诗歌发展的规律性，作切实的研究。如果我们对中国诗歌不作深入研究，只望着外国的月亮，只从外国诗歌上找途径，对我国源远流长的诗歌却缺乏热情，缺乏认真而深入的研究，把诗歌变化的内因忽视掉了，眼睛只盯着外因看，这是本末倒置。忽视和丢开了根本性的依据，还谈什么新诗的发展创新？

　　应当指出，叶橹先生提出的这种"现代诗形式永远处于流变之中"、视"流变"为常态的观点，会造成诗坛的混乱，会产生不良的后果。

今天诗坛上大量出现的非诗、口水诗、颓废诗、垃圾诗，正是一些标榜自己写的是"现代诗"、并不断地"创新"的"诗人"所滥造出来的，这恰恰就印证了放任"流变"成常态会造成多么不良的后果。

当然，不具诗歌形式，再怎么打着"现代诗"的旗号和"创新""流变"的旗号，再怎么招摇，也不可能成为真正意义上的诗。

新诗今后发展的途径

叶橹先生文中认为："诗体流变"不在于为它寻找一种类似于古诗词格律的外在形式，而应该是诗性范围内的语言功能的控制和发挥。

他不仅用"现代诗形式永远处于流变之中"来取消诗体建设，而且还给出了"诗性范围内的语言功能的控制和发挥"这一途径，来解决新诗的不断发展和前进的问题。

他担心诗体建设会重回到"对仗、平仄的律诗老路"，为新诗发展提供这样的途径，应该说，这不是他一个人的主张，因为在一些报刊上读到的不少理论家的文章，都持有类似的观点，可以看出这个观点不是一两个人的。在一份全国性的文学报刊上，就读到过一篇文章，对一两个人诗写中的语言进行分析评价，耸人听闻地说某一两个诗人"有开创性的语言突破"，会对我们现代汉语产生深远影响，这就把诗歌创作引向了词语的"迷宫"。其实，这一两个诗人的作品，在运用汉语的广大人群中，影响可以忽略不计，怎么会改变现代汉语？语言是大众运用、大众共同创造的，只有人民大众的语言才是我们取之不尽、用之不竭的语言的源头活水!

诗歌创作是创造性的劳动,是一个客观外物主体化、主观精神客体化的过程,不在创作规律和诗歌实质上进行引导,简单化地在语言上做文章,只能将写作者引向语言的迷宫。把诗歌发展、创新,简单归纳在语言上,实质是一种误导。

作者观察社会生活、体验社会生活、表现社会生活的观察力、感受力、表现力,到哪里去了?在这些理论家的眼中,这些都不重要了,都被他们的"诗性范围内的语言功能的控制和发挥"所代替了。说白了,就是把"客观外物主体化、主观精神客体化"给神秘化了,视点都集中在词语运用上了。其实词语运用并不神秘,是作者生活积累和在诗歌创作中主客体互相转化过程中的准确选择,叶橹先生的这一说法,并没有把这个创造性的精神活动、劳动阐释清楚。

这样给出的今后新诗发展的途径,只能将写作者引向语言的迷宫,这是十分令人怀疑和不敢苟同的。

实际上,他的这种担忧是不必要的,因为在目前莫衷一是、多元化的格局下,诗体形成,是一个自然而然的过程,谁也不会去人为地强加。我们只能因势利导,为新诗体的建设加砖添瓦,做铺路的工作,没有哪个要将一个自认的诗体模式强加给谁。

在这方面,吕进先生主张多建诗歌体式、扩大包容性,在互识共融的过程中逐渐形成共识的见解是开放式的,有远见的。

有关旧体束缚的问题,并非一个新话题。

毛泽东就曾说过,旧体诗束缚思想,不宜在青年人中提倡。旧格律的问题,这是个客观存在,不容回避。

艾青主张诗歌散文化,其本身是反对形式主义,使诗回到自然表达上,以避免用老格律形式来束缚人的手脚。因为徒具格律形式而不具诗歌其他要素,同样不是诗。

针对客观实际,主张新诗体建设的吕进先生,因此提倡诗歌写作中的双轨发展，互不排斥，这个思路是开放式的、有利于推陈出新的。

其实，新诗体的出现，应该是在长期的诗歌实践中，自然而然形成的，人为强加是行不通的。

从历史上看，中国诗歌经历了二言、三言、四言、五言、六言、七言、杂言等形式，经历过诗、赋、词、曲等各种形式，形成了各体诗歌。

诗体形成后，就具有了相对的独立性，会长期存在下去，各体并存是常态。

诗体形成的因素是复杂的，总体是由社会生活、社会政治、经济、文化、教育等的需要，外来文化的影响和吸纳，等等因素，综合起来所形成的。

这个过程是在漫长的积累中最终完成的。

一些重要的诗人、文论工作者，做了实践和归纳总结的工作。

如三曹、李白、柳永、姜夔……现代的郭沫若、艾青、流沙河……这些诗人，他们以自己通晓诗歌各体和音律的基础，通过实践，创作出了各体作品。

沈约、刘勰、朱光潜等理论家，则综合研究，加以概括、总结，为推动中国诗歌的不断前进，形成新的诗体，做出了重要的贡献。

我们在当前新诗诗体的建设中，应当积极做好综合研究、规范、促进、融合的工作。

诗体建设，既是一个自然形成的过程，又是一个可以积极促进的工作。我们一定要依照诗歌发展的客观规律来努力，不消极等待，也不操之过急。

国家相关的文化、文学部门，有志于中国新诗发展、繁荣的诗人，都应当重视诗体建设，积极投身到这项工作中去。

我们的诗歌理论工作者，在这个过程中，应该起到积极引导的作用。

只要我们共同努力，新诗就会迎来繁荣发展的新局面！

形成诗界统一诗体认知的几个共识

为了促进新诗诗体建设，我们可以在大原则、大体例、大形式的规范上，多做些有益的统一引导的工作。

事物的发展变化，内因是变化的依据，外因是变化的条件。有人提出"两个月亮"的观点，这个提法是二元论，我国源远流长的诗歌才是"本源"、依据、基础。特别要研究我国诗歌发展变化的规律，外国诗、港台诗、百年新诗，包括外国现代派在内的一切外国诗歌，都应当是我们发展新诗的不可或缺的参照系。

诗的根本特征、根本文体要求有哪些呢？概括起来，大致包括这样的四个方面：音乐性、语言、意蕴、表达。

只要我们从诗歌的大形式、大体例上着眼，就能够形成比较统一的认识：

（1）诗歌音乐性

音乐性是诗的生命。

中国诗歌的声律产生，是一个自然的历史过程，随着文人写诗，随着从前乐曲音乐的丢失，诗人们于是不得不在诗的本身上去求音乐，这是声律发生的原因。

诗歌音乐性这个基本问题，应当引起我们的重视。

细论之，诗歌不可不借助于音乐性。

音韵又可以是多样的，句尾韵、句中韵、首尾韵、重音押韵、转韵、互韵等等，这些应当在写作者的创作中，在客观外物主体化、主观精神客体化的过程中，体现出来，并运用自如。

音韵和旋律都属于音乐性，诗歌表达中采用回环往复的形式，是感情自然表现的需要，也是形成旋律的需要。音乐中的和声、交响，其实在我们的歌曲中至今还常用，只要唱唱歌就知道了，相和歌辞后面的"众和"，是和声，楚辞里的"乱曰"是交响。这些在创造我们新诗新形式中，都可以借鉴、参照、运用。

唐宋词中的近、慢、减字、摊破、转调，运用中灵活多变，也与音乐性相关。

摊破、促拍、偷声、转调、增字等，都是曲子词在演唱时，因乐曲节拍的变化而派生形成的。

无论古代歌谣，还是骚体、风体、乐府，都一脉相承，音乐性和诗原来与歌舞一体相关，是从原始歌舞而来的，诗就永远不能摆脱音乐性，何况感情表达音乐更加有效，因此诗歌必须借助于音乐性。

现在出现的一些自我标榜的"现代诗"，根本无音乐性可言，只是分行排列的文字而已，根本不具诗的形式；还有人写一种只供"看"的诗歌，如果只供看，不能读，不能朗诵，还算什么诗呢？那就离开了诗歌了。

（2）诗歌语言

诗歌的语言是文学语言，不是口语，"五四"新文化运动中，胡适的"我手写我口"，是错误的提法，写散文可以，写诗不可以。胡适的错误主张，说明他根本不了解诗歌语言与表达形式。诗歌语言不仅必须是经过提炼的充满作者创造性的文学语言，而且必须融入作者的个性、主观精神。

诗歌的语言是文学语言，口语不是文学语言，口语和白话，二者常常被人们并提，但二者也是有区别的。

作散文可以如说话，作诗却不能如说话，这是因为诗与散文不一样，诗要有情趣，要有"一唱三叹之音"，要回环往复，缠绵不尽。

感情表达和意思表达并不一样。意思表达是线性的，感情表达是回环曲折的。

新诗一开始的这一"我手写我口"错误提法，一直影响到了今天。

今天非诗泛滥，不能说与此无关。

口语是一座富矿，它有着无比的生动性和丰富性，但它需要我们去开采，去提炼，把它吸收进我们的文学语言、艺术语言中来。

诗坛上曾一度泛滥"口水诗""垃圾诗"，与写作者不懂得文学语言与口语的区别，不无关系。

当然，"口水诗""垃圾诗""颓废诗"的产生，还有诗歌内容上的问题。诗歌的内容同样需要选择、提炼，需要有精神气度的统领。

诗歌是一种最具有民族性的文学样式，它的表达形式，它的发展，和一切艺术一样，有其自身、内在的规律，如果违反了这一客观规律，就必然会遭受挫折和失败，失去读者，被广大民众所抛弃，被边缘化。

(3) 诗歌意蕴

诗歌除了音韵上的要求，语言上的要求，还有意蕴上的要求。

诗歌中的意蕴，应当努力在有限中体现出无限，在偶然中蕴藏着必然，在个别中包含着普遍。

意蕴是内藏的，看上去作者并没有写，或并没有完全写，读者却从中领会到了，甚至领会到了比作者想要表达的还要多。有了意蕴，诗作才充满诗意，充满意味。诗的意蕴，是诗人个性的活生生的体现，它有时并不确定，具有多指向性、模糊性，作者本人都未必能说得清。它与作者本人的气质、个性、精神气度密切相关，是作者个性的直接体现。

意蕴是诗意所在，诗味所在，诗不尽的魅力所在，诗之为诗所在。它又外化为形式，体现作者的个性。读李白、杜甫的诗不一样，道理就在这里。

（4）诗歌表达

诗歌和散文的分别不单在形式，也不单在实质；它是同时在形式和实质两方面表现出来的。就形式说，散文的节奏是直率的无规律的，诗的节奏是回环往复的有规律的；就实质说，散文宜于叙事说理，诗宜于歌咏性情，流露兴趣。

事理是直截了当、一览无余的；情趣是回环往复、缠绵不尽的。直截了当的事理宜用"叙述的语气"，缠绵不尽的情趣、情思宜用"惊叹的语气"。在叙述语中，事尽于辞，理尽于言；在惊叹语中，语言只是情感的缩写字，情溢于辞，读者可凭想象而见出弦外之音。这是诗与散文表达的根本分别。

这就是诗歌内容与形式是化生关系、不可分的原因，所以，将诗句改用散文语言表达，往往意思能转换出来，而诗的情思，却荡然无存了。

为了表达诗的情趣，诗人采用音乐的众多形式：旋律、和声、交响等。旋律、和声、交响，都是诗中出现过、运用过的，回环不绝形成旋律，所谓"众和"即是和声，所谓"乱曰"即是交响。

用回环往复表达形式，看似个形式问题，实际又与诗歌音乐性、内容相连，回环往复形成旋律，这是音乐性，回环往复又能道出感情，这就和内容相连。

这四方面的要求，既是约束规范，又是创造、创新所必须。

诗歌还必须符合审美要求。

这就将内容约束也包括进来了。

形式、诗体的约束、要求，针对的是伪诗、非诗，审美的约束、要求，针对的是劣诗、颓废诗、垃圾诗、色情诗。

真诚地希望这些大的规范能够形成诗界的共识，以期对中国新诗的发展，新诗的诗体建设，产生积极的意义。